光文社文庫

長編時代小説

乱《らん》鴉《あ》の空

JN051994

KOBUNSHA

光 文 社

目次

序 …… 7
第一章　鳶《とび》 …… 13
第二章　雛《ひな》 …… 74
第三章　雀《すずめ》 …… 127
第四章　五位鷺《ごいさぎ》 …… 165
第五章　地鳴《じな》き …… 213
第六章　夜鳥《よどり》 …… 280
解説　理流《りりゅう》 …… 364

『乱鴉《らんあ》の空』　おもな登場人物

木暮信次郎　北町奉行所定町廻り同心。
清之介　森下町にある小間物問屋「遠野屋」の主。
伊佐治　木暮信次郎から手札をもらっている岡っ引。尾上町の親分と呼ばれる。小料理屋「梅屋」の主の傍ら、十年以上、信次郎の小者として働いてきた。
おふじ　伊佐治の女房。店に不在がちな亭主の伊佐治に代わり、小料理屋「梅屋」を切り盛りしてきた。
太助　伊佐治の息子。もっぱら岡っ引として飛び回る伊佐治に代わって、小料理屋「梅屋」の料理人となる。
おけい　伊佐治の息子太助の嫁。小料理屋「梅屋」を手伝う。
信三　遠野屋の筆頭番頭。
おしの　遠野屋の大女将。
おみつ　遠野屋の女中頭。

乱鴉《らんあ》の空

序

おしばは、湯を沸かしていた。

これで、熱い茶を淹《い》れる。

自分のためだ。

昔から、舌先が焼けるほど熱い茶が好きだった。

先日、誰かからの付け届けの中に下《くだ》り物の茶があった。あれを使おう。

旦那さまは……。

竈《かまど》の前から離れ、ちらりと奥を窺《うかが》う。

人の動く物音も気配もしない。

ここ、八丁堀《はっちょうぼり》にある木暮《こぐれ》家の屋敷は、死にかけた猫のようにひっそりとしている。

もっとも、それはいつものことで、今日がとりたてて静かなわけではない。

木暮家に奉公に上がってから、もう何十年もが経つ。その何十年が三十年だったか、四十年だったか、もっと長かったのか思い出せないほどの年月だ。その間にこの屋敷が賑《にぎ》わったり、騒がしかったりしたことがあっただろうか。一度でもあっただろうか。しばし記憶を辿《たど》ってみる。

思い出せない。これは、頭が老いたせいではなく、端《はな》から記憶にないからだろう。おしばは死にかけた猫のような屋敷の中で、生きてきた。この静けさに身が染まって、楽に息ができる。稀《まれ》に市中に出かけると、その騒々しさに気分が悪くなる。土埃《つちぼこり》も、斟酌《しんしゃく》ない人の大声も、何が立てているのかわからない物音も耐え難《がた》い。

鉄瓶《てつびん》に満たした湯を急須《きゅうす》に注ぐ。さらに、丁寧に湯呑に注いでいく。極上の茶の馥郁《ふくいく》とした香りが立ち上ってきた。上等の茶葉は温《ぬる》めの湯でと人は言うけれど、やはり熱めの方が……。

けたたましい音がした。

誰かが木戸門を叩いている。

「あつっ」。おしばは顔を歪《ゆが》めた。湯呑から茶が零《こぼ》れて、手の甲を濡らした。熱いというより痛い。鞭《むち》打たれたようだ。

いったい、誰が？　と、眉を顰《ひそ》めながら考える。

毎朝やってくる髪結いだろうか。それにしては、些《いささ》か早い。

「おしばさん、おしばさん」

小者《こもの》の喜助《きすけ》が台所に飛び込んできた。顔が強張《こわば》っている。

「た、たいへんだ。今、門を開けに行ったら」

喜助は言い終わらないうちに、前に転がった。背中を押されたのだ。押したのは肩幅が驚くほど広い、いかにも屈強そうな男だった。その後ろにも一人、これはずんぐりと肥えた男が控えていた。二人とも着流し尻端折《しりばしょ》りに脛当《すねあて》の出立《いでたち》だ。腰には黒鞘《くろざや》を差している。

御同心《ごどうしん》？

おしばは黙ったまま、男たちを見詰めた。同心の捕物《とりもの》出役《でやく》の形《なり》をした者が、どうしてここにいるのか。まるで解《げ》せない。ただ、肥えた男の顔には見覚えがある気もする。気がするだけで、どこの誰なのか見当もつかないが。

さらに一人、小柄な若い男が現れた。何かを二人に囁《ささや》く。屈強な男が顎《あご》を上げ、おしばを睨《にら》みつけてきた。

「おい、木暮信次郎《しんじろう》はどこにおる」

濁った嫌な声だ。耳障《みみざわ》りそのものだ。

「……寝所《しんじょ》ではありませぬか」

「寝所にはおらぬ。どこぞに隠れたのか。それとも、昨夜《ゆうべ》は帰らなかったのか」

「いえ……お帰りにはなったと……」

昨夜遅く、主《あるじ》は帰ってきたと思う。台所横の小間で足音を聞いた。既に夜具に入っていたから、起きて確かめようとは、まして、茶の一杯でも届けようなどとは思いもしなかった。怠慢だと謗《そし》る向きもあろうが、いつ出て行くともいつ帰るとも知れぬ気儘《きまま》な主を気遣っていては、身が持たない。それに、怠慢だと主から咎《とが》められた覚えもない。むしろ、迂闊《うかつ》に部屋に近づけば、来るなと拒まれることの方が多いのだ。

だから昨夜も、おしばはそのまま寝入っていた。夜半に目を覚まし、厠《かわや》に行こうとしたとき、主の部屋の障子は淡く明るかった。行灯《あんどん》が点《つ》いていたのだ。確かに帰っていたわけだ。

なのに、いない？　夜が明ける前に出て行ったというのか。そんな物音も気配も一向に感じなかったが。

「屋敷内を探索する」

屈強な男が告げた。喜助が土間にしゃがみ込んだまま、おしばを見上げる。転んだとき打ち付けたのか、額に擦《す》り傷ができている。

「……お好きなように」

「お前たち二人は、ここにいろ。どこにも行ってはならんぞ」

「はあ、行く気はありませんで……」

行く気も行く当てもない。じっとしていろと言うなら、何刻《なんどき》でもそうしている。おしばはもぞもぞと答える。相手に聞こえたかどうかはわからない。聞こえなくても差し支えなかったのだろう、男たちはそれぞれに動き出す。若い男は土足のまま台所に上がり込み、納戸《なんど》や茶簞笥《ちゃだんす》の戸を片っ端から開け始めた。棚から鉢が落ちて、砕けた。その音に喜助が身を縮める。たいした器ではないが、重宝《ちょうほう》に使っていた大鉢だ。舌打ちしたい気分になる。

「うわっちち」。男が悲鳴を上げた。鉄瓶を蹴ったはずみに脹脛《ふくらはぎ》あたりに湯がかかったらしい。不間《ぶま》なことだ。

「お、おしばさん」

喜助が這《は》うようにして傍《そば》にやってきた。

「こりゃあいったい、どういうこった。何が起こったんだ」

「さあ……」

おしばにわかるわけがない。転がった鉄瓶を拾い上げるのが、せいぜいだ。

何かが床に転がり、何かがまた砕けた。使い慣れた器でなければいいがと、案じる。

「旦那さまはどこに行かれたんだ。何でこんなことに」

喜助が震えている。かちかちと歯を鳴らしている。

おしばは鉄瓶を提《さ》げたまま、立っていた。男たちを目で追うのさえ億劫《おっくう》になる。

何が起こったのか。主はどこに行ってしまったのか。何でこんなことになったのか。

そして、これからどうなるのか。考えても詮無いから考えない。砕けた大鉢が惜しいと、そのことばかりに心を向ける。
さっき茶のかかった手の甲が、鈍《にぶ》く疼《うず》いた。

第一章　鳶《とび》

空を見上げる。

鴉《からす》が鳶《とび》を追っていた。

番《つがい》だろうか漆黒《しっこく》の鳥が二羽、一回り大きな相手を攻め立てている。

クワッ、クワッと激しい声が頭上から降り注ぎ、道行く者の足を止めた。

「そうだったなぁ」

背後で微《かす》かな呟《つぶや》きが聞こえた。振り返ると、呟いた男は目を細めて頭上を仰いでいる。

「信三《しんぞう》」

深川森下町《ふかがわもりしたちょう》の小間物問屋『遠野屋《とおのや》』の主、清之介《せいのすけ》はその男の名を呼んだ。

「え？　あ、はい」

『遠野屋』の筆頭番頭は空から地に視線を戻し、僅《わず》かに腰を屈《かが》めた。

「申し訳ありません。見惚《みと》れておりました」

「見惚れていた？　鴉にか？」

「はぁ、鳶を相手に何とも勇ましく見えまして、つい。実は子どものころ、巣から落ちた鴉の雛《ひな》を拾ったことがございました。道端でぴぃぴぃ鳴いていたので、そのままにもしておけず懐《ふところ》に入れて連れ帰ったのです。母親は縁起をかつぐ人だったので、験《げん》が悪いと叱られるかとびくびくしていたのですが、殺生《せっしょう》しなくてよかったと却《かえ》って褒《ほ》められました。どうしてだか急に、そんな昔を思い出してしまって」

信三は既に父母を亡くしている。兄弟姉妹もいない。天涯孤独の身の上だ。小僧から叩き上げ、若くして番頭の座まで辿り着けたこの『遠野屋』だけが、ただ一つの拠《よ》り所《どころ》だと、常日頃から口にしている。そこに嘘偽りも追従《ついしょう》もないことは、よくわかっていた。

信三にとって『遠野屋』が全てなのだ。それでも、時折、二親が生きていたころの昔がよみがえる。おそらく、事実よりほんの少し美しく、優しい色合いで。

「おれも、あるな」

「え？」

「鴉の雛を育てたことがある」

江戸から遥か遠離《おんり》の地、西国《さいごく》の城下、広壮《こうそう》な武家屋敷の一隅《いちぐう》で黒い雛を拾った。信三と同じだ。懐に入れて部屋に持ち帰り、暫《しばら》く飼っていた。

「旦那さまが鴉を？　お幾つのころですか」

信三の声音が心持ち大きくなる。その声音のまま、

「珍しゅうございますね。旦那さまが昔の話をなさるのは」

と、続ける。清之介は答えず、もう一度、空に目をやった。

鴉も鳶も既にいない。

めっきり秋めいて、青を濃くした空だけがある。目に染みる青だ。

「信三、腹が減ってないか」

尋ねてみる。伊倉和泉守《いくらいずみのかみ》の中屋敷からの帰りだった。大きな商談が一つ纏《まと》まった。そのための根拵《ねごしら》えを信三はずっと担ってくれていたのだ。

大名、豪商といった大家《たいけ》との商いの際、信三を同行させる。それが習いとなって久しい。相手がどれほどの高位であっても、大人《たいじん》であっても信三は臆することなく商いを進められた。淡々と『遠野屋』の品の品柄を伝え、問われたことにきちんと答えられる。店内でも要所をかなり押さえられるようになった。病死した前筆頭番頭の座に若い信三を据《す》えたとき、あちこちから寄せられた驚きと懸念の声は、そう日を置かず消えてしまった。消したのは、信三の商人としての才と精進と成長ぶりだろう。

こういう奉公人がおります。

決して言葉にはせず、信三の働きだけで示す。人を見抜ける者は一様に合点《がてん》してくれた。

なるほど、ここまで奉公人を育てられるのなら『遠野屋』の商いに間違いはあるまい。と信じ、受け入れてくれるのだ。

信用は、商いに何より大切な駒だ。見えず、匂わず、音も出さず、形さえない。だからこそ、究竟《くきょう》の一手になる。信三の役割は、これからさらに大きくなるだろう。

そう考えるたびに、清之介は僅かばかりだが肩が軽くなる気がした。

おれに何かあっても『遠野屋』が崩れることはない。信三を筆頭に、奉公人たちが守り通してくれる。一人一人が大小の柱となって支え続けてくれる。

拠り所のない願望ではなく、確かな手応《てごた》えのある思案だ。

その思案を義母のおしのに話したことがある。店《たな》の行く末などという大仰《おおぎょう》なものではなく、奉公人たちの生い立つ姿が心強いと茶飲み話のついでに口にした。『遠野屋』の基《もとい》を作ってきた義母とささやかな喜びを分け合いたい。

それだけのつもりだった。

三日前のことだ。

「正直、ここまで信三がしっかりと育ってくれるとは思ってもいなかった。もう少し年月がかかると覚悟していたのですが、嬉《うれ》しい見込み違いというやつでしょうか。信三に引きずられたところもあって、他の者もよく精進してくれています。だからね、おっかさん」

一息を吐き出し、義母を見やる。

「『遠野屋』は安泰だと思えるんですよ。些か甘いかもしれませんが」

そうだねえとおしのは首を傾《かし》げる。鬢《びん》にも髷《まげ》にも白いものが目立ちはするが、眼差《まなざ》しや笑み方には色香が滲《にじ》む。それは、ずっと昔、深川で褄《つま》を取っていた姿を十分に思い浮かばせた。

首を傾げた後、おしのは湯呑を口に運んだ。

「まあ、主あっての店だからねえ。信三だけじゃない。おみつだっておくみだって他の奉公人だって、清《せい》さんがこの店の主だから励んでいるのさ。だからね、清さん、あたしは毎朝、仏壇に手を合わせるたびに、おりんに礼を言ってるんだよ。おまえがいい亭主を見つけてくれたおかげで、あたしは憂いなく過ごせているよ。ありがとうねってさ」

義母の一言が突き刺さる。幻の、けれど鋭い痛みを覚える。悪意も恨《うら》みも含まない本気の言葉とわかるから、余計に深く刺さってくる。

おれはこの人から、たった一人の娘を奪ってしまった。

おれと出逢《であ》いさえしなければ、おりんは死なずに済んだのだ。

どれほど悔やんでも、詫《わ》びても、おりんは戻らない。今の清之介にできるのは、義理の縁で結ばれたおしのと遠野屋を守り通すことだけだ。

「でもねえ、清さん」

薄く紅《べに》を引いた唇から吐息を漏らし、おしのは眼差しを庭に向けた。開け放した障子障子戸の向こうで、橙褐色《とうかっしょく》の蜻蛉《とんぼ》が群れになって飛び交っている。

「もういいんじゃないかと思うことも、あるんだよ」

「え？」

「遠野屋はね、亭主とあたしが小さな小間物屋から始めた店さ。間口三間《げん》ほどの二軒長屋の店だったねえ。それが、今はどうだい。本所深川随一と人の口に上るまでの大店《おおだな》になった。信じられないほど大きくなったんだよ。あぁそうそう」

そこで艶《あで》やかに笑い、口元に手をやる。

「この前、久しぶりにね、亭主が夢に出てきたんだよ。何年ぶりかねえ」

「先代が夢に？　何か言付けがありましたか」

「それがさ、あの人、驚いてるんだよ。まさか遠野屋がここまでになるとは、嬉しいより驚いてしまうってさ。おまえさんに早く店を譲ってよかったとも、言ってたかねえ。それはいいんだけどさ、それにしてもと続けてね、『おれはちっとも変わらないのに、おまえはすっかり老《ふ》けたなあ』と、あたしをしみじみと見てくるんだよ。腹が立ったから『あの世に渡った者が年取っててどうするんだよ。おふざけじゃないよ』って怒鳴ってやったのさ。そこで目が覚めちまってね、あの人がどんな顔したか確かめず仕舞《じま》いになったよ」

義母の戯《たわむ》れ口に笑ってしまう。

「それはおっかさんが怒るのも無理ないな。けど、怒鳴ったりしたら、もう夢に現れてくれないかもしれませんよ」

「いいともさ。あたしはまだ、この世に生きているからね。清さんも、おこまも、おみつもいる。十分に満足して生きているんだよ。自分一人、さっさと逝《い》っちまった亭主なんか構ってやるもんか。生きている者には生きている者の暮らしってのがあるからね」

そこで目を伏せ、おしのは口調を少し沈ませた。

「だからね、もういいんじゃないかねえ、清さん」

「もういいというのは、『遠野屋』のことですか」

「遠野屋もあたしもだよ」

「おっかさん、意味がよくわからないけど……」

おしのは目を眇《すが》めて、清之介を見やった。

「清さんは、引きずり過ぎてるのさ。おりんのこともこの店のこともね。いいかげんに楽になっても罰《ばち》は当たりゃしないよ」

胸元を軽く叩いて、おしのはまた笑みを浮かべた。

「何もかも背負《しょ》い込まなくても、捨てられるものは捨てちまって好きに生きる。そういう道もあるんだよ。人の一生なんて短いんだ。早く荷物を下ろさないと爺《じい》さまになって、腰は曲がるし脚は弱るしで歩けなくなるよ」

「おっかさん」

「あたしなら大丈夫さ。清さんのおかげで余程の贅沢《ぜいたく》しなきゃ十分に生きていけるだけの貯えもできたしね。店だって、とっとと信三に任せちまっていいんだ。いや、暖簾《のれん》分けをきちんとして『遠野屋』そのものを畳んじまっていいんじゃないかねえ。それで、清さんが楽になれるならお安い買い物だろうよ……なんて、考えることがあるんだよ。清さんがいなくても遠野屋は安泰、じゃなくて、遠野屋がなくても清さんなら、しゃんと生きていけるんじゃないのかい」

手のひらが熱い。いつの間にか、湯呑を強く握り締めていた。

「けど、あたしには、清さんって人がどうもよくわからないんだよねえ。もうずい分と長く一緒に暮らしているのに、やっぱりわからないのさ。商いの場なら気持ちいいほど手際よく事を片付けられるのに、自分のこととなると抱え込み、背負い込んじまってさ、ずっと引きずってる。すぱっと切りを付けて身軽になればいいのにと、正直、歯痒《はがゆ》いときもあるんだ」

清之介を制するように、おしのがかぶりを振る。

「勝手なこと言っちまったね。堪忍《かんにん》しておくれな。けどね、あたしだけじゃなくて亭主も、そして、おりんも同じことを言う気がするんだよねえ」

その刹那《せつな》、おしの面《おもて》におりんが重なった。心持ち俯《うつむ》いて、薄紅の唇を結んでいる。

「清さん、もう、いいよ。もう十分だ」

結んでいた唇を開いて、おりんが告げる。

あたしにも『遠野屋』にも背を向けて構わないから。忘れて構わないから、清さん。

おりん。

あははと、おしのが笑った。乾いてよく響く、おしのの笑声《しょうせい》だ。おりんの笑いはもう少し柔らかく、湿り気があった。

「ごめん、ごめん。何でこんな話になっちまったのかね。久しぶりに清さんと世間話に花を咲かせるつもりだったのに、的外れな方に飛んでっちゃったねえ」

世間話？　的外れ？　いや、違うだろう。

義母は機会を待っていたのだ。いつか話さねばならないと、待っていた。そして、久々に二人っきりで向き合えたこの日、思いの丈を語ってくれた。

ぴぃーっ。甲高《かんだか》く鳶が鳴いた。

「旦那さま、旦那さま」

表で誰かが呼んでいる。おしのは茶を飲み干し、軽く頷《うなず》いた。

「忙しいんだろ。婆さんの相手はもういいよ。早く、商いにお戻りな」

清之介は立ち上がり、おしのに声をかけようとした。「じゃあ、ちょいと覗《のぞ》いてきます」でも「鳶が舞っていますね」でもよかったのだ。ただ一言……。

何も言えなかった。黙したまま、義母の部屋を後にした。

廊下に出たとたん、鳶がまた高く鳴いた。


ぐるるっと信三の腹が音を立てた。

「わわっ、な、何で急に」

帯に手を当て、信三は二歩ほど退《しりぞ》いた。顔が赤く染まっている。

「はは、腹の虫の方が本人より正直というわけだ。おまえ、朝飯をろくにとっていなかったんだろう。おみつが心配してたぞ」

「は、はい。今日の商いを滞《とどこお》りなくやれるかどうか頭がいっぱいで、食気《しよくけ》はまったくなくて」

「しかし、やりおおせたじゃないか」

中屋敷とはいえ、一国の大名の屋敷奥を束ねる中藹《ちゆうろう》、その後ろに控える側室《そくしつ》相手の商談だった。我が身を飾り、拵《こしら》える品々を見る女たちの眼は真剣だ。厳しくもある。櫛《くし》、笄《こうがい》、簪《かんざし》、化粧道具、手絡《てがら》、半襟《はんえり》、そして紅。身分の上下、品の価の高低にかかわらず自分たちが購《あがな》える一品一品を見定めていく。一品たりとも疎《おろそ》かにはしない。武士なら沽券《こけん》に関わると、けっして口にしない値切り言葉も遠慮なく使う。

「これ、商人。この簪は誰の手によるものか。全て珊瑚《さんご》でできておるのだな」

「こちらは見事な蒔絵《まきえ》じゃ。しかし、値が張るのう。昨今、国の財も厳しゅうて贅沢はできぬ。も少し値を下げてはくれぬか」

「お方さまは、〝遠野紅〟をご所望《しょもう》である。が、この値では……如何《いかが》したものか」

側室本人はさすがに現れなかったが、仕える女中たちは並《な》べて品そのものには魅了されながら、露骨にも遠回しにもしぶとく掛け合ってくる。中でも、岩根《いわね》という中﨟は目利きの上に頭の回《めぐ》りが速く、弁も立つ。なかなかの難敵だ。

信三は辛抱強く丁寧に受け答えながら、譲れぬ一線を守り通して商いを進めた。それは、廉売《れんばい》の催しの客に接するのと同じ姿だった。高位の女人《にょにん》であろうと市井《しせい》の者であろうと客に違いはない。客を選《よ》り分け、色分けして心構えを変えれば、いつか、手酷《てひど》いしっぺ返しを食らう。それが商いの恐ろしさだ。直《じか》に伝えたわけではないが、信三はきっちりと心得ていた。品柄の確かさと誠と商人の矜持《きょうじ》。この三つを胸に武家の女たちを説いていく。そして、ほぼ全ての品を納めることができたのだ。

むろん清之介自身、口を添えたし、要《かなめ》のところでは『遠野屋』の主として商談を纏《まと》めた。それでも、品に対して誰が責を負うかは、はっきりしている。今回の手柄は大半が信三のものだ。

「はい、何とか上手くいきました。岩根さまから『さすがに、遠野屋の品であるな』とお褒めいただいたときは、もう嬉しくて飛び跳ねたい心持ちになっておりました」

「そうか？　終始、落ち着いて見えたが。ふふ、おれの眼も晦《くら》まされたわけか」

「滅相《めっそう》もない。旦那さま、もう勘弁してくださいまし」

信三の頬がさらに紅潮する。

「伊倉さまのご門を出たとたん、両足から力が抜ける気がいたしました。それくらい気が張っていたのだなと、やっと気が付いたという有り様で。あっ」

信三がまた帯を押さえる。きゅるきゅると今度はやけに可愛い音がした。子猫の鳴き声にどことなく似ている。

「わわっ、また。す、すみません。ほっとしたら急に腹の虫がうるさくなって」

「尾上町《おのえちょう》に回るか」

「え？　あ、『梅屋《うめや》』でございますか」

「そうだ。少し遅いが、頼めば昼飯を出してくれるだろう。今日の褒美に、太助《たすけ》さんの料理をご馳走《ちそう》しよう」

「それは嬉しゅうございます。『梅屋』の料理は小鉢一つとっても、本当に美味《おい》しゅうございますからねえ」

信三が生唾《なまつば》を呑み込んだ。表情が明るくなる。ほんの一時でも、人の面に光を与える。

そんな力が梅屋の料理には宿っていた。

『梅屋』は、〝尾上町の親分〟と呼ばれる岡っ引、伊佐治《いさじ》の店だ。もっとも、板場で包丁を握るのは息子の太助、店内を切り盛りするのは女房のおふじと嫁のおけいで、伊佐治は名ばかりの主人に過ぎなかった。

「あっしも昔は、いっぱしの料理人のつもりでいやしたが、今じゃ大根の皮を剝《む》くか、魚の腸《はらわた》を取るぐれえしか使い道がないと、おふじから言い渡されちまいました。その通りなんで、何にも言い返せねえのが辛いとこでやすよ」

伊佐治が苦笑いしながら告げたことがある。もう何年も前だ。

あの老獪《ろうかい》な岡っ引とは、ずい分と長い付き合いになった。思いもしなかったほど長い月日だ。出逢いは、暗い色合いに塗り込められていた。相生町《あいおいちょう》の自身番《じしんばん》で、伊佐治は僅かに盛り上がった筵《むしろ》の傍に膝をついていたのだ。筵の下にあったのは、おりんの骸《むくろ》だった。川から引き揚げられた女房の蠟《ろう》のような肌、色褪《あ》せた唇、温《ぬく》もりの失《う》せた身体。骸になったおりんを目《ま》の当たりにしたときの記憶は、全て闇色に閉ざされている。その闇の中からどう這い出したのか、清之介はいまだに語る言葉を持てずにいた。いや、まだ這い出していないのかもしれない。

おりんの死が結び付けた男たちは、闇の底で淡く光を放っている。伊佐治は龕灯《がんどう》に似て、足元を照らしてくれもした。手許《てもと》に明かりをかざしてもくれた。まっとうに生きる。

それがどういうものか、身をもって示してくれる灯火《ともしび》だ。

もう一人の男は闇底で蒼白《あおじろ》く燃えている。炎なのに冷えている。触れれば指先を焼くくせに、冷え切っているのだ。何も照らさず、何も温《ぬく》めない。それなのになのか、それだからなのか、蒼と銀が混ざり合い、音もなくただ揺らめくだけの火は異様なほど美しい。厭《いと》わしい美しさ、魅せられつつ、遠ざけねばならない美しさだ。

清之介はこめかみに指先を添えた。木暮信次郎に思案が及ぶたびに、そこが微かに疼く。

「今日は風もなく、良いお天気でございますねえ」

信三が軽く息を吸い込み、吐いた。

「仕事が一段落したので、余計に気持ちよく感じます。ただ、さっきの鴉が気になりますが」

「鴉が？　なぜだ」

「やはり黒い鳥でございますから。験《げん》が悪いというか、せっかく商談がまとまった後なので景気づけに、鶴は無理でも鷺《さぎ》ぐらいは見たかった気もします」

「雛を拾って育てたわりに薄情なことを言うのだな」

「いえ、薄情なのは鴉の方で。命を助けた上に育ててやったのに、飛べるほどに大きくなったと思ったら、さっさとどこかに飛び去ってしまって、それっきりです」

「恩返しはなかったわけだ」

「はい。小判は無理でも、一文銭《いちもんせん》の一つもくわえてくるかと待っていたのですが、飛び立ったきりです。饅頭《まんじゅう》一つ、持ってきやしませんでした」

取留めのない話を交わしながら、尾上町の木戸を潜《くぐ》る。遠くに『梅屋』が見えてきた。

うん？

足が止まる。

梅屋から、女が出てきたのだ。姿形から、おけいだと思われる。おけいは梅模様の暖簾を外し、店の中に消えた。

暖簾を下ろした？　この刻に？

梅屋は昼前から夏場は日が落ちてしまうまで、冬場は日暮れて一刻《いっとき》あまりまで開けているはずだ。何か事があれば休みもするだろうが、さっきのおけいの様子には遠目ながら、慌《あわ》ただしさを感じた。

何かあったのか？

束《つか》の間《ま》、迷ったが、清之介はそのまま歩《ほ》を進めた。

「おや、仕舞っておりますか？　暖簾が出ておりませんが」

梅屋の前で、信三が腰高《こしだか》障子の戸を指差す。ここでも、一瞬考えた。このまま踵《きびす》を返すかどうか。森下町までの道々には、蕎麦《そば》屋も飯屋も数多く並んでいる。そのうちの一軒で昼を済ませ、遠野屋に帰ればいい。それだけのことだ。

それだけのことだが、妙に心内《しんない》が騒いだ。信三が横でため息を吐《つ》く。

「残念でございますねえ。でも、梅屋が休みとは珍しいことで」

清之介は手早く銭を包むと、信三に握らせた。

「すまないがどこかで一人、昼を済ませて、先に店に戻ってくれ」

「は？　え、旦那さま、こんなにたくさんいただくわけには」

そこで口をつぐみ、信三は主を見上げた。それから、梅屋の障子に目をやる。

「心得ました。ありがとうございます。それでは、少し贅沢をして鰻《うなぎ》でも食べて帰ります」

一礼すると、さっき潜ったばかりの町木戸に向けて遠ざかっていった。清之介は梅屋の前に立つと、戸をこぶしで軽く叩いてみる。内側で人の動く物音がした。

「あの、すみません。今日は急なことですが、お休みをしております」

若い女の声が障子越しに聞こえた。

「おけいさん、わたしです。遠野屋です。ここを開けていただけませんか」

息を呑む気配が伝わってくる。すぐに戸が三寸ばかり開いて、おけいの白い顔が覗いた。

「中に入れてもらえますか」

「あ、はい」

戸がさらに開く。その隙間《すきま》に清之介は身体を滑り込ませた。おけいが素早く閉め、心《しん》張《ば》り棒をきっちりかった。口を一文字に結んだ横顔が張り詰めている。

「まあ、遠野屋さん」

おふじが上げ床から腰を上げた。それまで、座り込んでいたようだ。店の中は薄暗く、淀んでいる。それは戸を閉め切っているせいではなく、商いをしているときの生き生きとした風情《ふぜい》が失せているからだ。音も声も匂いも失せている。

清之介は目を店内に巡らせる。伊佐治も太助もいない。女二人が寄り添うように立っているだけだ。伊佐治がいないのはいつものことだろうが、板場を担う太助まで留守なのは珍しい。それだけで、いつもと違う重苦しさが漂《ただよ》ってくる。

「遠野屋さん、どうしてここに……」

おふじが胸の上で手を重ねた。指先が震えている。

「仕事の帰りです。こちらで昼をいただこうと寄りました」

「では、たまたま、うちにいらしたのですか」

「そうですが。たまたまとは、どういう意味です？　わたしが来る前に何かあったのですか」

おけいとおふじが顔を見合わせる。おふじはふらつく足取りで二、三歩、前に出た。

そして、清之介の腕を摑《つか》む。

「遠野屋さん、うちの人が……うちの人が……」

「親分さん？　親分さんがどうしました」

「さっき、大番屋《おおばんや》に連れて行かれたんです」

おふじに代わって、おけいが答えた。細いけれど、しっかりと耳に届いてきた声に清之介は目を見開いた。

大番屋は調べ番屋とも呼ばれ、その呼び名の示す通り、咎人《とがにん》や咎人掛かり合いの人物を取り調べる場所だ。入牢《じゅろう》が決まるまでの間、咎人を留《とど》める場でもある。

そこに連れて行かれた？　本所深川の半分を縄張りとする〝尾上町の親分〟がか？

「何のためにですか。どんなわけで連れて行かれたのです」

「わかりません」

おけいが首を横に振る。それから顎を上げ、真正面から清之介を見詰めてきた。

「四半刻《しはんとき》ほど前に、名主《なぬし》さんが来られて、おとっつぁんと何か話してたんです。おとっつぁん、ひどく驚いてました。おとっつぁんのあんな顔、初めて見た気がします。それで、お、お店の外にあたしの知らないお役人さまがいらして、おとっつぁんを連れて行ってしまって……。あたし、お役人さまに尋ねたんです。『おとっつぁんをどこに連れて行くんですか』って。そしたら、『大番屋で取り調べる』と言うんです。遠野屋さん、どうして、おとっつぁんが取り調べなんかされなきゃいけないんでしょうか。しかも、自身番じゃなくて大番屋で……。おとっつぁんは『大丈夫だ。何かの間違《まちげ》えだ。すぐ戻ってくる』なんて、あたしたちを心配させないように笑ってたけど、でも、でも、内心はすごく戸惑っていたはずです。おとっつぁんもわけがわからなかったんです。そんな顔してたもの」

「わけなんか、あるもんか」

おふじが崩れるように、しゃがみ込む。おけいは義母を支え、上げ床に座らせた。

「あの人が取り調べられなきゃいけないような真似、するわけないんだ。だって、だってね、遠野屋さん、あの人、何にも変わっていなかったんですよ。このところ、わりに家にもいて、わりにたって朝方出て行って、日が暮れる前に帰ってくる日がまあまあってぐらいですけどね。でも、今日なんか朝から板場で働いていて、野菜の煮付けをおれが作ろうかなんて言って、太助に駄目だって拒まれて、ちょっとむくれたりして……ね、ね、おけい、そうだよね。おとっつぁん、普段通りだったよね。それなのに、何で……」

「おっかさん」

おけいがおふじの手を握る。

「大丈夫だから。おとっつぁんの言う通りだよ。何かの間違いだから。おとっつぁん、すぐ帰ってくるから。ね、大丈夫だから」

「わかるもんか。おとっつぁんが何にもしてなくても、無理やり咎を拵《こしら》えられちまうなんてことも、あるんだよ。わけもわからず牢に入れられて、無理やり咎人に仕立て上げられて、そういうこともあるんだ。お奉行所は惨《むご》いことを平気でしちまうんだよ」

「おっかさん、そんなことないって。悪い方に悪い方に考えちゃ駄目だよ」

おけいがさらに強く手を握ると、おふじは泣き出した。堪《こら》えようとして堪え切れない涙が、頬を伝い、滴《したた》り落ちる。

「おけい、どうしよう。どうしよう。おとっつぁんにもしものことがあったら……、あたしも生きていけないよ」

「おとっつぁんに限って、もしものことなんてあるわけないでしょ。おっかさん、いつもの強気はどうしたのよ。ほんとにほんとに、大丈夫だから。だいたいね、木暮さまがこのまま放っておくわけないもの。きっと何とかしてくださるよ。すぐに、おとっつぁんを迎えに行ってくれるんじゃないかな」

「木暮の旦那……」

おふじは洟《はな》をすすり上げた。

「あのお方が頼りになるかねえ」

「なるに決まってるでしょ。木暮さまはお奉行所のお役人だもの。さっさと、おとっつあんを連れ帰ってくれるよ。おとっつぁんが木暮さまから手札《てふだ》をいただいて、もうずい分になるんでしょ。ずっと、自分の下で働いてきた者を見捨てたりするわけないよ」

「どうだかねえ。あっさり見捨てちまう気もするけど」

「見捨てるなんて、そんなわけないでしょ。人の心があれば手を尽くしてくださるよ」

「だといいけど。あの方に人の心なんて望んでいいものかどうか、迷うとこだよ」

「頼りになるはずです」

腰を屈め、小声で告げる。おふじが涙の溜《た》まった目で見上げてきた。

「木暮さまなら、必ず何とかしてくださいますよ」

長年仕えた者であろうと、どれほどの知り合いであろうと、あの男はあっさり見捨てるだろう。弊履《へいり》のように捨てて、顧みない。ただ、伊佐治は別だ。大切だからでも情があるからでもない。重宝《ちょうほう》だからだ。伊佐治ほどの岡っ引は、そうそういまい。定町廻《じょうまちまわ》り同心にとって、何ものにも代え難い手先なのだ。そういう相手を、木暮信次郎が容易《たやす》く手放すとは思えない。失うことがどれほどの損亡《そんもう》になるか、誰よりよく心得ているはずだ。

「木暮さまにお報《しら》せは？」

「はい。太助さんが八丁堀のお屋敷まで走りました。今頃は、木暮さまに事の顚末《てんまつ》をお伝えしているころです。太助さん、足がとっても速いんです」

「足は達者でも、口はからきし役に立たなくてねえ。舌はしゃべるんじゃなくて、味見のために付いてるって男だからね。ちゃんと話が通じたかどうか。もぞもぞしゃべってて、木暮の旦那を苛《いら》つかせてなきゃいいけど」

「また、そんないらぬ心配をする。おとっつぁんが大番屋に連れて行かれました。わけは全くわかりません。それだけでいいんだから、太助さんだって伝えられるよ」

おけいが義母の背をぴしゃぴしゃと叩く。おふじが、うんうんと頷《うなず》く。

「心根の優しい、しゃんとしたいい娘が嫁に来てくれやしてねえ。太助もあっしたちも、天からご祝儀を貰《もら》ったようなもんでさ」

太助とおけいが所帯を持って間もなく、伊佐治が目を細め、嬉しげに語っていた。その言葉通り、おけいは優しく強い。人目を引く大輪の花ではないが、地に根を張った若木のようだ。しっかり者と評判のおふじが寄り掛かり、励まされている。微笑《ほほえ》ましくはあるが、笑っている場合ではない。

鳴きながら空を渡っているのか、鴉の声が遠く響いた。

験が悪いというか……。

信三の呟きが思い起こされる。

不意に、おけいが立ち上がった。

「遠野屋さん、うちに寄ってくださったのは、お昼を召し上がるためですよね」

「え？　あ、いや、それはそうですが」

「ちょっとお待ちください。すぐご用意します。太助さんがいないから、いつも通りにはいかないけど、できる内でささっと用意しますね」

「いや、おけいさん、気を使わなくてけっこうですよ。昼どころではないでしょうし」

「召し上がってもらいたいんです」

おけいの目元が引き締まる。

「中途半端に閉めちゃったから、お料理の材が余ってるんです。もったいないでしょ。遠野屋さんさえよろしければ、ぜひ召し上がってください。お願いします」

ああ、そうかと、清之介は合点《がてん》した。

おけいはおけいで、不安なのだ。不安で怖くてたまらないのだ。義父の行く末を案じ、居ても立ってもいられない心地に苛《さいな》まれているのだ。

でも、あたしがしっかりしなきゃ、おっかさんを支えなきゃ。狼狽《うろた》えてなんかいられない。あたしが踏ん張らないと、駄目なんだ。

心内の決意が汲《く》み取れた。健気《けなげ》だと感じる。自分がここに留まることで、少しでもおけいが楽になるなら、決意を支えられるのなら、梅屋で一夜を明かしても構わない。

いや、それは綺麗事《きれいごと》だ。嘘や誤魔化《ごまか》しではないが、心持ちのほんの一端に過ぎない。

気になる。

伊佐治は何のために連れて行かれたのか。名うての岡っ引を取り調べるとしたら、どんな理由があるのだ。気になって仕方ない。

そもそも、あの男は何をしているのだ。

知らないままなのか。そんなことがあり得るだろうか。信次郎は定町廻り同心だ。手先に使っている岡っ引が取り調べを受けるとなると、あらかじめ報せを受けているはずだ。

報せを受けながら、知らぬ振りを決め込んでいた？　それとも、報せを受けても動けなかった？　知らぬ振りを決め込むなら、それだけの事由があるだろう。動けなかったとしたら……動けなかったとしたら、何故だ。

息を呑み込んでいた。

信次郎が他者を救うためや己《おのれ》の一分《いちぶん》を通すために、何かしらの挙に出るとは信じ難い。では、何を信拠《しんきょ》として動くのか。清之介には計り知れなかった。ただ、その行い一つ一つには必ず意味がある。清之介の知る限り、信次郎が気紛《きまぐ》れや、その場凌《しの》ぎの思い付きで動いたことは一度もなかった。気紛れやその場凌ぎに見えたとしても見えただけで、裏には計算し尽くした思案が張り付いているのだ。その思案の道筋が、清之介は気になって仕方ない。引き込まれると言い換えられるかもしれない。

信次郎といると己の凡庸《ぼんよう》さを度々、突き付けられる。不思議なのはそこに悔しさや妬《と》心《しん》よりも安堵《あんど》があることだ。凡庸な己に安堵する。凡庸であればこそ、人は変われる。あまりに飛び抜けた才は、それを有する者を縛り付けてしまうのではないか。

「遠野屋さん？」

おけいが首を傾げる。双眸《そうぼう》に不安の影が揺れていた。

「あ、それでは、お言葉に甘えさせていただきます。昼の膳を一人分お願いできますか」

「畏《かしこ》まりました。少し、お待ちくださいね。ほら、おっかさん、働こうよ」

「あ、うん。そうだね」

おふじも立ち上がり、前掛けの紐《ひも》を結び直す。

「遠野屋さん、もう暫《しばら》くいてもらえますか」

上目がちに清之介を見やり、下唇を軽く噛《か》む。

「はい。もう帰れと言われるまで居座るつもりですよ」

「まあ、でも、ありがとうございます」

頭を下げたおふじの頰はもう乾いていた。『梅屋』の女将《おかみ》も、誰かが何とかしてくれるのを待つだけの者ではない。泣いた後に、為《な》すべきことを為すために立ち上がれる。

「遠野屋さんがいてくださるなんて、こんな心強いことはありませんよ」

「おけいさんの半分でも頼りになれれば、いいのですが」

「あら」

おふじは板場に目をやった。紅《あか》い襷《たすき》で袖を括《くく》り、おけいが立ち働いている。

「それはちょいと難しいかもしれませんねえ。三分目ぐらいで十分ですよ」

「確かに。半分は、些《いささ》か驕《おご》っておりましたか」

おふじの口元が綻《ほころ》ぶ。ほんの一時でも気が紛《まぎ》れたのなら、何よりだ。今は気を紛らわせながらでも、事の成り行きを見守るしかない。わからないことが多過ぎる。

清之介は腕を組み、天井を見上げた。

さほど待つ間もなく、おけいが料理を運んできた。

鯊《はぜ》の天ぷら。焼き茄子《なす》。唐《とう》茄子のあんかけ。豆腐の味噌汁。

夏と秋がほどよく交ざり込んだ膳だ。どれも、美味い。

「この唐茄子のあんかけは絶品ですね。さすが、太助さんだ」

「ええ、このところ、酒の当てにも出してるんですよ。唐茄子の甘さを嫌う客もいますけどね、その甘さが意外に酒と合うと喜んでくれる人もいます。太助がこの店を継いでから、品書きもずい分と増えましたよ。うちの人だとこうはいきませんからねえ」

おふじがぎこちなく微笑む。清之介も笑みを浮かべ、軽い口調で返した。

「そういえば、親分さんの料理を味わったことがあったかな？　覚えがない気がします」

「ああ、駄目ですよ。太助に店を丸投げしちまってから、魚をさばくぐらいしかやってないんですから。それも暇があって気が向いたときだけですよ。味付けなんか、怖くて任せられません。せっかく上がった梅屋の評判が落っこちちまいます」

「それはちょっと手厳し過ぎませんか、おふじさん」

「そうよ、おっかさん。おとっつぁんの味、そんなに悪くないよ」

「よくお言いだこと。おまえ、おとっつぁんが鯖《さば》を煮付けようとしたとき、本気で止めてたじゃないか。店に出す料理は全部、太助に任せてくれって」

「え？　あれはその、梅屋の評判を落としたくなくて……」

何ということもないやりとりを交わす。しゃべっていると、圧《の》し掛かってくる不安や懸念から気を逸《そ》らしていられる。おふじもおけいも、言葉を途切らせまいと懸命に口を開いているようだ。だから、おふじの笑う声もおけいの受け答えも作り物めいて硬い。

ガタッ。物音がした。背戸が開いた音だ。おふじが立ち上がる。

「太助さん」

店内に入ってきた亭主の許に、おけいが駆け寄った。

「おけい……み、水をくれ」

八丁堀から駆け通してきたのか、太助は汗みずくになり喘《あえ》いでいた。おけいの差し出した湯呑の水を一息に飲み干す。滴《しずく》が顎から滴り、汗の染みた小袖をさらに濡らした。

「太助、木暮の旦那には逢えたのかい。全部をお報せしたのかい」

おふじが詰め寄る。太助はかぶりを振り、一言を吐き出した。

「駄目だ」

「駄目？　駄目って、どういうことだよ。旦那が力になれないとでも言ったのかい」

おふじの口調が引きつり、語尾が揺れた。太助は壁にもたれ、かぶりを振る。

「ち、違う。いねえんだよ」

「いない？　旦那がお屋敷にいないって？」

太助の頭が今度は縦に振られた。

「どういうことなんだよ、それは。どこかに出かけてるってことかい。あ、そうだ。朝湯とかじゃないのかい。おまえ、待っていればよかったのに、どうして」

「お屋敷から消えちまったんだよ」

母親の物言いを遮《さえぎ》り、太助は叫ぶ。ほとんど悲鳴のように聞こえた。

「消えた……」

おふじが身体を震わせる。それから、もう一度、「消えた」と呟いた。

「詳しいことは、よくわからねえよ。けど、今朝方……木暮さまのお屋敷に捕り方みてえな役人さまが三人も来て……それで、それで、木暮さまを捜して……。でも木暮さまは、お屋敷のどこにもいなくて、つまり、その、消えちまったんだ。年寄りの女中さんが言うには、昨夜《ゆうべ》遅くには帰ってたみたいで、でも、朝にはいなくて……どこにも、いなくて……」

「いないって、どこに行っちまったんだよ」

「それが、わかんねえんだ。女中さんも小者の爺さまも、行方を知らないんだ。心当たりもないって。けど、今朝、捕り方が来るってわかってたんじゃないのか。だからいなくなったんだって、女中さんは言ってた。き、木戸門のところにもお役人が立っていて……か、垣根越しにしゃべってたら、飛んできて、しゃべるなって怒鳴られて……」

そこまで一息にしゃべると、太助はへたり込んだ。

「木暮さまはいなくなるし、親父は引っぱっていかれるし……何だよ。いったい、どうしちまったんだよ」

両手で頭を抱える。おふじは目を見開いたまま立ち尽くしていた。おけいは血の気のない唇を一文字に結んでいる。

何が起こったのだ。

清之介は身体の横でこぶしを握った。

木暮さま、あなたは何をなさったのです。これから何をなさろうとしているのですか。

ここにはいない男に問いかける。

『梅屋』の戸を鳴らして、一陣の風が通り過ぎていった。その音が止《や》まないうちに、おふじがよろめいた。顔は異様なほど青白い。

「おふじさん」

とっさに手を伸ばし、抱きかかえた清之介の腕の中で、おふじはさらに身を震わせた。

『遠野屋』に帰り着いたのは、間もなく町木戸も閉まろうかという刻だった。

「旦那さま、お帰りなさいませ」

女中頭《がしら》のおみつが出迎えてくれた。古参の奉公人で、もう何十年も遠野屋の奥を取り仕切っている。奉公人というより家族に近い。店内のたいていのことは知っているし、たいていのことでは驚きも揺らぎもしない。よく肥えた身体つきそのままに、どっしりと構えている。おしのが、一人娘を失った痛手を何とか凌ぎ切れたのは、おみつとおこま、二人のおかげだった。店を立ち上げたときから働き、変わらず傍《かたわ》らにいたおみつと、赤ん坊の折に手許にやってきて、おしのを「ばぁば」と呼ぶおこまが支えてくれたのだ。今も支えている。

それは、清之介も同じだった。

おみつがいなかったら、おこまが現れてくれなかったら、この身はどうなっていたか。容易に思い至らない。

「まだ、起きていたのか。先に休んでおればいいのに」

帰りが遅くなることは、人を使って言付けたはずだ。おみつが知らないわけがない。

「ええ、いつもなら、そうしましたよ。このところ、宵の五つも過ぎたら眠くてたまらなくなるんですよ。どこか悪いんじゃないかって心配してたら、大女将さんが、年だよって一言。年を取ると、早くに眠くなって、早くに目が覚めるんですって。大女将さん、あたしを何歳《いくつ》だと思ってるんでしょうね。年寄り扱いは失礼ですよ。あ、旦那さま。夕餉《ゆうげ》はお食べになりましたか。まだなら、用意いたしますが」

「いや、済ませてきた。昼も夜も梅屋で、ご馳走になったよ」

おみつがふうっと息を吐き出した。吐息と呼ぶには些か大きな音だ。

「梅屋さんで、何かあったんですか」

掛け行灯の明かりに、丸い顔が浮かび上がっている。心持ち顰められた眉が、いつものおみつにはない気難しさのようなものを醸《かも》し出していた。

「信三が何か言ったのか」

「いいえ、別段、何も。鰻を土産に買ってきてくれたぐらいです。で、旦那さまとは梅屋で別れたと、それだけでした。信三さん、番頭になってからめっきり口が堅くなりましたよ。以前は、あれこれしゃべっているうちに、ぽろっと漏らしてたんですけどねえ」

「商人だ。口が堅いのは当然だろう」

「ええ、そうですね。まあ、奉公したてのころは泣き虫で、覚えが悪くて、要領も悪くて、この先どうなるかとはらはらしてました。一年も持たずに、逃げて帰るんじゃないかってね。それがどうです。今じゃ、遠野屋の番頭を立派に務めているんですからねえ。人ってのは育つものだとつくづく感じ入りますよ。ほんとにねえ」

「おみつ」

「はい」

「おれを待っていたのは、信三の話がしたかったからか」

「いいえ、そうじゃありません。あの、余計な思案かもしれませんが、梅屋さんのことが、どうしてか気になっちゃって。何にもなければいいんですけど。旦那さまがこんなに遅くまでいたというのは、やはり何事かあったのかと考えてしまって。親分さんがどうかしたんじゃないかとか、そんなことをあれこれと考えていたら……」

そこで、おみつはさらに眉を顰めた。

そうか、心配していたのか。

清之介は女中頭の、渋面に近い表情を見詰めた。

この刻まで主を引き留めていたものは何か。おみつは気になって寝付けなかったのだ。

「旦那さま、あたしは、木暮さまが嫌いです。正直、お顔を見ただけでぞっとするほどですよ。でも、親分さんは、尾上町の親分さんは好きです。とても、いい人だと思いますよ。お話もおもしろいし、お人柄も信用できます。親分さんがいるから、木暮さまは何とか人の枠内で生きていられるんですよ。そうでなかったら、とっくにどこかに消えちゃってます。どこに消えるかは知りませんけどね」

「まるで木暮さまが狐狸妖怪《こりようかい》の類《たぐい》のように聞こえるな」

「近いものがあるんじゃないですか」

さらりと言い切って、おみつは顎を上げた。いつもなら、口が過ぎると窘《たしな》めもし、確かにそうだなと胸裡《きょうり》で頷きもしただろう。しかし、今はそんな余裕はない。

「親分さん、変わりはないんですよね。信三さんから旦那さまだけ梅屋に残ったと聞いたときから、何だか妙に胸騒ぎがしちゃって。嫌な気分が抜けないんですよ。あたしの勘、昔からいいことには、さっぱりなのに、悪いことなら結構、当たっちゃうんです。あの日も」

おみつが身を縮めた。息を呑み込んだ喉《のど》が震える。

あの日、おりんが竪川《たてかわ》に身を投げたあの日も胸は騒ぎ、気分は優れなかった。

おみつは、その一言も息と一緒に呑み込んだのだ。

「す、すみません。旦那さま、あたしったら、あの……」

「大丈夫だ」

「え？」

「親分さんのことなら心配はいらない。案じなくてもいいぞ」

「心配って……、やっぱり何事かがあったんですね」

「ああ。ただ、本当にもう大丈夫だ。詳しい話はまたゆっくりする。少し疲れた。今夜はもう部屋で休みたいのだ」

「あ、そうでございますね。申し訳ありません。気が急《せ》いてしまって。旦那さまが案じなくていいと仰《おつしや》るなら、余計な心配はいたしませんよ。では、失礼いたします」

おみつは頭を下げ、清之介に背中を向けた。

「おみつ」と呼び止めると、いつもより緩慢《かんまん》な仕草で振り向いた。

「いろいろあったが、親分さん、明日には帰ってくるから」

おりんとは違う。ちゃんと生きて帰ってくる。

言外にそう伝える。事情は何も知らないはずだが、おみつは少しばかり顔色を明るくした。

「はい。旦那さまがそこまで念を押してくれるのですから、もう何も考えないで、寝床に潜り込みますよ。では、お休みなさいまし」

おみつの素足の下で廊下の板がきゅっと鳴った。磨き込まれた廊下は夜の闇に沈んで、どこまでも暗い。胸に手をやったおみつが「あっ」と声を上げた。

「いけない、うっかり忘れるとこでした。今日、宵口《よいのくち》のあたりに、旦那さまに逢いたいと男の方が訪ねてこられたんですよ」

「男？　何の用でだ」

束の間、信次郎の横顔が目の前を過《よぎ》る。薄く笑っていた。

まさか、木暮さまの使いでは。

あの男が何かを報せてきたか。

「それが、はっきり言わなくて。暗くなりかけのころでしたけど、台所口からひょっこり覗いて、旦那さまに用事があると言うんです。旦那さまは留守だと告げましたら、ひどく気落ちした顔をしてねえ。気の毒でしたけど、素性《すじょう》のわからない人を座敷に上げるわけにもいきませんしねえ。お茶ぐらい出してあげようかと思ったんですけど、その人、また寄りますとあっさり帰ってしまって。それで、帰り際にこれを」

胸元から紙包みを取り出す。大人のこぶしほどの大きさだ。

「旦那さまに渡してくれって。手土産だそうですよ」

「土産？」

渡された紙包みは軽く、重みや手応えはほとんど伝わってこなかった。指で摑めば、かさかさと乾いた音だけがする。

「その男はどんな風体《ふうてい》だったんだ。商人だったのか、職人風だったのか」

「風体ねえ……」

おみつは黒目を泳がせ、寸《すん》の間《ま》、黙り込んだ。

「こう言っちゃあなんですが、あか抜けない田舎のお方って感じでしたかねえ。妙におどおどした感じで、ぼそぼそしゃべって。まだ若くて、そんな不細工な顔でもなかったような……あら、でも、どんな顔立ちだったかしら。人の顔を覚えるのには自信があるんですけど、今日のお客は……あら、やだ。ちゃんと思い出せませんねえ。ともかく、目立たないごく平凡なお顔だったんじゃないでしょうか」

人の記憶に残らない、つまり、容易く人混みに紛れ、見分けがつかなくなる。そういう男だったわけか。

「旦那さま、そのお客に心当たりがありました？　座敷にでもお通しした方がよかったですかね。でも、ほんとに、さっさといなくなっちゃったんですよ」

「いや、心当たりなどない。気にするほどの相手じゃないだろう。大事な用があるなら、何度でも訪ねてくるはずだしな。さっ、早く休んでくれ。明日、起きられなくなるぞ」

「そうですね。寝坊なんかしたら、他の奉公人に示しがつきませんね。じゃあ、失礼します。おやすみなさいまし」

おみつの広い背中が遠ざかっていく。

清之介は座敷に帰り、包みを開いていった。紙は粗末な反故《ほご》のようだ。かなり丁寧に、きっちりと巻いてある。

この包みを置いていったのは、誰なのか。男、という以外はわからない。

その男が信次郎の使いだとしたら、この上ない適役ではないかと、思う。誰からも気に留められず、すぐに忘れ去られ、姿はあやふやになっていく。他人《ひと》に見られたくない、知られてはならない報せを運ぶには、うってつけの者だ。

信次郎が今、どこにいるのか、何をしているのか、何をしたのか、一つとして明らかにならない。見当がつかないのだ。ただ、姿を晦ますなら晦ますだけの下拵えは済ませてあるはずだ。あの男が、前後の思慮なく動くはずがない。不意を衝《つ》かれて、慌《あわ》てて屋敷から逃げ出したなどという不間《ぶま》を演じるとは考えられないのだ。とすれば……。

違うな。

手を止める。

もしやと考えていた。木暮信次郎が行方を晦ましたと聞いたときから、もしや、遠からず信次郎自身からの報せが届くのではないかと。

無事でいるとか、実はこういう理由で雲隠れしたとか、そんな柔《やわ》い中身ではなく、もっと現《うつつ》に即した言付けが伝えられるかもと考えたのだ。例えば、逃亡のための金子《きんす》とか偽手形の用意を命じてくるとか、だ。

しかし、違う。一時でも、甘い思案をした己を恥じる。あの男がそんなものを自分に求めてくるわけがない。求めなくていい支度はしてあるのだ。

うん?

二重に三重に巻かれた紙をほどいていくと、からからに乾いた草の塊《かたまり》が出てきた。

これは、何だ？

摘《つ》まんで鼻を近づけてみる。干し草の香りの中に微かだが、馴染《なじ》んだ匂いが混ざっていた。

紅花《べにばな》か。

これは紅花の葉を干したもののようだ。『遠野屋』が栽培と売買を一手に取り仕切っている嵯波《さなみ》の紅花だろうか。とすれば、宵口に訪れたという男は嵯波の城下の者かもしれない。

包み紙の間に別の白い紙が、包みより幾分上等な一枚が挟まっていた。二つに折り畳まれている。蚯蚓《みみず》のぬたくったような悪筆を行灯の明かりにかざし、目で追っていく。


これは紅花の若菜干しに候。

間引いた若菜を日に干して、年中、食するものなり。

水で戻し、細く切った油揚げ、大根、蒟蒻《こんにやく》などと共に醬油《しようゆ》、酒で味付けすれば、美味なり。飯にも、酒の肴《さかな》にも重宝なものなり。


それだけだった。名も印《しるし》もない。清之介は眉を寄せ、もう一度、ゆっくりと香りを吸い込んだ。間違いなく、紅花の匂いだ。降り注ぐ日差しの匂いでもあった。

夏のただ中から終わりにかけて、紅花の摘み取りは盛りを迎える。夏空の下に無数の頭花が風に揺れ、揺れる花を手甲《てっこう》を付けた紅花農家の者たちが黙々と摘み取っていく。葉には鋭い無数の棘《とげ》があり、容赦《ようしゃ》なく人の指先を刺した。鮮黄色《せんおうしょく》の花が紅色に変わるのは、人の血に染まるからだとさえ言われる。

利を生み、美しくもある紅花だが、厄介《やっかい》で獰猛《どうもう》な草花でもあるのだ。その間引き若菜を食する。聞いた覚えはあるが、こんな風に干し物にするとは意外だった。これなら、作物の実らない冬の時期まで取っておける。地に生きる農民の知恵というものだろう。

しかし、誰が何のためにこれを？

清之介は一摘まみを口の中に入れた。毒が仕込んであるとは思えない。剣呑《けんのん》な臭いは一切、しなかった。舌の上に仄《ほの》かな風味が広がる。青臭さはなく、僅かだか甘味が滲んでくる気がした。癖がないのが物足りないようでも、美味なようでもある。

誰が何のために、置き土産としたのか。嵯波で紅花に関わる者なら、一報もないまま裏口からおとなうわけがない。城からの使いはもとより、城下二か所に設けた分店《ぶんてん》の者でも、正式な、あらかじめ決められた手順通りに動くはずだ。いきなりの訪問は、まずない。あるとすれば、余程《よほど》の大事が起こったときだが、おみつの話ではその様子もなさそうだった。

清之介は紅花を包み直し、脇に回した。

今はひとまず、その男への思案も脇に回す。考えねばならぬことは、他にあるのだ。伊佐治はまだ大番屋にいる。牢に入っているのか。どんな扱いを受けているのか。明日には、帰ってくる。

おみつに告げた通りになってくれればいいが。

清之介は腕を組み、目を閉じた。

「でも、でもね、うちの人の何を調べるって言うんですよ」

おふじが前掛けを握り込む。

「冗談じゃないよ。うちの人がこれまで、町々《まちまち》のためにどれほど働いたか、お役所はわかってないのかい。褒められはしても縄を掛けられる謂《いわ》れなんて、これっぽっちもないだろうに」

「おっかさん、おとっつぁんはお縄なんて掛けられてないよ。お役人だけじゃなくて名主さんも呼びに来たんじゃないの。咎人扱いはされてなかったってことだよ。ちょっと話を聞きたいって言われた、それだけなんだから」

「だから、何の話を聞くために連れて行ったのさ。大番屋じゃなきゃあできない話なのかい。ここじゃ駄目なのかい。せめて、自身番ぐらいでいいじゃないか。そうだろ、おけい」

「おっかさん、わかってるよ。おとっつぁんが町のために尽くしてきたって、お役所の偉い人だってわかってるよ。わかってなきゃおかしいんだから。あたしたちのこと、何にも見てないってことになるんだから。だから、だから、大丈夫。おとっつぁんは帰ってくるよ。間違いなく、明日には帰されるに決まってる」

おけいが慰める傍で、太助が何度も首肯《しゅこう》する。首振り人形を思わせる仕草だ。

「そうだ。おけいの言う通りだって。おとっつぁんのこったから、当たり前の顔して帰ってくるんじゃねえのか。ほら、取り調べったって、今は昔と違って大番屋でもお役所でも手酷い責めは禁じられているわけだし」

太助が口をつぐんだ。おけいがものすごい眼つきで睨んできたからだ。

「あ、いや。だから、その、別におとっつぁんが責め立てられているなんて、そんなことを言ったわけじゃなくて、あの」

「あんた!」

おけいの眦《まなじり》がさらに吊り上がり、太助は身を縮めて黙り込んだ。

「おけいさん、文《ふみ》を認《したた》めたいのですが、道具を貸していただけますか」

おけいに話しかける。低く、ゆるりとした口調を心掛ける。伊佐治を案じる気持ちは胸の内に渦巻いて、重いほどだ。けれど、おふじたち身内の焦燥《しょうそう》は清之介の比ではあるまい。一緒にいた一刻あまりの間だけでも、おふじは哀れなほど窶《やつ》れていた。

「文を？」

おけいが瞬《まばた》きした。

「ええ、上手くいくかどうかわかりませんが、親分さんの様子を探ってみます。できれば、放免されるように働きかけてみましょう」

先の北町《きたまち》奉行職を務めた中村備前守盛幸《なかむらびぜんのかみもりゆき》の屋敷には伝手《つて》がある。武士が相手だ。その伝手を頼れるかどうかは確かではないが、何もしないよりはいい。

おけいの双眸《そうぼう》が煌《きら》めく。「はい、すぐに持ってまいります」と言い置いて、階段を駆け上がっていく。その言葉通り、待つ間もなく、硯《すずり》一式と巻紙を手に戻ってきた。

「これ、うちにある一番上等の紙なんです。これで間に合いますか」

「十分です」

用件を手短に書き付け、花押《かおう》を印《しる》す。

「遠野屋さん。それはどちらに？」

清之介の手許を見詰めていた太助が身を乗り出してきた。

「向島《むこうじま》の備前守さまのお屋敷に届けます」

「それ、おれが行っても構いませんか」

太助は清之介を暫く見詰め、頭を下げた。

「お願いします。行かせてください」

「しかし、さっき八丁堀から帰られたばかりではありませんか」

「構いません。向島なんて近いもんです。おれにできることなら何でもやります。あの、でも、やれることとってほとんどなくて……だから、せめて、文を届ける役ぐらいさせてもらえたら……お、親父のためにできることがあるなら……」

「あんた、しっかりして。ここは泣くとこじゃないよ」

おけいが亭主の背中を叩く。かなりの力だったのか、肉を打つ音が響いた。

「わかりました。太助さん、お願いします。吾妻橋《あづまばし》の袂《たもと》、越前《えちぜん》さまのお屋敷近くですので、迷うことはないと思います。御用人《ごようにん》の板垣《いたがき》さまに遠野屋からの書状だと伝えてください。お取次ぎくださるはずです。返事をくださるとは思いますが、刻がかかるかもしれません。焦らず待つ肚積《はらづ》もりをしておいてください」

渡された文を両手で受け取り、胸元に仕舞うと、太助は裏口から出て行った。

「遠野屋さん」

おふじが両手を合わせる。目尻に溜まった涙が、一粒、転がり落ちた。

「ありがとうございます。本当にありがとうございます」

「おふじさん、止《や》めてください」

清之介は本気でかぶりを振った。誰であろうと、真剣に手を合わされたりしたら、居たたまれない気分になる。おふじが相手なら、なおさらだ。

「親分さんには、これまでお世話になってきました。ええ、語り尽くせないほどお世話になったんです。太助さんじゃありませんが、できることがあるなら全てやります。わたしも親分さんがいないと困るのですよ。ですから、もう、そんな真似は止めてください。居心地が悪くて、身の置き場がなくなります」

伊佐治にはずい分と助けられてきた。己に正直であることも、他人に真っすぐに向き合う術《すべ》も、ささやかに生きる尊さも教えてもらった。伊佐治のおかげで、清之介が歩む道筋に小さな標《しるべ》が幾本も立った。そんな気さえしている。

恩がある。ならば返したい。心底から思って……。

耳底で、含み笑いの声を聞く。

それが本心か、遠野屋。そうじゃあるめえ。

くっくっくっ。くっくっくっ。

現の声ではない。幻だ。幻でありながら生々しい。

告げられたのだ。

いつだったか、覚えていない。ひどく寒かった気がするが、夏の夕暮れ刻だったかもしれないし、春のうららかな下午《かご》であったかもしれない。あの男といると、いつも寒いのだ。凍《い》てた風しか感じない。

尾上町の親分がまるっきりの善人、絵に描いたような徳人《とくじん》だと信じてるわけじゃねえだろう。遠野屋の旦那が、そこまで甘《あめ》え御仁《ごじん》であるはずねえよな。ふふ、おぬしは親分に恩を覚える己に酔っているだけさ。いや、酔っちゃあいねえか。酔った振りをして、誤魔化しているのかもしれねえな。親分も自分も、まっとうな〝人の側〟にいるんだと。

そう告げられた。告げた後、信次郎はくっくっと喉を鳴らしたのだ。

その場に伊佐治もいたはずだ。清之介が信次郎と二人きりにならないよう、伊佐治はそれとなく、常に気を配っていた。伊佐治が主をどう諫《いさ》めたのか、自分がどう答えたのか、そこも覚えていない。ただ、寒かった。

おふじが洟をすすり、目頭《めがしら》を拭《ぬぐ》う。

「でも、でも、こんなとき力になってくれて……本当にありがたいんです。あたしたちだけだったら、何にもできなくて、手も足も出なくて……うちの人が無事なようにって、祈るぐらいしかできないじゃないですか。だから……」

「おっかさん。泣かないの。太助さんにも言ったけどさ、泣くとこじゃないんだよ。しっかり、おとっつぁんを待たなきゃいけないんだから」

「……そうだね。まあ、おけい、あんた、いつの間にそんなに逞《たくま》しくおなりだい」

「あたしはいつだって逞しくて、頼りがいがあるのよ。梅屋の女将の座を狙ってるんだから。おっかさん、覚悟しといた方がいいよ」

「まっ、この子ったら、言いたいこと言ってくれるね」

おふじはもう一度、洟をすり上げ、僅かに笑んだ。

無事を祈ってくれる者がいるなら、幸いだ。心配して、心掛けて、気を揉《も》んで、天に地にも神にも仏にも無事を祈ってくれる。そういう相手がただ一人でもいれば、人は支えられるだろうし、生きていくのが楽にもなるだろう。

信次郎が何を嗤《わら》おうと、伊佐治が家人《かじん》に恵まれているのは事実だ。

「遠野屋さん、じゃあもう拝むのは止めますよ。かえって迷惑になりそうですからね」

「ええ、ほっとしました。もう少しで梅屋から逃げ出さなきゃならないとこだった」

「あらま、それは大変だ。おけい、遠野屋さんに逃げられないように戸口をしっかり見張っときな」

「わかった。心張り棒を二本にしとく。あ、それよりもお茶を持ってきますね」

おけいは板場に引っ込み、きびきびと動き回る。

あたしが、しっかりしなくちゃ。頑張らなくちゃ。

華奢《きゃしゃ》な背中が張り詰めていた。

「なるほど、これなら梅屋の女将も十分に務まりそうだ。おふじさん、うかうかしていられませんよ」

「ほんとに、泣いてる場合じゃありませんね。腹を据えて、しゃんとしないと」

おふじは背筋を伸ばし、ふうっと音が聞こえるほど大きく、息を吐き出した。

「取り乱しちまってお恥ずかしいですよ。でも、あたしも長いこと、伊佐治の女房をやってますけど、こういうこと初めてだったもんで、ついつい狼狽《うろた》えてしまって」

「当然です。こんなときに、平常《ふだん》の心持ちのままでいられるはずがありません」

上げ床に腰を下ろし、おふじと向き合う。目が赤く、腫《は》れぼったくはあるが、いつもの落ち着きを、おふじは取り戻していた。むろん内心では、不安も心配も怯《おび》えも蠢《うごめ》いてはいるだろう。が、ひとまずそれらを抑えて、普段通りに振る舞えるだけの胆力が戻ってきたのだ。

「ねえ、遠野屋さん」

乾いた声でおふじが問うてくる。

「うちの人が連れて行かれたのと木暮の旦那が行方《ゆきがた》知れずなことって、繋《つな》がるんですかね」

「それは……」

繋がっているとしか考えられない。信次郎と伊佐治は一体だ。本所深川で起きる事件に、二人一体で関わってきた。年齢も、生き方も、人への眼差しや想いも、まるで異なりながら二枚貝のようにぴたりと合わさって、ずれることはなかった。

信次郎の逐電《ちくでん》に関わって伊佐治は引っ張られたのだ。間違いあるまい。

「木暮さまのお屋敷に捕り方が来た同じ日に、親分さんが大番屋に呼び出された。たまたまで片付けるのは無理があります。ただ、今は、何があったのか推し量《はか》ることすらできません。ほとんど何もわかっていませんからね」

おふじが目を伏せる。膝の上で指先をもぞもぞと動かした。

「そうですねえ。何が何だかさっぱり……ってのが、今のあたしたちですものねえ」

おけいが湯呑と茶請けの漬物が載った盆を運んでくる。義母と清之介の間に置くと、何も言わず板場に消えた。

「親分さんの口から直にお聞きしましょう」

湯気の立つ湯呑を手に取り、清之介は努めて穏やかに言った。おふじが顔を上げる。

「親分さんが帰ってきたら、全てを話してもらいましょう。それが一番、早道ですよ」

「ああ、ほんとにねえ。ほんとにその通りですよ。何もかも白状させてやりますよ。あたしの吟味《ぎんみ》は筋金入りですからね。お奉行さまより、ずっと厳しいんだから」

そこで心持ち口ごもり、でもねえとおふじは続けた。

「あの人、何を知っているかしら」

首を傾げ、視線を閉め切った戸口に向ける。

「さっきも言いましたけど、うちの人、名主さんが来たとき途方に暮れたみたいな顔つきになったんですよ。何が起こったか、まるで見当がつかないって顔です。女房が言うのもなんですけど、伊佐治は決して鈍い男じゃありません」

合点する。

伊佐治は鋭い。驚かされたことが幾度もある。信次郎に言わせれば「めっぽう鼻が利《き》くのさ。親分はとびっきりの猟犬なんだよ」ということになる。剣呑な気配も人の心の秘め事も嗅《か》ぎ当てると言うのだ。理屈ではなく勘が働く。信次郎が理詰めで真相を暴いていくのとは、全く別の意味での鋭さだった。

その伊佐治が何の用心もしていなかった？　覚悟も構えもしていなかった？

「だから、本当に何にもわかってなかったと思うんですよ。呼び出される心当たりなんか一つもなかったんです」

「確かに。全て話してくれとわたしたちが迫っても、親分さんには話すことがない。そういう塩梅《あんばい》になるかもしれませんね」

おふじは眉を寄せ、指先を頰に当てた。

「木暮さまは、どうなんですかねえ。あの方は何もかもをご存じの上で、いなくなっちゃったんでしょうか。何より、どこに行っちゃったんです。逃げなきゃいけないようなこと仕出かしたのなら、それこそ、うちの人が何かを感じたと思うんですけどね。何しろ、二六時中一緒に歩き回ってたわけですからねえ」

「木暮さまですか……」

答えようがない。太助の話からだけでは、何も見えてこない。ただ、木暮信次郎ならば、伊佐治に何の気配も感じさせず、何事かを仕出かすこともあり得るかもしれない。捕り方が踏み込んだとき、屋敷内が蛻《もぬけ》の殻《から》だったとしたら、そして、今もまだ行方が知れないのだとしたら……だとしたら、どうなのだ。闇雲に江戸市中を逃げ回っている？　まさか、あり得ない。清之介は胸裡で否《いな》と呟く。

信次郎にはわかっていた。捕り方が来るとわかっていた。安心して身を置ける場所を予《あらかじ》め用意していたに違いないのだ。それくらいの備えは抜かりなくやり遂げている。

そこがどこなのか。

品川《しながわ》、だろうか。

品川の旅籠《はたご》『上総屋《かずさや》』。女将のお仙《せん》は信次郎と理無《わり》い仲だった。世間からすれば〝情婦《いろ》〟と呼ばれる女かもしれない。けれど、お仙は情婦である前に女将だった。一人前の商人だった。上総屋を切り回し、奉公人を雇い、商いを回している。己の口を己で養い、信次郎に寄り掛かっているわけでもなく、寄り添っているだけでもない。

「うちの旦那との仲をずっと続けてるわけでやすからねえ。それだけで大変なこっちゃねえですか。お仙さんて方は、たいしたお方だと思いやすよ」

伊佐治が妙にしみじみと語ったことがあった。その通り、たいしたものだ。おそらく間合いが取れているのだろうと、清之介は思う。

信次郎との間を、お仙はこの上なく巧みに保っているのだ。男と女の仲でありながら相手に絡みつこうとも、縋《すが》ろうとも、自分に繋ぎ止めようとも望んでいない。そんな気がする。気がするだけだ。お仙の心内にどんな情がうずくまっているのか、測れるものではない。が、信次郎が上総屋に逃げ込むことは十中八九ないとは、推し測れる。信次郎はこれまで隠す風もなく品川に通っていた。追手《おって》にその気があれば、お仙との仲を調べ上げるのはそう難しくはなかろう。

品川ではない。追手が踏み込んでくる見込みが少なからずある場所に、信次郎が逃げ込むはずがない。

「追手か」

口にしてみて、その一言が舌に苦く染みた。

「え、木暮さまに追手が掛けられたのですか」

おふじも苦味の素《もと》を口に入れたかのように、唇を窄《すぼ》める。

「あ、いえ、今のは口が滑りました。木暮さまが追われているかどうか、わからないですね」

「わからない、わからない……ほんとに、わからないことだらけですねえ」

「おふじさん、わたしは明日にでも木暮さまのお屋敷に行ってみるつもりです。おしばさんや喜助さんがいらっしゃるなら、話を伺えるかもしれない」

おふじの視線が、空《くう》を漂う。

「ええ。喜助さんは根岸《ねぎし》のあたりに甥《おい》っ子だか姪《めい》っ子だかがいるって話でしたが、おしばさんは身寄りがないと聞いてます。木暮家より他に行く当ても住む場所もないのだと。だからきっと、お屋敷にいると思いますよ。けど、遠野屋さん。木暮さまはお役人ですよ。お役人なのにお役人に追われる。そんなことってあるでしょうか」

あるだろう。奉行所の配下は南北それぞれ与力《よりき》二十五騎、同心百二十人と定められている。それだけの人数の中には、法度《はっと》を犯す者もいた。法度を犯せば罪人となる。罪人であれば、追われ、捕えられ、刑に処せられる。

清之介自身、罪人、咎人まで堕《お》ちた役人を何人か知っている。人はどんな地歩《ちほ》にいようとも、罪を犯す危うさを抱えているのだ。けれど……。

「でもねえ、木暮さまですからねえ。あの旦那が無様《ぶざま》な、というか、こういう下手なことをしますかねえ。木暮さまが清廉《せいれん》潔白だなんて口が裂けても言えませんよ。あたしも伊佐治の女房として、浅くはあるけどそれなりに長くは旦那と付き合ってきましたからね。善人とか清廉潔白とかからは縁遠いお方だって言いきれます。そこは、遠野屋さんも否めないでしょう」

おふじは目を眇め、口元を緩《ゆる》めた。悪戯《いたずら》っぽい笑みが現れる。

「はい、認めます。否めるわけがありません」

「ね、そうですよね。いろいろと困ったお方ではあるんです。御法に触れることも仕出かすかもしれません。『うちの旦那は法度破りなんか、平気でしちまうんじゃねえか』って、うちの人が頭を抱えていたの、見たことありますもの。何度もね。でもねえ、何て言うか、こういうのはないと思うんですよ。ですからね、あの、上手く言えないけど……」

「木暮さまなら、法度破りもするかもしれない。けれど、それが暴かれた挙句、逃げ回るような無様な姿を晒《さら》すわけがない。そういうことですね」

おふじの面が明るくなる。繰り返し頷く。

その通りだ。法度に触れる触れないなど、あの男にはさしたるものではない。触れたことを握り潰《つぶ》す、巧みに覆い隠す、明らかになっても構わないように手を打つ。何らかのやり方で、自分を窮地に追い込む成り行きからするりと身を躱《かわ》すに決まっているのだ。にもかかわらず、この醜態か。

何なのだ、いったい。

苛立ちに似た情動が突き上げてくる。

これは、いったいどういう絡繰《からく》りになっているのだ。

これまでも、信次郎の振る舞いが読めず、戸惑うことは多々あった。なぜ、こんな挙に出る？　なぜ、そう動く？　何を考えている？　摑み切れなかった。ときには伊佐治と顔を見合わせ、首を傾げた。

読めないことに戸惑いはしたけれど、戸惑いの底で待ち望む想いが淡く光ってもいた。そう刻が経たないうちに、何もかもが明らかになる。闇が不意に晴れ、光が差し、驚くべき光景が見えてくる。わかっていたからだ。その一時を自分が、そして伊佐治が待っていることも、待つに値する光景であることも解していた。

しかし、今回ばかりは、何も解せない。当の信次郎がいないのだ。

いつの間にか湯呑の中の茶が、冷めている。

飲み干すと、喉に気持ちよく染みた。渇いていたのだ。

小皿の漬物にも手を伸ばす。麹《こうじ》で漬けた茄子がほどよく甘い。

「おけいが漬けたんですけど、美味しいでしょ」

「ええ。これは美味い。よく味が染みてます。絶品ですね」

「漬物の腕だけなら、女将の座を渡せるかもしれませんね」

そこで、おふじが勢いよく立ち上がる。もう一度、さっきより強く前掛けの紐を締め直し、嫁を呼んだ。

「おけい」

「はい」

「今日の夕餉は飯を炊くよ」

「はい」

「それで握り飯を作るんだ。おまえの漬物と一緒に、遠野屋さんに食べてもらいな」

「わかった。おとっつぁんの分も握るね」

「ああ、そっちはたっぷり塩を利かせてやんな。それと、悪いけどさ、豆腐と揚げを買ってきておくれ。あたしが、おつけを作るからさ」

細紐で袖を括り、おふじはにっと笑った。

「ということで、遠野屋さん、夕餉は食べて帰ってもらいますよ。逃がしませんからね」

「昼も夕もご馳走にあずかれるのですか。願ってもない成り行きになりました」

板場に入っていくおふじを目で追い、清之介は息を吐いた。

『梅屋』の女将を見習わなければならない。

背筋を伸ばし、気息《きそく》を整えるのだ。もういいかげんに、狼狽《ろうばい》から立ち直るのだ。

頭の中に音が響く。ごく僅かな、あるかなしかの音。

鯉口《こいぐち》を切る音だ。

腰を落とし、鯉口を切る。相手を見据え、柄《つか》を握る。

斬るために人と対峙《たいじ》する、あの瞬目《しゅんぼく》がなぜ、ここでよみがえるのか。

「おっかさん、豆腐は三丁でいい」

「ああ、念のために四丁、買ってきな。お揚げは二枚、頼んだよ」

女二人のやりとりを聞きながら、清之介は目を閉じ、膝の上に手を置いた。風が止まないのか、梅屋の戸は鳴り続けている。

炊き上がった飯をおけいが握り終わったころ、その頃合いを見計らったかのように、太助が帰ってきた。さすがに疲れ果てた風で、肩で息をしていたが双眸は強い光を湛《たた》えていた。清之介を見るなり、深く首肯《しゅこう》した。

「太助さん、上手くいったのですか」

「い、いきました。いったと思います」

おけいの差し出した湯呑の水を一息に飲み、太助は口元を拭った。おふじが胸の上に両手を重ねる。瞬きもせず、息子の横顔を見詰める。

「はい。文での返事はもらえませんでしたが、裏庭まで呼ばれて……、えっと、おれが門の前で待っていたら、お武家さまが中に入れって。それで裏庭まで連れて行かれて、おれ、打ち首になるんじゃないかと怖かったです。無礼を働いた町人を裏庭で斬り殺したって話を昔、聞いたことがあって。あ、それは中村さまとは関わりない話でしたが。でも、怖いのは怖くて身が縮まってて……、けどそうじゃなくて、えっと、御用人の板垣さまが廊下に立っておられて驚きました。立派なお武家さまがいるなと思ったら、案内してくれたお武家さまが御用人の板垣平十郎《へいじゅうろう》さまだと教えてくれて。おれが驚いて庭に這いつくばってたら、遠野屋の使いの者かって聞かれて、おれが、そうですと答えたら、書状は確かに読んだと言われて、それで、それで、えっと……ありがとうございますと言うのも変だし、何か言わなきゃいけないのか見当がつかないし、で」

「あんた、お願い。もうちょっと、わかり易《やす》く話をして」

おけいがほとんど叫ぶように言った。亭主の腕を摑む。

「その御用人さまは、おとっつぁんのことをどうしてくれるの。助けてくれるって言ってくれたの。ちゃんと約束してくれたの」

「うん」

あっさりと太助が言う。おけいが息を吸い込んだまま、動かなくなった。

「親分さんを放免するよう動いてくださると、約定《やくじょう》をくださったのですね」

清之介は一歩、前に出る。太助はさっきと寸分変わらぬ首肯をした。

「そうです。確《しか》とは言い切れないが、できる限りの手を尽くすと」

おけいが息を吐き出す。

「『遠野屋には借りがある。無下《むげ》にもできまい。あいわかったと伝えよ』とのことで……、あの、明日まで待てとのことでした。これから仔細《しさい》を調べ、手立てをすると」

「そうですか」

清之介も大きく息を吐いていた。知らず知らず、息を詰めていたらしい。

「では、待ちましょう。今、できることはそれだけです」

「遠野屋さん。ほんとに」

おふじは合わそうとした手を慌てて、下におろした。

「おけい、握り飯はできてるね」

「できてるよ。おっかさん、味噌汁は？」

「もちろんに決まってるだろ。じゃ、漬物出して、夕飯にしようじゃないか」

「あ、豆腐、余ってねえか。おれ、ちゃちゃっと白和《しらあ》えでも作るぜ」

『梅屋』の面々のやりとりに被《かぶ》さって、風の音が響いた。

『遠野屋』の外でも風が鳴っている。

雨戸が鳴っている。

目を開け、立ち上がる。雨戸を開き庭に降り立つと、東からの風が纏わりついてきた。

意外にも月が出ている。梅屋からの帰り道では雲に隠れ、一度も覗かなかったのに。

月明かりに、裏庭がぼんやりと浮き上がる。

遠野屋には借りがある。無下にもできまい。

中村家の御用人は、はっきりと口にしたらしい。

貸しがある。

かなりの額の金子を文字通り貸し付けていた。三千石の旗本《はたもと》、元北町奉行の家であっても、内情は厳しい。それは、どこの旗本、大名家も同じだ。武家だ、直参《じきさん》だ、一国の主だと胸を張っても、裏に回れば金策に奔走しなければ家格を保てないところまできていた。

武士の世も、そう長くはない。

時折、生々しく感じてしまう。この世を動かし、回しているのは誰なのか。政《まつりごと》を担う武士ではないと、肌で感じていた。おそらく、大きくずれてはいまい。

自分の目の黒いうちに、武士の世が終焉《しゅうえん》を迎えるかまでは見通せない。しかし、このままの世が続くわけがないのだ。

しかし、板垣さまに借りを作ったのは、些か応《こた》えるな。

月明かりの下で、ふっと笑ってみる。足元で虫が鳴き始めた。裾が風に煽《あお》られる。

中村家には二年ほど前から出入りしていた。三女、安子《やすこ》の婚礼道具を一式、所望されたのだ。その折のやりとり一切を仕切ったのが、板垣だった。

なかなかの切れ者だった。家中《かちゅう》随一の剣士であり、能吏《のうり》でもあると耳にしたが、さもありなんと頷ける男だったのだ。その男から、借金の申し込みがあったのは、ちょうど去年のこの時期になる。信三と相談し、熟慮を重ね、貸すことにした。額は大きいが、『遠野屋』の身代《しんだい》に痛手になるほどではない。板垣はそのあたりをきちんと算盤を弾いてきた。武士でありながら、算盤を弾き、交渉を纏める力のある相手なのだ。金なくしては、家は成り立たないと骨の髄までわかっている節《ふし》もあった。

役に立つかもしれない。こういう男なら、何かの折に使える。

そういう思案も動き、清之介は中村家に貸し付けをした。その金は、一年経った今、利平《りびょう》を付けて約半分、返済されている。次の貸し付けをねだられることもない。

ここで、板垣に借りを作ったことが、さて、どういう賽《さい》の目になるか。

厄介事が増えるかもしれない。しかし、悔いは一つもなかった。伊佐治を取り戻すための、これが最も効用のある一手だった。その、狙いに間違いはなかったのだ。

親分さんは、何とかなる。では、木暮さまは……。

信次郎を助けようとも、力になろうとも考えていない。信次郎だとて、誰かに手を伸ばして縋ろうなどと思案の隅にもないだろう。

まったく、何て野郎だ。

舌打ちをしたけれど、信次郎ほど鮮やかに響かない。あれには、何かコツがあるのだろう。

知りたくもないが。

月が隠れた。闇が地に滾《たぎ》る。全てを黒く塗り込める。

天も地も漆黒に閉ざされた夜の中に、清之介は一人、佇《たたず》んでいた。

遠くで犬が吠えている。長く尾を引いて、その遠吠えが消えたとき、口の中にさっき含んだ紅花の味がよみがえってきた。この闇、あの紅花。

もしかしたら。

佇んだまま、呟く。

もう一度、遠吠えが響いた。

第二章　雛《ひな》

松の大樹の下で鴉の子が鳴いていた。

まだ羽の生え揃《そろ》わない、飛ぶことのできない雛だ。

拾い上げると、身を竦《すく》めながらも睨み付けてくる。迂闊《うかつ》に手を出せば、頭を振り嘴《くちばし》を突き出した。こんなに小さいくせに、威嚇《いかく》の真似ができるらしい。

松の梢《こずえ》を見上げてみたが、風に揺れる針葉とその向こうに広がる碧空《へきくう》の他は何もない。巣らしきものは見当たらず、親鳥の姿もなかった。

さて、どうしたものかと思案していた最中、大きな斑猫《ぶちねこ》が庭の隅を過《よぎ》っていくのが目に留まった。数か月ほど前から出没するようになった野良猫は、よく鼠《ねずみ》を狩るとかで台所方から重宝されている。そのおかげで、筆頭家老家の広大な庭を我が物顔で歩き回っていられるのだ。「ケッケッ」雛が鳴くと、白毛に黒斑の大猫は足を止め、こちらを窺うように姿勢を低くした。

これは、まずいな。

懐に雛を押し込み、部屋に戻る。しかし、連れ帰ってはみたものの、鳥はおろか生き物を飼った覚えは一度もないと気が付いた。飼い方がわからない。とりあえず、乱れ箱の底に反故紙《ほごがみ》を敷いてそこに置いてみる。雛は覚悟を決めたのか、弱っているのか先刻までの威勢は消えて、鳴きも動きもしない。おとなしくうずくまっている。

餌《えさ》を与えねばならない。水もいるだろうか。

あれこれ思案していたとき、軽やかな足音が近づいてきた。障子が開いて、兄の顔が覗く。

「おい、清《せい》。釣りに行かぬか。裏手の川に……あれ？　なんだ、それ？」

「鴉の雛です。松の木の下で拾いました」

「へえ、おまえ、鴉を飼うつもりなのか」

「見捨ててもおけませぬので、拾うてしまいました。でも、飼い方を知りませぬ。兄者《あにじゃ》はご存じでしょうか」

「うーん、鴉の飼い方かぁ」

兄が首を傾げ、小さく唸る。

兄も自分も、まだ幼かった。前髪を残し、家人や奉公人の目を盗んで釣りや他愛《たわい》ない遊びに興《きょう》じ、将来の明るさにも暗さにも、惨さにも変転にも思いを及ぼせられないほど幼かった。

兄は正室の一子であり、家老家の嫡男《ちゃくなん》として家臣にかしずかれて暮らしていた。父から子としてさえ認められていない我が身との隔たり、境遇の違いを悟るにも、幼過ぎた。年端《としは》のせいばかりでなく弟を弟として扱い、何をするにも「清弥《せいや》、清弥」と声をかけ、接してくれる兄の大らかさにも拠《よ》るのだろうが。

「鴉は悪食《あくじき》と聞いたぞ。何でも食うのではないか」

兄は腰に下げていた魚籠《びく》の中に手を突っ込むと、蚯蚓《みみず》を一匹摘まみだした。五、六寸はありそうな大物だ。小さい蛇と見間違えても不思議ではない。

「ほら、鴉。これが食えるか」

からかいの口調で、兄が蚯蚓を振る。雛が跳ねた。と思うと、くちばしが蚯蚓をくわえていた。音もなく、蚯蚓は二つに千切《ちぎ》れ、半分は雛の口の中に半分は兄の指先に残る。

「うわっ、食った」

兄は頓狂《とんきょう》な声を上げ、のけぞった。放り投げた蚯蚓の一半を雛は伸び上がり、器用に受け止めた。揃っていない羽をばたつかせ、呑み込む。その口を大きく開けて、ぴぃぴぃと鳴いた。餌をせがんでいるのだ。

「何てやつだ」

兄がまた、唸る。

「鷹匠《たかじょう》から、鷹を育てるのは、人の手から餌を食べるようになるまでが苦労なのだと聞いたぞ。それなのに、何だこいつは。厚かましいにも程がある」

「鴉と鷹は違いましょう。鴉を使って狩りはできませぬゆえ」

「どちらも鳥ではないか。しかし、なかなかにおもしろいな」

兄はもう一匹、やや小ぶりな蚯蚓を与えた。先に倍する勢いで平らげ、雛はさらに高く、うるさく鳴いた。

「うん。おもしろい。清、釣りは後にして納戸に行ってみよう。鳥籠《とりかご》があるかもしれん」

「これが入るぐらいの大きな鳥籠がございますか」

「うむ。前に納戸番が片付けているのを見たことがある。な、探してみよう」

「はい」

兄が差し出した手を握り、納戸に向かう。

鳥籠は苦もなく見つかった。納戸の奥に布に包まれて仕舞われていたのだ。

丸天井の細長い籠に雛はちんまりと収まり、しょっちゅう餌を求めて鳴くようになった。雄か雌かもわからぬのに、兄が勝手に〝黒太夫《くろだゆう》〟と名付けたが、餌のたびに名を呼んでいると、「黒太夫」と声をかけるだけで口を開けるようになっていた。黒太夫は確かに悪食で、魚の切れ端から水菓子、飯粒まで何でも食べ、一月《ひとつき》もしない間に、成鳥とそう変わらぬまでに育っていった。

どういうわけかよく馴《な》れて、一度、空に放してやったのに一刻《いっとき》もしないうちに舞い戻り、餌を見せると傍らまでやってきた。ときには腕や肩に止まることもあった。そのくせ二度と籠には入ろうとせず、日が落ちる前にどこかに飛び去ってしまう。毎日のように餌を食べに来たかと思うと、二日も三日も姿を見せぬままだったりもした。そんな気儘《きまま》さが鳥らしく感じられて、おもしろい。

その日も庭に降りてきた黒太夫に朝餉《あさげ》の残りを与えていた。

空は曇っていたように思う。鼠色の雲に覆われた空の下、昼か夕かも確とはわからぬような薄暗い日だった。それでも雨は降らず、時折は雲が切れて淡い光が地に注いだ。

黒太夫が桜の木の枝に止まっていた。

小魚や海老《えび》の頭を投げてやると、躊躇《ためら》いもなく降りてきてすぐに啄《ついば》み始める。ふと、目を上げると枝にはもう一羽、鴉がいた。葉陰に隠れて、こちらを覗いているようだ。

「おまえ、仲間を連れてきたのか」

尋ねてみる。黒太夫が海老をくわえ、頭を上げた。

背後で人の気配がする。

「あ、父上」

父が立っていた。着流しのくつろいだ姿だが左手に黒鞘《くろざや》の一振りを提《さ》げている。父がこの離れに顔を出すことは滅多にない。いや、今まで、一度もなかったのではないか。

「父上、あの」

海老をくわえたまま黒太夫が飛び立つ。ばさりと重い羽音がした。父が足を前に出したのと、白刃が一閃《いっせん》したのはほぼ同時だった。

黒い羽が散る。鴉の小さな首が地面に転がり、首のない体が桜の根本に落ちた。それは、束の間、細かく震えたがすぐに動かなくなった。僅かな血が点々と、土に染みていく。

「馴れるな」

刃《やいば》を納め、父は言った。

「人に馴れてはならぬ」

風が吹いて、黒い綿羽《わたばね》を舞い上げる。

「馴れれば使い道がなくなる。覚えておくのだな、清弥」

ただ一度、息子の名を呼んで、父は背を向けた。

雲の合間から日が差す。光を浴びた鴉の骸《むくろ》は、艶《つや》やかに黒い。

桜の葉陰に目をやったが、先刻の一羽はもういなかった。


雨戸を開ける音がする。

部屋の中が白み、物音が響いてくる。おみつの影が障子に映る。

「旦那さま、お目覚めですか」

「ああ、起きている。今朝も早いな、おみつ」

「はい。ちょっと肌寒いですが、気持ちの良い朝になりそうですよ」

影が大きく伸びをする。

「信三はもう店に出ているか」

「はい。さっき、小僧たちに何やら言い付けてましたよ。ご用ですか」

「うむ。店で待っているように伝えてくれ」

「畏まりました。間もなく朝餉が調いますから、お出《い》でくださいね」

おみつの足音が遠ざかると、物売りの声が微かに響いてきた。

雀《すずめ》の地鳴《じな》き、奉公人たちの働く気配、障子を白く照らし出す朝の光。

森下町《もりしたちょう》の小間物問屋『遠野屋』の一日が始まろうとしている。

清之介は起き上がり、手早く身支度をした。顔を洗い、髷を整える。

眠ってはいなかった。だから、夢ではなく思い出したのだ。

なぜ、今、黒太夫のことを……。

いや、黒太夫ではない。父だ。遥か昔の父の姿、言葉を思い出した。

なぜだ？　昨日の信三の話に誘われでもしたのか。

羽織の袖を通す。前できっちり紐を結べば、商家の主そのものの姿になる。刀を佩《は》か
ない腰は軽く、肩も張らない。

今日は、もう一度『梅屋』を覗くつもりだった。伊佐治が帰ってこないようなら、板垣に直談判しなければならない。できれば、八丁堀にも回ってみたい。帰ってこない？　中村家の用人が動いてなお、親分が解かれないとしたら余程のことだ。十中八九、それはあるまい。

とは、思う。しかし、余程のことが起こらぬと言い切れないのが人の世だ。万が一の場合、次の手をどうするか考えておかねばならない。

夕刻までは店に帰れないな。今日は昼から職人たちとの打ち合わせがあるが日延べしてもらうしかないか。それとも、信三に任せてみるか。

頭の中で、商いの段取りを組み立てる。

くわっ。太い鳴き声と共に雀たちの慌てふためく気配が伝わってきた。

廊下に出て、庭を眺め、空を仰ぐ。良い天気になりそうだ。昨夜の月は、今日の好天を約束するものだったらしい。光と風をゆっくりと吸い込む。

目の前を黒い小さな綿羽が過った。まだ、あの記憶に引きずられていたのかと一瞬息を詰める。が、羽は現《うつつ》のもので、現の風に乗って運ばれ、軒下で揺れる蜘蛛《くも》の巣に引っかかった。巣の主《ぬし》は餌ではないとわかっているのか、円網《えんもう》の真ん中から動こうともしない。

詰めていた息を吐き出す。

おみつの言った通り少し肌寒くはあるが、明けて間もない光は夏場のようなぎらつきはなく、静かに澄んでいる。表庭は客人の目に触れることを考え、豪奢《ごうしゃ》にならない程度には整えている。季節ごとの花や葉色を楽しめるように庭師が丹念な手入れを欠かさない。しかし、家の者の住居になる奥は、庭も質素だ。土塀の下に低い生垣があり、手前には柿と白木蓮《はくもくれん》が植わっていた。柿はかなりの高さで数の多寡《たか》はありながらも毎年、実を付けたが、木蓮は一向に育たず、かといって枯れもせず生えている。今年は五つ、六つ花を付けた。

「このまま、おみつが気紛れに苗を植えていったらさ、そのうち雑木林になっちまうよ」と、おしのは苦笑いするけれど、玄人《くろうと》の手が入った表の庭より、どこかちぐはぐなこちらの風景の方が心惹《ひ》かれる。

朝の風が頰を撫《な》でる。季節の移り変わりを突き付けるような冷たさだ。

庭蔵《にわぐら》の屋根の上に一羽の鴉がいた。清之介に気づいたのか、一声も出さぬまま塀の向こうに飛び去って行った。何か肉片のようなものをくわえていたから、雀の幼鳥を餌食《えじき》にしたのかもしれない。

なるほど、人に馴れぬ鳥は猛々《たけだけ》しい。

しかし、人は鳥ではない。獣《けもの》でも虫でもない。鳥にも獣にも虫にもなれぬのだ。ならば、人として生きるしかないではないか。

父上、あなたはそこを見誤《みあやま》ったのです。人というものの正体を知ろうともなさらなかった。傲慢《ごうまん》であり愚かであったとは思われませぬか。

目を閉じてみたけれど、眼裏《まなうら》に浮かぶ父の姿は、ぼやけた鼠色の塊でしかなかった。

思案が途切れる。

耳が微かな足音を捉《とら》えた。裏口の方角から近づいてくる。

清之介は草履《ぞうり》を突っ掛け、庭に下りた。

光の中に立ち、足音の主を待つ。

この軽やかな、けれど、用心深くもある歩き方は、間違いなく……。

「親分さん」

足が勝手に前に出る。庭蔵の陰から現れた伊佐治が深々と頭を下げた。

おしばは庭を掃いていた。本来なら、これは喜助の仕事だ。

喜助は寝込んでいる。今朝、目が覚めたとたん、起き上がれないほどの腰の痛みに襲われたのだ。膏薬《こうやく》を貼ってやったら幾分楽になり、何とか厠《かわや》ぐらいは自力で行けるようになった。が、まだ呻《うめ》いている。足を上げたり、腰かけようとすると、痛みが背骨に沿って走るのだそうだ。いつ治るのか、おしばには見当が付かない。八丁堀には医者が多いから診《み》てもらえばと促したが、喜助は首を横に振るばかりだった。たぶん、薬礼《やくれい》の心配をしているのだ。このあたりの医者は、役人の地所を借りているからかどうか、横《おう》柄《へい》で驚くほど高直《こうじき》な薬礼を求めてくる。その分、腕は確かではあるのだが。

昨日、喜助は踏み込んできた男の一人に背中を押され、転んだ。具合の悪さはそのせいだと、おしばは信じていた。それしか考えられない。

まったく、年寄りに手を出すなど、とんでもない輩《やから》だ。どんな育ち方をしたのやら。あいつらに薬礼を払わせればいいのだ。それが道理というものではないか。

力を込めて、ばさばさと箒《ほうき》を動かす。

外回りの掃除などしたくない。これからの時期、掃いても掃いても葉は落ちて、積み重なってしまう。風が吹けばあちこちに散らばる。掃除など詮無いだけだ。

面倒くさくなり、箒を木戸門の横に立てかける。

生垣の向こうの男と目が合った。

「何をしておるのだ」

医者より、さらに横柄な物言いで男が尋ねてくる。昨日の役人の一人だ。小柄で若い。おそらく、一番の下っ端になるのだろう。屋敷の見張り役をしている。二人組になり、一人が門の前に立ち、一人が屋敷の周りを歩いている。代わる代わるにだ。主が帰ってきたら、取り押さえるつもりなのだろうか。馬鹿かと言いたくなる。あの主が夜陰《やいん》に紛れて、のこのこ舞い戻ったりするものか。

「おい、黙っていてはわからん。何をしていると問うたのだぞ」

男が声を荒らげる。

鬱陶《うっとう》しい。

「庭を掃いておりました」

短く答え、顎を上げる。

「昨日、お役人さまたちに無体《むたい》な仕打ちをされて、小者が腰を痛めました。痛くて動けぬと呻いております。本当に無体なことでございますよ」

〝無体な〟を繰り返すと、男は眉を寄せ渋面を作る。

「それがどうした？」

「どうもしません。こちらの仕事が増えたと言いたいだけです。ですので、これからは気安く呼び止めないでいただきたいですね。さっ、怪我人に膳を運んでやらねばなりません。粥《かゆ》でも作りましょうかね」

背を向ける。向けた背の後ろで、男が舌打ちをした。

こんなに長く、こんなに多くしゃべったのは、いつ以来だろう。他人としゃべるのは億劫《おっくう》だ。どんなに言葉を尽くしても、意が通じるとは思えない。むしろ、言葉は勘繰《かんぐ》りや思い違いの因《もと》になる。黙っていた方が楽だし、無難だ。

台所に戻り、竈で湯を沸かす。当分、外には出るなと言い渡された。物売りから品を購《あがな》うのはいいそうだ。別段、不便はないから文句はつけなかった。今、笊《ざる》の中に茄子がある。青菜がある。瓜《うり》がある。芋がある。卵もある。棚には塩も味噌もある。米櫃《こめびつ》にはたっぷり米が入っている。何かしら賄《まかな》えるだろう。

「でも、おしば。晦ますことができるではありませんか」

誰かに言われた。誰だったか……。暫く考えて、おしばは「ああ」と声を漏らした。

瑞穂《みずほ》さまだ。

もう何十年も昔、まだこの身に若さが残っていたころだ。

瑞穂さまに言われた。この台所で二人して、魚をさばいていたときではなかったか。

若くして亡くなった女主人を久々に思い出す。本当に、久々だ。

陶器のような白い、滑《なめ》らかな肌をしていた。その肌が羨《うらや》ましくてならなかった。

「でも、おしば。晦ますことができるではありませんか」

そう告げられるまでは。

「晦ます？　何をでございますか」

思わず問うていた。

「他人をですよ」

「はあ？」

自分より年下の主人を見やり、おしばは首を傾げた。

「だから、縁談のことは心配しなくていいのですよ」

「あ……はい。でも、どういう意味か……」

二日前に、木暮家の遠縁に連なる老女が、おしばに縁談を持ってきた。相手は旅籠の主で五十を過ぎた鰥夫《やもめ》だという。

「年は離れておりますけれど、その分、二親《ふたおや》は他界しているし、子どもはそれぞれに所帯を持って独り立ちしているのですよ。つまり、係累《けいるい》のない気楽な身ということ。なかなかの財持ちでもあるの。こちらのお女中も、まあ、もういいお年でしょう。釣り合うのではないかしらね。それに確か実家は旅籠だったのですよねえ。その話をしたら、向こうは、旅籠の商いがわかっている相手なら願ってもないと、喜んでね。どうです？　後妻とはいえ、とても良い縁ではないですかねえ。ほほ、わたしも武家の身で町人の縁の世話をするのもどうかと悩みましたが、木暮家とは知らぬ仲でもないし、本来の世話好きの血もあって、良縁ならぜひにも結ばせてあげたいとの気持ちが勝ったのですよ」

老女は熱心に勧めてきたが、おしばはその気になれなかった。また、返事を聞きに来ると言い置いて老女が去った二日後の夕、瑞穂に心内を伝えた。

「わたしは、このように口下手で……人と話すのが億劫な性質《たち》です。誰かと所帯を持って、上手くいくはずがありません。まして旅籠商いなんて、とても……。できれば、このままご奉公したいと思っておりますが」

台所仕事をしながら、ぼそぼそと話す。瑞穂は魚の鱗《うろこ》を落としながら、耳を傾けていた。

「小さいころから、人としゃべるのが苦手で……苦手というか、嫌でたまらないのです。嫌いなのです。愛想《あいそ》笑いなんて、どうにも無理で……。親にはよく叱られました。可愛げの欠片《かけら》もないと怒られて……」

父にも母にも責められ、疎《うと》まれた。辛いばかりではなかったが、泣くことも多々あった娘のころがよみがえり、気持ちが重くなる。そのとき、瑞穂が笑った。小気味いい乾いた笑声を上げたのだ。女主人が声を上げて笑うのを初めて見た。

「でも、おしば。晦ますことができるではありませんか」

「晦ます？　何をでございますか」

「他人をですよ」

「はあ？」

「だから、縁談のことは心配しなくていいのですよ」

「あ……はい。でも、どういう意味か……」

さっぱりわからない。瑞穂が包丁を置いた。

「ねえ、おしば。これは何？」

組板《まないた》の上を指さす。ぜいごを削《そ》ぎ落とされた鯵《あじ》が載っていた。

「はあ……あの、鯵ですが」

瑞穂は黙っている。口元にはまだ笑みが薄《うつす》らと残っていた。

え？　違うのだろうか。

おしばは改めて、瑞穂の示したあたりに目を凝《こ》らす。

檜《ひのき》の俎板に鯵の鱗が散って、格子窓から差し込む光に白く浮き上がって見えた。薄く血の付いた包丁があり、微かな腥《なまぐさ》さが漂う。

魚の名でなければ、何を問われたのか。俎板？　包丁？　しかし、そんなものをわざわざ問うて何になるのだ。

からかわれているとは考えなかった。何年も仕えてきた女主人が他人をからかったり、嘲《あざけ》ったりする性質でないことは十分にわかっている。ひどく冷ややかな眼差しで相手を見据える場面には、たまに出くわしもしたが。

「ね、黙っていてはわからないでしょう。『この魚の名前は』とか『この道具は何といいますか』とか言わないと、何を尋ねられたのかわからないですよね」

「……はあ」

「言葉とはそういうものですよ。黙っていればわからなくて、相手は戸惑うでしょう。それで、鯵か俎板か包丁かと勝手に思案を巡らせる。言葉で他人を騙《だま》すことができるように、黙っているから相手を晦ませられる、そういうこともあるのです」

「あの……他人を晦ますのと騙すのは違うのですか」

「違うでしょう。騙すとなると気後れもするでしょうが、ただ知っていることを黙っているだけならさして心も痛まないのではなくて。棗《なつめ》さまも、そうだったのでしょうね」

老女の名前を口にして、瑞穂は軽く肩を竦めた。

「は？　棗さま？」

あの老女はよくしゃべった。口下手とも寡黙《かもく》とも無縁だった。

「おまえの縁談のお相手ね、確かに旅籠の主人ではあるのだけれど、むしろ、金貸しを生業《なりわい》としているようよ。おそらく、棗さまもかなりの金子を借り入れているのではないかしらね。そんなことは一言も仰らなかったけれど」

「まあ」

「仕立ての良いものをお召しだったでしょう。昔から着道楽なところがおありでね、お金が幾らあっても足りないと、よくぼやいておられたもの。それに、旅籠の主人が去年の暮れ、倒れてから風疾《ふうしつ》の気《け》が出て身の回りの世話をする者を捜していたことも、黙っておられましたよ。そのくせ、どうでもいいことは、べらべらよくしゃべりました。あの方、心に疚《やま》しいものがあると、饒舌《じょうぜつ》になる癖がおありなのよ。まあ、たいていの人はそうかもしれませんが」

おしばは口をぽかりと開けていた。瑞穂の肌と紅い唇が急に艶《なま》めかしく感じられて、目を逸らす。俎板の上で鯵が身をくねらせた気がしたが、むろん幻だ。

ふふと、瑞穂が笑った。さっきとはまるで別の、冷えた笑い方だ。

「ふふ、棗さま、金貸しに頼まれたのか脅されたのかしらないけれど、女房とは名ばかりの体《てい》のいい女中を探していたのよ。で、あなたに白羽の矢が立ったわけ。あなたの無口なところを文句も言わずよく働く、従順な使い勝手のいい女と見誤ったのですね」

「奥さま、あの、調べてくださった……」

調べてくれたのだ。瑞穂は昨日、半日ほど家を空けていた。あれは、おしばの縁談相手を調べるための外出だったのだ。

そうだとも違うとも答えず、瑞穂は続けた。

「あなたと棗さまは異なります。あなたは、損得勘定で黙っているわけではないものね。だから、いいのですよ。そのままでいればいいのです」

「あの、でも、わたしがちゃんとしゃべらないと……誰かが戸惑うことに……」

なるのだろうか。沈黙に暗まされる誰かが出てくるだろうか。

「それは、あなたには関わりないでしょう。その誰かが背負うことです」

「は？」

「あなたから何かを聞き出したいなら、どうしても尋ねたい何かがあるなら、それ相応のやり方を考えればいいのです。言葉を尽くして説得するのか、脅すのか、理を通して答えざるを得ないところまで追い詰めるのか、方便《ほうべん》は様々でしょう。それをせずして、困ったり怒ったり戸惑ったりしても、それはその者に責があるだけのこと。あなたが気にする話ではありませんよ。それにね、おしば、他人を晦ますということを全て悪と決めつけなくてもいいのではなくて。悪とか善とか容易《たやす》く二分できないものなんて、たくさんありますからね」

容易く二分できないもの？　たくさんある？　はて、何だろうか。

「とはいえ、棗さまのように下心が透けて見えるのは、ただ卑《いや》しいだけでしょう。でも、あなたの場合はそれとは色合いが違いますからね」

瑞穂の物言いは静かで昂《たかぶ》りも弾《はず》みもない。音もなく流れる清水のようだった。

「性分を無理に変えるなんてできないし、変えようとすれば必ずや歪《ひずみ》ができます。歪は災《わざわ》いの因になりますよ。ですから、諦《あきら》めなさい。自分はこれでいいと諦めるのが得策でしょうよ。と、わたしが言うまでもなく、あなたはよくわかっていますよね」

このお方はと、おしばは目の前の白い顔を見詰めた。

何と風変わりな思案をなさるのだろう。そして、他人の心の内が、なぜこうも易々《やすやす》と手に取るようにわかるのだろうか。同じ世、同じ場所に生きていながら、まるで別の光景を見ているようではないか。

人ではなく魔の眼《め》を持っておられるのか。

あれほど羨ましかった白い肌さえ人ならぬものの証《あかし》のようで、身震いしてしまう。

「おしば」

「はい」

「これから、棗さまにお断りの文を認めます。よいですね」

「はい」

頭を下げる。心底から安堵していた。

「鯵の臓物《ぞうもつ》をつぼ抜きして、串を通しておいて。飾り塩も忘れないで。その後は煮つけの下拵《したごしら》えも済ましておいてちょうだい。出汁《だし》は少し濃い目にお願いします」

「畏まりました」

頭を下げたまま、返事をする。

二息吐いて顔を上げたとき、瑞穂はもういなかった。

あれから長い年月が過ぎたのに、この台所は変わらぬままだ。格子窓から差し込む明かりも棚に並んだ器も竈の煤《すす》けた黒さも、同じように思える。昨日の狼藉《ろうぜき》で、気に入りの器が幾つか砕けてしまったけれど、それで何かが変わったわけでもない。

こうやって米を磨《と》いでいると、傍らに瑞穂が立っている気さえする。

いつもは、忘れている。遥か昔に亡くなった女主人のことを、ずっと抱えているわけではない。そんなことできるものか。重くて、どうにもならなくなる。

時折、思い出すだけだ。桜が散るころ命日が来る。その季節にふっとよみがえるぐらいのものなのだ。今は、桜の時期ではない。これから散るのは花弁《はなびら》ではなく、色づいた葉だ。なのに、思い出していた。あの日の瑞穂の乾いた笑声や横顔、言葉の数々が鮮やかに浮かび上がってきた。

なぜ?

磨ぎ汁に浮いた小さな虫を指で摘まみ、捨てる。

旦那さまのせいだろうと、自分の問いに自分で答える。もう一度、丁寧に米を磨いで、竈の上に置く。半刻ばかり寝かせて、炊けばいい。後は汁物と漬物と……。

旦那さまのせいだ。こんな騒ぎを引き起こして、困ったものだ。鉢は砕けてしまうし、喜助さんは腰を痛めて動けなくなる。困り事ばかりが続くではないか。

おしばはため息を零《こぼ》した。木暮家での暮らしは十年一日のごとく過ぎていく。華やかな祝いも浮き立つ遊宴《ゆうえん》もない。季節ごとの行事もほとんど執《と》り行わなかった。そんな、暗く沈んだ日々が性に合っている。楽しくはないが、楽で居心地がよいのだ。なのに、あんなごたごた騒ぎが降ってきて、せっかくの暗く落ち着いた日々が吹き飛んでしまった。男たちに二六時中居座られて、横柄な言葉を投げつけられる。物売りから魚や豆腐を買うのさえ見張りの目を気にしなければならない。うんざりだ。鬱陶しい。

だから、昔が懐《なつ》かしくなったのだ。女主人が生きていたころの穏やかさが。

そうだろうか。

おしばは、鍋に水と昆布を入れた。

奥さまが生きておられたとき、この家は穏やかだったのだろうか。いや、今まで一度でも、穏やかな日があったのだろうか。

なかったと思う。

ざわつく。ざわざわと髪が騒ぐ。一本一本、見えない手で引っ張られているみたいだ。

旦那さまは、瑞穂さまに似ている。とてもよく似ている。母子《おやこ》だから似ていても不思議ではない。当たり前ではないかと、世間は言うだろう。

でも、似ていてはいけないのだ。瑞穂さまのような方は瑞穂さまだけでよかったのだ。

そして、旦那さまのような方は旦那さまだけでよい。

かたっ。背後で微かな音がした。喜助が起き上がろうともがいているのだろう。わざわざ、手助けには行かない。助けを乞《こ》われたら、行く。それでいい。

竈を覗く。昨夜のうちに、灰を掻《か》き出しておいたからすぐにも火を点けられる。

おしばは立ち上がり、軽く頭を振った。

あれこれ考えるのも、思い出すのも止《や》める。面倒くさい。

かたつ。さっきよりやや大きな音を聞いた。振り返る。

台所は薄暗く、格子の間から風が吹き込んできたが、淡い闇は僅かも揺れない。

どこからか、稲荷《いなり》寿司売りの声が響いてきた。


「本当に、遠野屋さんにはお世話になっちまって。早く、お礼とお詫びに行けと、おふじにせっつかれやしてね。こんな刻にすいやせん」

畳に手をつき、低頭しようとする伊佐治を身振りで止める。

「止めてください、親分さん。そんな真似をしないでください。かえって落ち着かない心持ちになります。それより、お身体は変わりありませんね」

ざっと見たところ、伊佐治が惨い扱いをされた風はない。頰に薄らと血が滲んではいたが、腫れても痣《あざ》になってもいなかった。

大番屋での拷問《ごうもん》は表向き禁じられていた。が、裏に回れば入牢にもっていくために、つまり、罪を白状させ入牢証文を作り上げるために、かなり苛酷《かこく》な取り調べをすると耳にしている。おふじが身を揉むほどに伊佐治を案じたのは岡っ引の女房として、裏の実相を知っていたからだろう。

しかし、伊佐治の様子に変わりはないようだ。ひとまず、安堵する。

「変わりありやせん。元気でやす。拷問や手厳しい取り調べなんてのは、まあ、何とか免《まぬが》れやしたよ。大切に扱われたわけでもねえですがね」

「頬に血が滲んでいますね」

「あぁ、へえ。まあ、これぐれえはね。ちょいと、蹴っ飛ばされちまって」

「蹴飛ばされた……」

「こっちも油断してたんで、もろに転がっちまってね。へへ。でも、それだけで済みやした」

伊佐治が自分の頬をぴしゃりと叩く。清之介は思わず眉を顰めていた。しかし、大番屋内での仕打ちをあれこれ質《ただ》しても意味がない。ともかく、伊佐治は無事で帰ってきた。それで、よしとしなければ仕方あるまい。

清之介は別の問いかけを口にした。

「いつ、梅屋に戻られたのですか」

「今朝、暗《くれ》えうちに解かれやして、夜が明けて間もなくには帰り着きやした」

「それでは、まだ、お帰りになったばかりではないですか。お疲れでしょう。もう少し落ち着いてからお顔を見せてくだされば、十分でしたのに」

「おふじに追い出されやしてね」

伊佐治が苦笑いを浮かべた。

「朝飯を食ったら、ともかく遠野屋さんにお礼に行け、愚図愚図するなと通りに蹴り出された、とまでは言いやせんが、それくれえの勢いでやしたよ」

「親分さんが無事にお帰りになってほっとされたのですよ。いや、おふじさんだけじゃないですね。おけいさんも太助さんもさぞかし、安心されたでしょう。みなさん、本当に心配しておられましたから。傍《はた》で見ていて心痛が伝わってきました」

「へえ、帰ったとたん、大泣きされちまって。泣き過ぎて引付けでも起こすんじゃねえかって気が気じゃなかったぐれえでやすよ」

「おふじさんが大泣きを？　そうですか。堪えていたものが噴き出したのでしょうね」

「いや、おけいなんで」

「えっ、おけいさんが」

おっかさん、そんなことないって。悪い方に悪い方に考えちゃ駄目だよ。

ほら、おっかさん、働こうよ。

おとつぁんは、帰ってくるよ。間違いなく、明日には帰されるに決まってる。

おけいの歯切れのいい物言いを思い出す。しっかりと強い人だと感心していた。その強さが周りを支えていると察せられた。

伊佐治は額をぴしゃりと叩くと、今度は照れたように笑った。

「しゃがみ込んだまま声を上げて泣き出しましてねえ。それがいつまでたっても止まなくて。おふじは呆気《あっけ》にとられるし、太助はおろおろするばかりで、どうにもなりやせんや。あっしは謝るのと慰めるのとを一度にしなきゃならねえし、へえ、大変な有り様でやした」

「そうか……。おけいさん、ずい分と気を張ってがんばっていたのですね」

「おふじもそう言ってやした。『おまえさんのせいで、掛けなくてもいい苦労を掛けちまったじゃないか。嫁泣かせもたいがいにおしよ』って、叱り飛ばされやしたよ」

「親分さんのせいじゃないでしょう」

伊佐治がすっと目を合わせてきた。

「うちの旦那のせいだと、遠野屋さんは考えやすか」

家人への想いも謝意も照れも含まれていない、低い声音だった。清之介は顎を引き、背筋を伸ばした。

「木暮さまは、今、行方知れずです。今までは前置きに過ぎない。ここからが本題だ。

親分さんが大番屋に連れて行かれたのは、そのためですね。木暮さまについて、問い質されたのでしょう」

「さいでやす。とはいっても吟味場《ぎんみば》に引きずり出されたわけではなく、奥の板敷の部屋に通されましてね。さすがに、茶までは出ませんでしたが、さほど手荒な真似をされるわけでもなかったんで。へえ、窓もねえんで夕なのか夜なのか、はたまた夜が明けようとしているのか全くわかりやせんでした。行灯が点っていて、暗くはなかったですがね。あっしも大番屋には縁がねえわけじゃありやせん。けど、初めての部屋でやしたよ。ありゃあ、いってえ何をする場なのか、今更ですが背中がうそ寒くなりやさあ」

「無体な真似はされなかったのですね」

「大丈夫でやす。えらく長《なげ》えこと待たされはしやしたが、それだけのこってす。連れてこられてから何刻ぐれえが経ったのか、さっぱりわかりやせんでした。外の景色が見えねえってのは、不便なもんでやすね。肝《きも》に銘じやしたよ。まあ、ともかくえらく待たされた後、与力さまがお見えになって、へえ、南雲新左衛門《なぐもしんざえもん》さまでやした。うちの旦那が無足《むそく》の見習いのころから目に掛けてくださったお方でやす」

南雲新左衛門。名前だけは聞き及んでいる。逢ったことはないが、信次郎の後見役を長く務めているのなら、相当、肝が据わった人物であるのだろう。

「それで、南雲さまは何と?」

「うちの旦那の行方を知らないかと、尋ねられやした。一瞬、何のことだかわかりやせんでしたねえ。へえ、えらい間抜け面《づら》になっていたと思いやすよ」

伊佐治は束の間だが、南雲の顔をまじまじと見詰めてしまった。

「木暮だ。木暮の行方を知らぬのかと、問うたのだ」

南雲は少し急《せ》いた口調で、言った。言った後、木暮の名が忌詞《いみことば》でもあるかのように口元を歪める。伊佐治は、鼓動が速まるのを覚えた。わけもわからずここまで来たが、胸の内が不穏に騒ぐことはなかった。戸惑いはしたが、じたばたしても始まらないと肚を括れば波風も収まる。しかし、今は騒ぐ。胸騒ぎが鼓動を速め、汗さえ滲んできた。

部屋隅にはもう一人、羽織袴《はかま》姿の武士が座っていた。痩《や》せて背が高い。ぴくりとも動かないからか、どことなく石像を思わせる。しかし、そんな男のことなどどうでもよかった。気にする余裕がなかった。

「木暮の旦那が……どうかしやしたか」

喉に絡まろうとする言葉を無理やり押し出す。

「八丁堀のお屋敷にはいらっしゃらねえんで？」

南雲は口元を歪めたまま、僅かに身を引き、伊佐治を見返した。何かを測るような、何かを探るような眼つきだ。伊佐治には馴染みの眼でもある。

「おらぬ。蛻《もぬけ》の殻《から》だ」

「蛻の殻？　朝からですかい。てこたぁ、夜っぴて帰ってこなかったってこってすか。じゃあ、どこかに、しけ込んでいるのかも」

口を閉じる。主は定町廻りの同心だ。そして、自分はその手先として働いている。女郎屋に入り込んで夜を明かしているのではと疑うのは、さすがに拙《まず》い。

「しけ込むとしたらどこだ？　心当たりがあるか、伊佐治」

名を呼ばれて驚く。南雲とは二度ほど顔を合わせたことはある。口を利いた覚えはない。身分が違うのだ。つまり住む世界が違う。一生、言葉を交わさず過ぎたとしても、不思議ではない相手だった。そういう相手から、さらりと名を呼ばれれば、たいていの者は驚くだろう。

「さあ、あっしには見当がつきやせんが」

「ふむ。あやつのことだ。吉原《よしわら》の花魁《おいらん》より、おはぐろどぶの切見世女郎《きりみせじょろう》や船饅頭《ふなまんじゅう》の方が好みだなどと抜かすのであろうな」

当たっている。抜かすかどうかは別にして、初会《しょかい》だの、裏を返すだの、馴染みだのとややこしい手順を踏まなければ同衾《どうきん》できない女より、手っ取り早く相手になる女郎の方が信次郎の好みには合っているだろう。が、ここで今、「その通りで」と同意する気にはならない。

「さて、どんなものか。そのあたりは、あっしにもわかりかねやすが」

曖昧《あいまい》にごまかし、首を捻《ひね》る。

「品川に馴染みの女がいるそうだな」

伊佐治は目を伏せ、唾を呑み込んだ。

お仙さんのことまで摑んでるのか。

背筋に震えが走った。

こりゃあただ事じゃねえ。

「旅籠の女将と聞いたが、そなた、逢ったことはあるのか」

「……何度か、お目にかかったことがありやす」

「そうか。で、どのような女だ」

南雲の眼が素早く、伊佐治の全身を撫でる。

「どのようなって言われやすと？」

「年のころや女振り、気性はどうだと問うておるのだ」

「いや、そんなに深く知っているわけじゃありやせんし。まあ、その、別嬪《べっぴん》じゃありやすよ。年は三十路《みそじ》前ぐれえじゃねえでしょうか。よく、わかりやせん。分別のある、しっかりした女将という気がしやすが、本来の気性がどうなのかまでは……」

言葉を選んで、いつもよりゆっくりとしゃべる。

これは、お取り調べになるのか？　南雲さまは何を知りたいと望んでおられるのだ？　おれから何を聞き出そうとしているのだ？

ふんと、南雲は鼻を鳴らした。同時に伊佐治の額を音が響くほど強く、叩いた。叩き方にコツがあるのか音のわりには痛くない。

「騙《かた》り事を申すな。この馬鹿者《ばかもの》めが」

「騙ってなどおりやせん。どうして、あっしが南雲さまを騙らなきゃならねえんでやす」

「では真実《まこと》を話しておるのか。別嬪で分別のあるしっかり者の女が木暮と馴染みになったと? そんなことが信じられるか。美しいのは横に回しておいてもだな、分別のある女が木暮と懇《ねんご》ろになって、その関わりを続けているなどあり得ん。その女は分別の欠片も持ち合わせていないのか、さもなくば、よほどの奇人なのか、よほどの下手物《げてもの》好きなのか、どれかだな」

「へえ、まあ、そこのところは、あっしの口からは何とも申し上げられやせん。けど、男と女では人を見る目も違ってきやすからねえ」

南雲はもう一度、鼻を鳴らし、目を眇《すが》めた。

「奉公人の話だと、木暮は昨夜遅く、一旦は家に帰ってきたらしい。しかし、今朝、捕り方が踏み込んだときにはいなかった」

くらりと反転した話題に、思案がついていけなかった。束の間、頭が白くなる。その束の間が過ぎたとき、驚愕《きようがく》に喉元を絞られる心地がした。

「捕り方? え、何のこってす? どうして、旦那のところに捕り方が?」

背筋の震えは止まらない。寒くてたまらなくなる。伊佐治は奥歯を噛み締めて、堪えた。

「南雲さま、教えてくだせえ。旦那は何を……何をやったんでやすか」

南雲の双眸《そうぼう》が細められる。

「木暮と別れたのはいつだ」

「へ……あ、一昨日《おととい》でやす」

「昨日は逢っていないわけだな」

「へい。とりたてて用がないと言われやして。お屋敷の方にも顔を出してやせん」

「昨日、そなたは何をしておった。ずっと、家にいたのか」

「いえ、出かけてやした。町内でちょっとした揉め事が続いてたもので」

夫婦喧嘩《げんか》の挙句、箒を振り回した女房と額をしたたかに殴《なぐ》られた亭主を並べて説教し、古手屋《ふるてや》に言いがかりをつけて小金をせびっていた破落戸《ごろつき》連中を追い払い、前日から姿の見えなくなっていた耄碌《もうろく》した隠居を捜し出してと、それなりに忙しい一日だった。

「別れるとき、木暮はどんな風だったか、覚えておるか」

「どんな風と言われても、別段……」

どんな風だった？　一昨日、旦那はどうだった？

思い返してみる。

湿った風が吹く、わりに蒸し暑い日だった。今の時季、天候は一日二日で変わってしまう。昨日、今日と秋めいた碧空が広がり、風には確かな涼が感じられた。

「じゃあな、親分」

信次郎はそう言って、伊佐治から離れて行った。

いつも通りだ。振り返ることはなかった。別れたのは両国橋《りょうごくばし》の手前だ。大川《おおかわ》からの風が妙に湿り気を帯びていて、一雨来るのかと空を見上げたのを覚えている。薄鼠色《うすねずみ》の雲から地上に目を戻したとき、黒い巻羽織の背中は人混みに紛れ、見えなくなっていた。

「別段、変わったところはございやせんでした。いつもの旦那でやしたが」

言い切る。なるべく、きっぱりと響くよう声に力を込めた。南雲を前にして隠し立てをする気は毛頭ない。そもそも、隠さねばならない何をも伊佐治は持っていないのだ。

「ふむ。考え込んでいたり、どことなく、薄ら惚《ほう》けている様子はなかったわけか」

「は？　薄ら惚ける？　うちの旦那がでやすか」

つい、頓狂な物言いをしてしまった。南雲が眉を顰める。眉間《みけん》に深い皺《しわ》が二本、寄った。

「木暮だとて人の子だ。ときには、思案に現《うつつ》を抜かすことも惚けることもあるだろう」

「はあ……まあ、そうかもしれやせんが。あっしは知りやせんねえ。旦那のそういうとこを目にしたこたぁ一度も、ありやせんので」

信次郎が物思いに沈んでいる姿は知っている。何度も見た。一点を見詰め、あるいは眼差しをさまよわせ、黙り込んで動かなくなる。

そう、何度も見た。けれど、あれは〝薄ら惚けている〟とは言わないだろう。信次郎の頭の内がどういう仕組みで、どういう塩梅《あんばい》に働くのか伊佐治には窺い知れないが、そここには常に明瞭な思案が動いている。それだけは解していた。おそらく、南雲も十分に承知しているはずだ。長い年月、接してきたのだから。

「ともかく、木暮は今、行方知れずだ」

南雲が告げる。伊佐治は我知らず喉元に手をやっていた。息が閊《つか》えて、苦しい。

「そなた、心当たりはないか」

「ありやせん」

「まさか、匿《かくま》っているわけではなかろうな」

伊佐治は寸の間、黙り、南雲に顔を向けた。

「匿うって、どこにでやすか？　うちは店と二階に二間があるきりですぜ」

隠れ場所などどこにもない。疑っているのなら捜せばいいではないか。階段を上り、障子を開ければ、それで事足りる。

南雲が『梅屋』の中を捜した風も、品川に手の者を差し向けた様子もない。少なくとも、これまでの言葉からはそう察せられる。この与力は、よくわかっているのだ。

「まあ、あやつが、そうそうわかり易い場所に転がり込むはずもあるまいな」

伊佐治の心内を見透かしたような台詞《せりふ》を口にして、南雲は僅かに笑んだ。

「まあ、そうかもしれやせん。けど……南雲さま、本当に何があったんでやす。教えてくだせえ。あっしには何が何だかわからなくて、どうにも」

南雲が伊佐治を真正面から見据えてくる。笑みなどどこにもない面《おもて》だ。伊佐治は生唾を呑み込んだ。ここで『遠野屋』の名が出てくるとは、まるで思案していなかった。

「『遠野屋』はどうだ」

「森下町の商家だ。かなりの大店であるかと」

「まあ、なかなかの身代ではあるな」

もごもごと答える。先が読めない。迂闊に受け答えをしてはならない。

「木暮が遠野屋に匿われているという見込みは、ないか」

一息を吐き出し、伊佐治は答えた。

「それはありやせん」

「ほう、言い切れるのか」

「言い切れやす」

「しかし、足繁《しげ》く出入りしていたと耳に挟んだが。いかがなのだ」

「足繁くってこたぁありやせん。十日に一度ぐれえのものじゃねえですか」

実際は連日訪れたかと思うと、一月近く足を向けなかったり、半日も居座ったり、座りもせずに踵《きびす》を返したりする。要するに、信次郎の気紛れ、気分次第なのだ。ただ、事件絡みのおとないもある。たまにだが、ある。

どういうわけなのか、遠野屋の主は信次郎の手掛ける事件に絡んでくるのだ。たいていは、血の臭う捩《ねじ》れた一件だった。むろん、遠野屋自身が深く関わったとかではない。かといって些細《ささい》な関わりでもなかった。わりに強くわりに濃く、人の死に、しかも尋常ではない死に絡まってくる。

遠野屋は一角《ひとかど》の商人だ。小体《こてい》の小間物屋に過ぎなかった店を本所深川で一、二を争う大店にまで育て上げた。並外れた商才に恵まれている。にもかかわらず、なぜこんな事件にかかずらうのだと伊佐治自身、首を傾げたことも唸ったこともある。

答えは、いまだに明白にならぬままだ。

「だから言ってるじゃねえか、親分。あやつは死神なのさ。どこにいても、何をしていても人の死を引き寄せる。不穏で、歪んだ死を、な。死神でなきゃあ狼《おおかみ》か。血の臭いを嗅いで集まってくる獣ってとこだろうな」

信次郎はいかにも楽しげに語る。とびっきりの料理を前に舌鼓《したつづみ》を打つように、遠野屋の話をする。伊佐治でさえ、これは古くからの友人や家族の話なのかと思い違いしそうな柔らかで明るい物言いだった。物言いの中身と調子の落差に、寒気がする。

「遠野屋さんが狼なら、旦那も同じでやすよ。あっしはさしずめ狐《きつね》か貉《むじな》の類でしょうけどね。血や死肉の臭いを嗅ぎつけるのは、狼に引けは取りやせん。まったく、他人さまを悪《あ》し様に言う前に、自分の本性をよぉく考えた方がいいのと違いやすかね」

寒気を気取《けど》られたくなくて、ぶっきらぼうに言い放つ。すると、信次郎はさらに機嫌がよくなるのだ。

「ふふ、親分。怒ったふりして誤魔化すなよ」

「あっしが誤魔化す？　何をでやす」

「本音さ。胸の奥にある本心ってやつだ。親分だって、おれに近いこと感じてんだろう」

たいてい、そのあたりで伊佐治は口をつぐむ。言い争う気がみるみる萎《しぼ》んでいくのだ。

遠野屋がどんな人物なのか、正直、摑み切れていない。自分の手では摑み切れない相手なのだとは、時折、考える。摑み切れず指から零れたそこここに信次郎の言う、血の臭いが染みついているのかどうか、推し量りたくなかった。

伊佐治は遠野屋を好ましい男だと思う。生き方も商いのやり方も、まっとうで強靭《きようじん》で優しい。他人を慮《おもんぱか》ることも労《いた》わることも知っている。それで十分ではないか。それ以上の何かを知りたいとか、引きずり出したいとか、歪《いびつ》な欲は持たない。歪な欲は人を歪める。伊佐治は歪みたくなかった。できるなら、竹に似て真っすぐに生きていたかった。だから、信次郎から目を逸らす。遠野屋のことを深く考えないようにする。

そういう諸々《もろもろ》を南雲に告げる気はない。告げるものでもない。ただ、伝えるべきものだけは伝える。

「何があったのか、あっしにはさっぱりでやすが、何があっても、うちの旦那が遠野屋さんのところに転がり込むこたぁありやせん。それだけは確かでやす」

「なぜだ。親しい相手なら助けを求めても、何ら不思議はあるまい」

「親しい？　旦那と遠野屋さんがでやすか」

南雲が顎を引き、目を瞬《しばたた》かせた。

「違うのか」

「違いやす」

親しいわけがない。群れから外れた狼は、身を寄せ合ったりしないだろう。

「では、遠野屋が木暮の逃亡に手を貸すことはないのだな」

「ですから、手を貸す貸さないって前に、旦那が遠野屋さんに助けを求めるわけがねえんで」

こぶしを床に打ち付けて、怒鳴りたくなる。同じことをねちねちと問われ続けると、疲れる。気持ちが擦れて、けば立つようだ。何が起こったのか、ほとんどを知らない知らされないことが、さらに苛立ちを募らせる。

いけねえ。落ち着け。落ち着くんだ。

心は蓋《ふた》のない瓶《びん》のようなものだ。上手く揺らせば、口から様々なものが零れ出る。相手の心内を揺らし、乱し、しゃべらせる。これまで、伊佐治も散々使ってきた手口だ。

落ち着け、落ち着け、慌てるな。

「南雲さま、旦那は何をしでかしたんでやすか」

丹田《たんでん》に力を込め、呻くように問う。そう、こちらからも踏み込んでいけばいいのだ。

「お願《ねげ》えしやす。教えてくだせえ。お屋敷にいないってのは、本当なんでやすか。けど、どうして旦那が行方知れずにならなきゃいけねえんで。逃亡ってのは、どういうことなんで。いや、そんなことより、旦那は無事なんでしょうね」

口にしたとたん、心《しん》の臓《ぞう》が縮まった。本当に胸の奥が痛い。

与力が、奥歯を噛み締めたのがわかった。

え？　まさか、そんな……。

「無事だという証はない。屋敷から逐電いたしたのだ。無事を明かせる手立てなどないわ」

落ち着け。自分を戒《いまし》める自分の声が遠ざかる。腰を浮かせていた。

「は？　いや、ちょっと待ってくだせえ。そりゃあどういう意味なんでやす。旦那の命が危ねえってこってすか。旦那は身の危うさを感じて、いなくなったってことなんで。南雲さま」

南雲に向かって手を伸ばす。とたん、腹に衝撃が来た。蹴られたのだと気が付いたとき、伊佐治の身体は壁際まで転がっていた。

咳《せ》き込んだ後、薄目を開ける。

隅に座っていた男だ。手に竹刀を持って、無言で立っている。行灯の明かりに照らされた身体半分だけが臙脂色《えんじいろ》に浮かび上がっていた。残り半分は闇に沈んで黒い塊のようだ。男は口を結んだまま、その竹刀を大きく振り上げた。伊佐治はとっさに背を丸め、一撃を防ぐ姿勢をとった。

「止めろ」

南雲の一喝が響く。

「この者は咎人《とがにん》ではない。みだりに折檻《せっかん》してよい相手ではないぞ」

南雲は謡《うたい》の名手だと耳にした覚えがある。そのときは、与力さまは、えらく粋《いき》な道楽をされるものだと感心しただけだったが、今、凜《りん》とした美声が響いて、男の動きが止まったのを見れば、ああこの声ならばと納得してしまった。

美しい声が猛々《たけだけ》しい気配を消していく。男はするすると後退《あとずさ》り、元の場所に坐《ざ》した。

「大事ないか」

と、南雲が問うてきた。「へい」と答える。これくらいの乱暴など何程のものではない。口の中を少し切ったようだが、唾と一緒に呑み込めば、血の味はほとんどしなかった。転がった折に擦《こす》ったのか、頬がひりつく他は痛みもない。

「ああ、これは怪我《けが》をさせてしまったな」

舌打ちすると、南雲は振り返り顎をしゃくった。

「おい、平倉《ひらくら》、傷の薬を持ってこい」

平倉と呼ばれた男の眉が、それとわかるほど吊り上がった。

「咎人ではない、ただの掛かり合人《あいにん》として呼びつけた者を折檻し、あまつさえ傷まで負わせたとあっては、そなたの心得違いとなるぞ。よいのか」

眉が戻る。一礼すると、平倉は音もたてず部屋を出て行った。

南雲が屈み込み、声を潜《ひそ》める。

「わしにも、わからぬのだ」

「は？」

「木暮がなぜ姿を消したのか、なぜ役人に追われなければならぬのか、確とはわからぬ」

「え、でも、南雲さまは与力のお役目じゃねえですか。なのに……」

「上からの命だ。逆らうわけにはいかぬ」

「上って……誰でやす？　お奉行さまですかい」

ううむと、南雲が唸った。腹から絞り出すような唸りだ。本当に何も知らないのか、知っていて口を閉じているのか判じられない。

「ともかく、木暮を捕えろとの命だ。おまけに、わしまで見張られておる」

えっと驚きの声が漏れた。が、すぐに気付く。

「てことは、あのお武家さまでやすね」

「そうだ。平倉才之助《さいのすけ》とか何とか申す男だ。相当の遣《つか》い手《て》らしい。そういう男が、ずっと背後に張り付いておる。つまり、わしと木暮がどこかで接するのではないかと、見張っているわけだ。まったく、鬱陶しい」

「お奉行さまのご配下なんで？」

南雲は肩を竦め、「どうだかな」と呟いた。

「いままで一度も目にしたことのない面だ。ほとんど口を開かず、やたら剣呑《けんのん》な気配を放っておる。形の上では一応、臨時廻り同心となっておるが、どこから湧いてきたのやら。正直、後ろからばっさりやられるようで気が気ではない」

あながち冗談ともとれない口吻《くちぶり》だった。確かに、尖った気配を纏《まと》った男だ。ああいう男が背後に黙って座っていたら、さぞかし気が張るだろう。

ありゃあ、殺《や》ったことがあるな。

胸の内で頷く。平倉という武士は人を斬り殺したことがある。一人か二人か三人か、もっと多いのか窺い知れないが、確かに殺っている。その気配を隠そうともしていない。つまり、躊躇《ためら》いなく人を斬れる、そういう類の男だ。けれど、なぜ、そういう類の男が与力の後ろに控えているのか。

不思議ではある。しかし、不思議に心を向ける余裕はなかった。今はただ、信次郎の成り行きだけが気に掛かる。

「南雲さま、正直、あっしの頭の中はぐちゃぐちゃにこんがらがっちまって、二進《につち》も三進《さつち》もいきやせんよ。けど、ともかく、うちの旦那は生きておいでなんでしょうね」

「当たり前だ」

南雲は吐き捨てるように言った。

「木暮だぞ。あやつが、そう容易くくたばるものか。ふん、くたばってくれたら、どれほど胸が空《す》くかと思うたことは幾度もあるがな」

「……露骨過ぎやすが、まあ、わかりやす」

「わかるに決まっておる。そなたの方がわしの何倍も苦労しておるのだからな」

が、しかしと南雲は続けた。

「それはそれ、これはこれだ。木暮に助けられたことも度々、ある。それは認めねばならん。あやつのおかげで、腹を切らずに済んだ覚えもあるからな」

南雲の膝が僅かに前に出る。

「ともかく、木暮を捜し出さねばならん。何としても、だ」

「捜し出してどうなさるんで。旦那は、どうなるんでやすか」

「それも、わからん」

「そんな、南雲さま」

我ながら情けない震え声が零れた。

「わしを責めてくれるな。わしとて知りたいのだ。木暮のやつめ、何をやったのか……。できれば、いや、何が何でも本人の口から聞き出さねばならん。聞いた上でないと、為《な》すべきことを決められぬではないか。そのためには、本人と逢わねばどうしようもないのだが。くそ、報せの一つも寄越してこぬとは、木暮のやつ、わしを何だと思っておるのだ。侮《あなど》っておるのか。信じていないのか。どちらにしても腹立たしい限りだ」

「用心してるんじゃゃねえですか」

「用心か。とすれば、わしに平倉のような見張り役が付くと、そこまで見通していたわけか。ふむ、あやつなら、さもありなん。ならば、その前になぜ相談して……」

南雲の口からため息が漏れた。行灯の明かりのせいで、陰影がくっきりと濃い。ひどく老けているようにも、疲れているようにも目に映った。

「ここで愚痴《ぐち》を垂れ流しても何にもならんな」

「へえ。少なくとも旦那の耳には届きやせんね」

「ふん。耳元で怒鳴っても柳に風と受け流すやつだからな」

南雲はそこで瞬きし、もう一度、息を吐いた。

「だからな、伊佐治。木暮を捜してくれ。市中には探索の者が放たれておる。しかし、そういう手合いに見つけられるような玉ではあるまい。見つけ出せるとしたら、そなたぐらいだ」

「けど、南雲さま。さっき申し上げたように、あっしには丸っきり事情が呑み込めてねえんですぜ。呑み込めたとしても旦那の行方なんぞ、まるで見当がつきやせんよ」

南雲の黒目が横に動く。微かな足音が聞こえた。南雲は頷き、

「そうか、そなたにも全く、心当たりはないわけか。どうしようもないな」

と、声を大きくして一言を告げ、伊佐治から離れる。戸が開き、平倉が入ってきた。小さな壺《つぼ》を南雲に渡す。一言も口を利かなかった。南雲も黙したまま受け取り、黙したまま伊佐治に差し出した。意地の張り合いのようだ。実際はそんな可愛らしいものではなく、互いを掣肘《せいちゅう》しながらの振る舞いなのだろうが。

「恐れ入りやす。ありがてえこって、御礼申し上げます」

わざと丁寧に礼を述べる。平倉は空《くう》を見詰めたまま、伊佐治を一顧《いっこ》だにしなかった。顎はがっしりと張っているが、頬も鼻も丸い。目を閉じてさえいれば愛嬌《あいきょう》がある顔つきの内だろう。ただし、筆先で線を引いたような細い眼が全てをぶち壊していた。何の情も浮かんでいない冷え冷えとした眼は、伊佐治には馴染みのものだった。そういう眼が一転して猛りも残虐な光を湛えもすると、よく解している。脇差で幼い子を含め三人を斬り捨てた破落戸《ごろつき》も匕首《あいくち》で老婆をめった刺しにした押し込みも、似たような眼をしていた。武士であり、遣い手であるという平倉の方が、破落戸や押し込みより危ない相手

かもしれない。しかし……。

頰にべたべたした嫌な臭いの薬を付けながら、伊佐治はそっとかぶりを振った。

違うな。本当の剣呑さってのは、決してぎらついたりはしねえもんだ。凍った湖面のようにどこまでも静まり返って、騒ぎも乱れもしねえ。それが本当の剣呑さってやつだ。めったにお目にはかかれねえがな。

南雲が立ち上がった。

「もう夜も遅い。腹が減ったであろう。何か食するものを運ばせよう」

正直、空腹は覚えない。突拍子もない現を突き付けられて、腹が減る余裕もなかった。

「南雲さま」

廊下から声がかかる。遠慮がちに戸が横に滑り、手燭《てしよく》を持った男が覗いた。こちらの鼻も丸いが、平倉とは違い眼も顔の形も気色《けしき》も尖ったところは見受けられない。

「どうした」

「はあ、実は……」

男が南雲の耳に何事かを囁いた。平倉は動かない。姿勢を僅かも乱さなかった。

「何だと」

南雲が口を窄《すぼ》めた。それから、ちらりと伊佐治を見やる。

何かあったのか？　おれに関わることか？

「あい、わかった。ご苦労。下がってよい」

「はっ」。男が戸を閉めると、南雲は三度《みたび》、長い息を吐いた。

「伊佐治。夜明けと同刻に放免とする」

平倉が南雲に顔を向けた。解せぬという表情が、ありありと浮かんでいる。その眼差しに気付かぬふりをして、南雲は伊佐治の前で片膝を立てた。

「そなたも、なかなかに食えぬ男だな」

「へ？」

「惚《とぼ》けるな。奉行所から達しが来た。尾上町住まいの伊佐治とやらを明日の朝、放免しろとな」

伊佐治本人というより平倉に聞かせているような口振りだった。

「まあ、取り立てて罪があるわけではなし、いつまでも留め置くことはできまい。そうは考えておったが、まさか、奉行所を動かしてくるとはな。驚き入る。後学のために聞かせておいてくれ、どういう手を使ったのだ」

「はあ、そうは言われやしても……」

唇を噛み締める。頭の隅を、一人の商人の横顔が過った。

遠野屋さんか。

それしか考えられない。伊佐治の周りで、奉行所を動かせるほどの人物は遠野屋しかいないのだ。おふじが縋ったのだろうか。縋ったのだろう。

「まあ、その、あっしにも親身になって動いてくれる誰かがいるってこってすかね」

「奉行所に手を回せるほどの知り合いがおると、そういうわけか」

南雲が目を細める。〝知り合い〟に思い至ったという眼つきだ。

「なるほど。それは重畳《ちようじよう》。その大物の知り合いを今度、ぜひ、わしにも紹介してくれ」

腰を上げ、薄く笑う。

「というわけだ。平倉、明日、日の出と共に、この者を放免できるよう手続きを済ませておくがよい。手抜かりなくやれ」

「畏まりました。が、与力さま」

「何だ。まだ、言いたいことがあるのか」

「木暮信次郎の件はいかがいたします。この町人から、目ぼしい事実をほとんど何も聞き出せておりませぬぞ。それでは、お役目を果たしたとは言えますまい」

咎める口調だった。言葉そのものは丁寧だったが、平倉は与力職である南雲をあからさまに責めている。

「平倉、そなた、鵜飼《うかい》を見たことがあるか」

「は？　何ですと」

「鵜飼だ。鵜を飼い馴らして漁に使うやつだ。鵜が丸呑みした魚を鵜匠《うしょう》が吐き出させる」

平倉は口元を結んだまま、返答しなかった。南雲の意図が摑めなかったのだろう。伊佐治にも摑めない。ここで、鵜が出てくる意味がわかりかねる。

「あれは、鵜が魚を呑んでおるからこその漁だ。何も呑み込んでいない鵜の首を幾らしごいても魚は出てこぬだろう。取り調べも、それと同じよ」

平倉の口元が僅かに歪んだ。

「伊佐治は何も知らぬ。それは言動を見聞きしておればわかる。木暮の逐電も居場所も何一つ、知らぬのだ。魚を呑み込んでいない鵜に等しい。そういう者をどれほど調べようと、責め立てようと目ぼしい事実など出てきはせぬ。わかり切ったことではないか」

「憚《はばか》りながら、それは些か甘くはございませぬか。この者が木暮を庇《かば》って、居場所を秘しているとはお考えになりませぬのか。問い質すだけでなく、多少は手荒い方便をとっても白状させるのが」

「だまらっしゃい」

南雲が叫ぶ。先刻の一喝より、さらによく響く大声だった。

「わしの目は節穴ではない。この者が何も知らぬのは確かであるぞ」

「しかし、それでは……」

「それでは、何だ。そなたの立つ瀬がないとでも言うか」

鼻から息を吐き出し、南雲は顎を上げた。

「よかろう。それなら、ここから先はそなたの好きにするがよい。わしは帰る。わしの目の届かぬところで、そなたが何をしようが、わしは与《あずか》り知らぬ。全て、そなた一己《いっこ》で責をとれ。拷問にかけるもよし、この部屋に閉じ込めたまま飢えさせるもよし。好きにしろ。ただし」

上げていた顎を伊佐治に向けてしゃくり、南雲は続けた。

「この者を放免しろとは、奉行所からの達しだ。それにあえて逆らうなら、それ相応の覚悟はしておけよ。万が一にも伊佐治が悶死《もんし》したりすれば、そなたも無事ではおられぬぞ。なにしろ、命に背いたばかりか咎人でもない者の生命《いのち》を奪ったのだからな。ただで済むわけがない。いやいや、殺さずとも傷つけるだけで十分に咎められようが」

「く……」

平倉の眉間に青筋が浮いた。行灯の明かりを浴びて、その顔は夜叉《やしゃ》の面を付けているかのようだ。子どもなら、間違いなく泣き出すだろう。

青筋を浮かべ歯を食いしばり、それでも一礼だけはして、平倉は部屋を出て行った。

「ふん。つまらぬ意見などしおって。わしを誰だと思っておるのだ」

「南雲さま、ありがとうございやす」

伊佐治は両手をついて、深く頭を下げた。

「礼なら、その大物の知り合いに言うのだな。わしは何もしておらん。しかし、そなたさえ行方を知らぬとはな……。正直、そなたを頼りとしていたのだが。わしの手許には、木暮を捜す手札は、もう一枚も残っておらんのだ」

南雲の声からも眼差しからも身体からも、力が抜けていく。

「どうすればよいやら、とんと道が見えぬ。わしはな、伊佐治。木暮を捕えたいのではない。逢いたいのだ。逢って、話をせねばならんのだ。あやつが雲隠れしたのなら、するだけの理由がある。なまじの理由ではないはずだ。それを聞かねばならんと思うておる。けれど、こうなれば、あやつから報せてくるのを待つしかないが」

「やってみやす。暫く刻《とき》をくだせえ」

顔を上げ、南雲と目を合わせる。

「あっしが旦那を捜し出してみせやす。そして、南雲さまの今のお言葉を必ず伝えやす」

「やってくれるか、伊佐治」

「へい。お任せくだせえ」

心許ない約束をしているとわかっていた。しかし、急に萎《しぼ》んだような南雲を見ていると、逆に闘志が湧いてきたのだ。指の先まで血が巡り、熱くなる。

「やれるだけのことはやってみやす。捜し当ててみせやすよ」

頼むと呟いて、南雲は四度目の長息《ちょうそく》を漏らした。

伊佐治の話を聞き終え、清之介も息を吐く。

これは、どう読み解けばいいのだ。

「要するに、南雲さまもほとんど何もご存じないに等しいと、そういうわけですか」

「のようでやすね。嘘を吐いているとは思えやせんでしたから」

「誰が何のために木暮さまを捕えようとしているのか。奉行所絡みとなると、なぜ、与力である南雲さまは何も知らぬままなのか」

「へえ、それに、あの平倉ってお武家も気になりやす。南雲さまの言うように、あれは、見張り役じゃねえでしょうかね。それに、もしかしたら……」

「斬首方《ざんしゅかた》も兼ねている、ですか」

伊佐治が一瞬、目を剝いた。図星だったらしい。

「つまり、木暮さまが南雲さまの許に現れたとき、そこで首を刎《は》ねられるかもしれないと、親分さんはお考えなのですね」

「へえ、物騒《ぶっそう》な話じゃありやすが、あの男にはそういう気配がありやしたよ」

人を殺せる気配。殺気とはまた違う、突き刺さるのではなく纏わりついて、締め付けてくる気配。そういう男が見え隠れしているのなら、これは、間違いなく危うい。

「親分さん、わたしもご一緒させてください」

請うていた。考えるより先に請うための言葉が零れたのだ。

「一緒って、遠野屋さん……」

「一緒に木暮さまをお捜しします。どうか、お連れください」

伊佐治が息を吸い込む。木枯らしを思い起こさせる乾いた音がした。

第三章　雀《すずめ》

足音が聞こえた。

急いではいないが、軽やかではある。

清之介が平身するのと部屋の障子戸が開くのは、ほぼ同時だった。

「おお、遠野屋どの。よう参られた」

中村家御用人、板垣平十郎は足音同様の軽やかな調子で言うと、上座に腰を下ろした。後を追うように、庭からの風が吹き込んでくる。小さな紅葉の葉が畳の上を滑り、清之介の膝元まで運ばれてきた。まだ、色づき切らない薄緑をしている。

「板垣さま、このたびはお手数をおかけいたしました。まことに、ありがたく」

「ああ、よいよい。わしと遠野屋どのとの間で、そのような堅苦しい挨拶《あいさつ》は無用。もそっと楽になされるがよい。できれば、ここで一献《いっこん》と言いたいところだが、日が傾きもせぬうちから酒を酌《く》み交わすのは、さすがに憚られるか」

「はい。近いうちにわたしめに一席を設けさせていただきたく存じます。が、今日は、ただただ御礼をお伝えしたく参りました」

深く低頭する。

「板垣さまのご尽力に心より御礼申し上げます」

「ふむ。知り合いの何某《なにがし》は無事、帰ってきたわけか。何よりでありましたな」

「はい。おかげをもちまして、さしたる変わりもなく戻ってまいりました。板垣さまのお口添えがあればこそです」

ははと、板垣は笑った。明朗な笑い声だった。

「今を時めく遠野屋の主に、そこまで恩に着られると何やら、よい心持ちになるの。つい浮かれてしまう。しかしな、遠野屋どの、よくわかっておられましょう」

顔を上げる。板垣は笑みを湛え、座っていた。豊頬《ほうきょう》でやや目尻が下がっているせいか、福々しさと善性《ぜんせい》を感じさせる面立ちだ。むろん感じさせるだけで、板垣の本性が善だけでできているわけもない。能吏《のうり》と評判の男だ。裏に幾つもの貌《かお》を隠し持っている。

が、それはそれ。今は素直に謝意を告げるときだ。だから、頭を下げた。

「その何某に咎《とが》があれば、当方の口利きなど何の役にも立ちはしなかったはず。いや、咎だけでなく、白状させるべき何かがあっても留め置かれ、厳しく吟味されたのは必《ひつ》定《じょう》。が、何某は、どちらでもなかった。つまり、遅かれ早かれ、役所としては解き放って差し支えないと判断したでしょうな。はは、遠野屋どのともあろう者が、そこに気付かぬわけもなしだ」

「そうでしょうか。わたしは板垣さまのお口添えがあったからこそ、すんなりと戻れたと思うております。捕えられたのは町人、吟味するのはお武家さまです。何もなかったからといって、そう容易《たやす》く縄を解かれたとは思えません」

殺されはしなかっただろう。拷問《ごうもん》もなかったはずだ。しかし、何も出てこなかった腹いせに、伊佐治が呻く程度の折檻《せっかん》はあったかもしれない。飲まず食わずで、一日二日、捨て置かれるぐらいの仕打ちは受けたかもしれない。南雲という与力が同席していたから事なきを得たが、そこに、中村家の威が加わったからこそ、意外なほど早く伊佐治は放免された。

それが真実だろう。

「ふふ、それなら、当家は遠野屋どのに貸しを一つ作った、ということになりますぞ。よろしいのかな」

「よいも悪いも、その通りでございますので」

先刻より大きく笑い、板垣はぴしゃりと膝を打った。

「遠野屋どのは実に律儀《りちぎ》であるな」

「借りは借り、貸しは貸し。板垣さまにお助けいただいたのも、中村家に金子を融通したのも事実でございます。事実を歪めては商いは成り立ちません」

「おや、やんわりと釘を刺してこられたか。此度《こたび》の件を盾《たて》にして、わしがさらなる借り入れを言い出すと、遠野屋どのは用心されておるのか」

「いえ、さような用心はしておりません。三月《みつき》に一度、約定《やくじよう》通りの額を返済いただいております。滞ったことは一度もございません。板垣さまが遠野屋にこれ以上の借り入れを申し込まれることは、今のところ、ありますまい」

中村家の懐具合が溢《あふ》れるほどに豊かだとは考え難い。しかし、恩を振りかざし貸し付けを強要する、そんな醜態《しゆうたい》を晒さずに済む程度のゆとりはあるのだ。

窮状を脱し、ゆとりまで辿り着く。武家の身では至難であろうが、板垣はそれをやり遂げたということか。中村家一家とはいえ、商家に縋らねばならないまで悪化した財状を、僅か一年で立て直したとすれば、相当の腕前だ。

武士で終わらせるのは、惜しい。

「ところで、遠野屋どの、此度の件は何事であるかな」

板垣が身を乗り出す。

「何やら奉行所内が騒がしいようではあるが、何ゆえであるか知っておられるのか」

「滅相もない。お奉行所の内の出来事など町人が知る由《よし》もございません。ただ、知り合いが大番屋に連れて行かれたと聞き、慌てて板垣さまにお縋りした次第です」

「ほお、遠野屋どのを慌てさせるとは、余程の知り合いであるのだな」

「はい。古くからの知人でございます」

「目明しと聞いたが、そのような者と親しく？　遠野屋の主が、身を案じて手を尽くさねばならぬほどの相手が目明しとは、些か奇異にも感じるが」

板垣が目を細めた。そうすると、福々しさも人の善さも消えて、どこか冷えた気配さえ纏わりつく。こちらの心内を見透かそうとする眼つきであり、気配だ。

おそらく板垣は伊佐治のことも、その主が行方知れずになっていることも掴んでいる。伊佐治の放免をとりなしたのだから、掴んでいて当然だ。しかし、この一件は中村家にも板垣にも何ら関わりない。江戸の同心一人、岡っ引一人、どうなろうと与《あずか》り知らぬことだろう。とすれば、板垣が問いかけを重ねるのは、純に興を覚えたからなのか。他に狙いがあるのか。

「商人とか目明しとかいう前に、人として実《じつ》のある者でございます」

短く答える。嘘ではなかった。伊佐治が実直で信じるに値する相手であるのは確かだ。人の世の裏を知り尽くし、実直だけではない面を隠し持っているのも事実だが。そこまで告げる用はない。

「なるほど、えてして目明しについてはあまり良い噂《うわさ》は耳にせぬが、中には、そのようなまっとうな者もおるのですな。あぁそうそう、目明し云々《うんぬん》はさておいて、遠野屋どの、先だって佐久間《さくま》さまに大層見事な蒔絵《まきえ》の文箱《ふばこ》を納められたとか。佐久間さまから直に聞きましたぞ。いや、佐久間さまはいたってご満悦の様子であったな」

板垣がころりと話柄《わへい》を変えた。

「畏《おそ》れ入ります」

「実は、我が殿は蒔絵に目がなくてな。佐久間さまも同じ道楽があって……いや、これは、わしが言わずとも遠野屋どのは、ようご存じであろうな。ともかく、殿は佐久間さまのこれみよがしの得意顔に、かなり機嫌を損ねておられる。『食が進まぬ』とろくに膳も召し上がらぬ有り様だ。ここだけの話だが、不貞腐《ふてくさ》れた童《わらべ》のようで周りは手を焼いておる。そこで物は相談だが遠野屋どの、殿のために蒔絵の品を一つ、納めてはくださらぬか」

一息の間を空けて、清之介は答えた。

「佐久間さまにお納めした品は、『田《た》の子《こ》屋』と申しまして、わたしが江戸随一と信じる職人の作でございます」

「ほお。江戸随一か。遠野屋どのがそこまで認めているのなら、さぞや見事な品であったのだろうな。殿のお耳に入れれば、なおのこと機嫌を悪くなされよう。秘しておかねば」

「腕はすばらしいものではありますが、些か偏屈の気がございまして、己がとことん納得できなければ、けっして品を納めようとはいたしません。なので、一年に一、二点できあがるかどうかといったところです」

「ふむ、逆に言えば、その田の子屋とやらは一、二点で一年暮らせるだけの金子を手に入れているわけか。いったい、幾ら払っておられるのだ」

「それは、ご勘弁ください。商いの上の取引ですので他言できかねます。ただ、品に相応《ふさわ》しい代金は払っております。ですから、売値も高直《こうじき》となりますが、田の子屋さんの品は注文が引きも切らず、数年先まで埋まっている次第です。佐久間さまにも足かけ三年、待っていただきました。それでも早く納められた方ではあるのです」

板垣が顎を引き、小さく唸った。

「三年……なるほどのう。〝遠野紅〟だけでなく、遠野屋どのの許には逸品が集まるような流れになっておるのかのう。いやいや、そのような流れを遠野屋どのが作られた。そういうことで、ありますな。うーむ、しかし、となると佐久間さまと同じ蒔絵の品をとは、いかぬわけですな。そこは頭が痛いところだ。殿は磊落《らいらく》にして寛容な性質ではあるのだが、こと蒔絵については他人に後《おく》れを取ることに我慢がおできにならぬ。はてさて、どうしたものか。よい知恵がありませぬかな、遠野屋どの」

ため息を吐いた板垣に、清之介は首肯してみせた。

「手前味噌になりますが、遠野屋には田の子屋さんほど名を知られておらずとも、腕は引けを取らない職人が幾人かおります。安子さまのご婚礼道具にはその者たちの蒔絵を使いました。田の子屋さんでは、とうてい納期に間に合わないとわかっておりましたから」

「ほう、安子さまの？　あれは見事でありましたな。殿もいたく喜んでおられた。なるほど、では、その職人の手になる品を中村家に納めていただけるのだな。いや、別にここで恩の売り買いをする気はないが、律儀な遠野屋どのなら、此度の件で多少の無理は聞いてくれまいかと、まあ、武士にあるまじきさもしい心持ちになっては、おりますがな」

「三月いただければ、お約束できます」

板垣が眉を上げ、口元をもぞりと動かした。

「よいよい。遠野屋どのから納品の約束をいただけるなら、三月など何程の月日でもない。殿もご納得されるであろう。いやいや、助かった。まことにかたじけない」

顎を上げ、板垣は再び、軽やかな笑い声を響かせた。


「遠野屋さん」

中村家を出てすぐ、大川橋の袂で声をかけられた。

八十四間、橋脚八十四本のこの橋は、大川に架けられた最も新しい橋になる。それでも、数十年も昔の話ではあるが、対岸の浅草竹町河岸《あさくさたけちょうがし》と本所を繋ぐ玉橋《たまはし》として賑わいが翳《かげ》ることはない。

「親分さん」

人混みをすり抜けて、伊佐治が近づいてくる。

「板垣さまへのご挨拶は無事に済みやしたか」

「ええ、何事もなく」

伊佐治がほっと息を吐き出す。中村家から、口利きを理由に無理難題をふっかけられはしないかと、ずっと案じていたのだ。

「それどころか、新たな品の注文もいただきました。むろん、正価での取引になります」

大川の流れに沿って歩いていく。川風が冷たい。それでも川面は昼下がりの光を浴びて煌めき、光の粒をまき散らしていた。行き交う船の船頭も笠を深く被《かぶ》り、照り返しを避けている。その光はあと一刻《いっとき》もしないうちに勢いを失い、消えていくだろう。日に日に、暮れるのが早くなるこの時季、昼下がりを過ぎれば江戸にはもう、夕暮れの気配が漂う。

「それは、ようございやした。このご時世、懐具合が苦しいお武家さまも多いと聞きやすからね。今度のことで、遠野屋さんにこれ以上の迷惑がかかったらと気が気じゃありやせんでした。あ、いやいや、板垣さまにはお骨折りをいただいたのに、こんなこと言っちゃあいけやせんね。とんだご無礼でやした」

伊佐治が口を押さえる。

「いえ、正直なところ、わたしも近いことを考えておりました」

板垣から無体な申し出があるとまでは懸念しなかったが、何かしらの見返りを求められるだろうとは覚悟していた。

板垣は何も求めなかった。納品の約束を取り交わしただけで満足な様子だった。些か拍子抜けの気分にも、訝《いぶか》しむ心持ちにもなっている。

「あっしたちが擦れ過ぎちまったんですかね。それとも、お武家だというだけで構え過ぎるんですかね」

月代《さかやき》を軽く掻き、伊佐治が苦笑する。それから、ひょいと顔を上げて、あたりを窺った。

「遠野屋さん、ちょいの間、ようござんすかね。お話ししてえことがあるんで」

「もちろんです。聞かせてください」

「へえ、じゃあ、あちらで一服いたしやしょうか」

伊佐治は小さな茶店に向かって顎をしゃくった。

大川沿いには水茶屋《みずぢゃや》が並んでいる。見世先に炉と茶釜が置かれ、軒には〝お休息《やす》み処《どころ》〟と書かれた掛け行灯が揺れていた。町中の水茶屋には座敷を設《しつら》えた、かなりの造りのものもあるが、川筋にあるものはほとんどが葦簀《よしず》張りの仮小屋だ。それでも、清之介と伊佐治が入った見世は、葦簀ではなく腰高障子を立て、川からの風を防いでいた。

奥まった床几《しょうぎ》に座ると、茶汲み女が茶と饅頭を運んでくる。三十絡みのよく肥えた女だ。伊佐治と顔見知りらしく、会釈を一つしただけで、無言のまま周りの床几を手際よく片付け始めた。これなら、他の客に話を聞かれる恐れはない。

「今朝、遠野屋さんと話し合った件でやすがね、早速、調べてみやした」

茶を一口すすり、伊佐治は告げた。

清之介は頷き、僅かに前屈みになる。

今朝のこと。

店は信三に任せ、遠野屋の奥まった座敷で伊佐治と向き合った。

「木暮さまが行方知れずになる前、何をしていたか。そこから考えるのが筋だと思うのです。とすれば、それを一番、わかっているのは親分さんです」

清之介のやや性急な物言いに、伊佐治は小さく唸った。

「仰る通りで。そうなんでやすよ。あっしもずっと考えちゃいるんですがね。これといって変わったこと、いつもと違ったことなんて何にもねえんですよ。どれほど考えても、旦那は旦那で……ええ、あの旦那のままでやした。いかにも嫌々ながらって気配をだだ漏れさせながら、見回ってやした」

「これといった事件は起こらなかったのですね」

伊佐治が二度、合点した。

「ええ、ここんとこ穏やかな日が続いていやしたねえ。一昨日、いやもう一昨々日《さきおととい》になりやすか、旦那が消えちまった日の前日は殺しどころか、こそ泥騒ぎもねえような凪《な》いだ一日でやしたよ。その前も似たようなものですかね。へえ、こう思い返してみても珍しいぐれえ平穏な日々でやした。今にして思えば、嵐の前の静けさってやつだったんですかねえ」

吐息を一つ漏らし、老練な岡っ引は話を続けた。

「まさかねえ、旦那が消えちまうなんて、大嵐に見舞われるなんて……生きてりゃあいろんな厄介事が起きるってのは、重々承知していたつもりでやしたし、旦那といれば面倒事だの厄介事だのとは縁が切れないとわかってはいやしたが、今度ばかりは、あっしの思案の上をいきやさあ。ああ、でも、ここで文句や愚痴を言っても始まりやせんね。えっと、まずはちゃんと思い出さなきゃいけねえな。えっと、このところで目立った事件てのは……」

伊佐治は天井を見上げ、一点を睨み付けた。ややあって、視線を清之介に戻す。

「もう十日も前になりやすかね。夏がぶり返したみてえな暑い日がありやしたでしょう。あの日に、深川元町《もとちょう》の通りでちょっとした喧嘩がありやした。破落戸《ごろつき》紛いの連中の揉め事でやしたが、一人が頭に血を上らせて、匕首《あいくち》を振り回しやしてね。喧嘩相手の腹を刺したんでやすよ。刺した男は、その場で取り押さえられたんでやすが、どうしてだか刺された方が逃げ出しやしてね。これには周りも呆気にとられたとか。腹を抉《えぐ》られてやしたから、近くの路地で力尽きて、結局、亡くなりやしたがね。ええ、あっしが駆け付けたときは、事はあらかた終わってやしたね。刺した男をしょっぴく手間ぐれえのもんでやした。殺された男は気の毒でやすが、まあ、言っちまえば、さして珍しい事件じゃありやせんね」

破落戸紛いの喧嘩で死人《しびと》が出た。確かに珍しくはない。本所深川を縄張りにする伊佐治からすれば、日常茶飯事に近いだろう。

「木暮さまもさして、本気で取り調べをされたわけではないのですね」

「でやすね。周りの者に、殺された男について一言二言、尋ねちゃいやしたから、おざなりよりややましって程じゃありやすが、仕事はしてやしたよ。ええ、一応、身許は調べて仏さんを引き取りに来るように段取りはしやしたね」

〝ややまし〟のところで、伊佐治は僅かばかり笑ってみせた。

「それと、その三、四日後になりやすかね、八名川町《やながわちょう》で巾着《きんちゃく》切りを捕まえやした。向こうからすげえ勢いで男が走ってきやしてね、旦那が近くにいた油の量《はか》り売りから油瓶をもぎ取って、そいつにぶつけたんでやすよ。もろに顔にぶつかって、すってんころりんでさあ。こっちも取り押さえるのに難儀はしやせんでしたね」

江戸に巾着切り。これも、いっかな珍しくはない。

「けど、そいつは、結局逃がしちまいやしたよ」

「逃がした？　一度は捕まえたのにあえて逃がしたのですか」

それは腑《ふ》に落ちない。伊佐治は口元を僅かに歪めて、頷いた。

「へえ、それが財布を掏《す》られたのがお武家でやしてね。町中で巾着切りにやられたとなると武士の面目《めんぼく》が立たない。このことは内密にしてくれと、えらく頼まれやして」

「木暮さまが、それを良しとなさったのですか」

「へえ、あっさりと承知しやしたよ。あっしとしちゃあ、お武家の面目云々で咎人だとはっきりわかっている手合いを見逃すってのに、どうにも合点がいきやせんでね。だって、そんなことが罷《まか》り通ったら世の中の筋ってもんが崩れちまうじゃねえですか。だから、文句は言いやしたがね、あっさりと受け流されちまいやした。『まあ、この一件は大目に見てもいい口だな。親分もそれくれえの融通は利かせてくんな』みてえな一言でお終《しま》いにされちまって……。あのお武家から、たんまりと袖の下でも貰ったんでやすかねえ。ただ、あっしとしても強く言い張れない心持ちじゃあったので、おとなしく引き下がりはいたしやした。旦那もそのあたりは見通しちゃあいたんでしょうよ。でも、あのとき旦那がどんな料簡《りようけん》で動いたのか、いまだに摑めやせん。なので、気持ちがすっきりしねえままなんでやすよ」

なぜ、強く言い張れなかったのか、おとなしく引き下がったのか、伊佐治は語らなかった。ならば、語られたことに応じる。

「そこは、わたしも合点できかねます」

信次郎のことだ、気紛れで巾着切りを放免することもないとは言えない。袖の下だとて平気で受け取るだろう。しかし、武士の面目や沽券《こけん》に拘《こだわ》って事実を揉み消そうとする相手にあっさり同意をするだろうか。


「遠野屋、操り芝居ってのを観《み》たことがあるかい」

信次郎に不意に問われたことがある。

夏のとば口のころだった。間もなく盛りを迎える芍薬《しやくやく》の蕾《つぼみ》の先が、薄《うつす》らと紅かった。『遠野屋』の奥座敷で壁にもたれ、信次郎は妙に機嫌のいい口調で尋ねてきたのだ。

「操り浄瑠璃《じようるり》なら二度ばかり、ございます」

「そうかい。おもしろかったかい」

答えるのに少し間がいった。

「一緒にいた義母やおみつは大層おもしろがっておりましたが、わたしは、さほどには感じませんでしたが」

「だろうな」

そこで信次郎は笑った。軽やかといって差し支えない、楽しげな笑い方だった。

「おぬしには芝居などわかるまい。芝居も草紙《そうし》も音曲《おんぎょく》もどれほど優れていようが、すり抜けていくだけさ」

顔を上げ、改めて軽く笑う男を見詰める。

「それは、わたしには芝居や草紙、音曲は解せぬという意味でしょうか」

「用がないという意味さ」

笑みを残したまま、信次郎は続けた。

「それらのおもしろさってのは、人の情に働きかけてくる。人ってのは情を揺さぶられるから、おもしれえって感じるのさ。おぬしは揺れねえだろう。揺れたいとも望まない。ふふ、いらねえよなあ、人らしい情なんて。おぬしにとって邪魔になりこそすれ役には立たない。厄介なだけの代物、だろ？」

清之介も薄く笑ってみる。

「それは何とも、木暮さまだけには言われたくございませんね」

確かに情は厄介な一面を持つ。情によって人は救われも支えられもするし、潰されも傷つけられもする。刃とも薬ともなるのだ。こういうものだと正体を語れない。だからこそ、能《あた》う限り知りたい、人そのものへ心を傾けたいと願う。少なくとも清之介はそうだった。信次郎がどこに心を向けているのか、そこは推し量れないが。

「木暮さまとて、芝居や草紙に興《きょう》が乗ることはありますまい」

芝居にも草紙にも音曲にも、美しい景色にも、他人との繋がりにも、ささやかな喜びにも、人が覗かせる矜持《きょうじ》にも心が震えることはないはずだ。

清之介と目を合わせ、信次郎は右肩だけを竦めた。

「おれか？　そうさな、おれも芝居なんざこのこ観に行く気にはなれねえな。役者や人形の芝居を観ずとも、江戸の巷《ちまた》にはおもしれえ見世物がごろごろしてるじゃねえか」

「巷の見世物、でございますか？」

聞き返してしまった。つい今しがた感じていた挑むような思いが消えて、心身がほんの僅かだが前のめりになる。それに気づいて、思わず奥歯を噛み締めていた。信次郎の何気ない一言に身を乗り出す己が、忌々《いまいま》しい。

しかし、これこそが情が揺れることではないか。揺さぶられることではないのか。とすれば、おれの内には他者に揺り動かされる情が存外、豊かに波打っているわけだ。

「そうさ。手遣《てづか》いか糸繰《く》りかは知らねえが、操り芝居の人形になってひょこひょこと役を演じているやつらが、いっぱいいるだろうが」

信次郎の指が〝ひょこひょこ〟を表すように上下に動く。

「体面だの体裁だの、見栄《みえ》だの意地だの誇りだのと、たくさんの糸に操られて滑稽《こっけい》な道化芝居を演じる手合いがな。本人は自分が操られているとも道化だとも思っちゃいねえところが、また滑稽よな。見物人としては、まあ楽しめもする。けど、飽きてもくる。おもしろさの中身が似通っているからよ。退屈しちまうのさ。似通った芝居を何本も観せられちゃ飽きるのも当たり前だろう」

そこで壁から背を離し、信次郎は僅かに目を狭《せば》めた。

「だからよ、遠野屋。飽きのこない芝居を観せてくれや。とびっきりのおもしれえやつをな」

清之介は顎を引き、胸を張る。

「お言葉ですが、わたしは、木暮さまを喜ばせるための人形にも役者にもなる気はございません。勝手に役目を押し付けられても迷惑でしかありませんが」

「ふふん、言うじゃねえか。まっ、いいさ。その気はなくとも人はくっついた糸に合わせて、動くしかねえのさ。さてさて、遠野屋のご主人はどんな糸に操られて、どう動くのか。並の糸じゃねえはずなんだが、ちょいと見極められねえ。そこんとこがおもしろくはあるな」

くっくっくっ。

いつもの軽やかでありながら冷えた笑声が耳に滑り込んできた。

冷え冷えとした声を思い出しながら、考える。

あの男が道化芝居の片棒を担ぐはずはあるまい。道化が拘《こだわ》る面目や見栄を叩き潰すことはあっても、受け入れるとは考え難い。が、事実、受け入れたわけだ。となると……。

「親分さん」

伏せていた顔を上げると、伊佐治と目がぶつかった。

「へえ、合点できねえことは調べなきゃなりやせんね。やってみやす」

伊佐治の頰に赤みが差す。薄い擦《かす》り傷がその赤みに紛れていく。

「他に、これといった事件は起こらなかったわけですか」

「そうでやすね。ここ十日ばかりは何事もありやせんでした。えっと、萬年橋《まんねんばし》の袂で御菰《おこも》が一人、亡くなってたのと、どこのとは言えやせんが、わりに大きな商家の娘たちが昼間から酒に酔って叱り置きされたのと……ちょっとした喧嘩が四、五件ありやしたし、荷揚げの際に人足が荷物の下敷きになったってのもありやした。ええ、これは嘘みてえな話でやすが、崩れてきた荷と荷の間に挟まって、擦り傷ですんだんでやすよ。あとは泥棒騒ぎがあったのと、子どもが駕籠《かご》にぶつかって肘《ひじ》と額をかなり擦りむいたのと、味噌屋の隠居が急な亡くなり方をしたのと、あ、いや、これは物騒な事件じゃなく、ぽっくり逝ったって話なもんで、あっしたちが出る幕はほとんどなかったんでやすよ。えっと……それくれえかな。ああ、どこぞの後家《ごけ》さんといい仲になった亭主を、女房がすりこ木を手にして追いかけ回したって騒ぎもありやしたかね」

伊佐治が指を折っていく。

何とも、騒動だらけではないか。そういう日々を、穏やかで何事もなかったと括ってしまう伊佐治の常とその記憶の確かさに驚嘆してしまう。これが平常であれば、おもしろくもおかしくも感じただろう。しかし、今を平常と言う気にはなれない。

「ざっと振り返ってみても、巾着切りの件より他に引っ掛かるものはありやせんね。まあ、それだって旦那の気分というか、面倒くさかっただけかもしれやせんよ」

「面倒くさい？」

「へえ。巾着切りを捕えたとなると手柄にはなりやすが、いろいろと手続きをしなくちゃならなくもなりやす。大きな声じゃ言えやせんが、それが面倒くさくて、捕まえた咎人を説教もせずに逃がしちまうこと、わりにありやしてね。旦那に言わせれば『どうってことのない小悪党に付き合って、何枚も書付《かきつけ》を作らなきゃならねえなんて無駄の極みじゃねえか』って理屈になるんだそうで。まあ、そんな不届きな役人なんて、うちの旦那だけでしょうが」

「なるほど面倒くさいというのは、木暮さまにしっくりきますね。妙に納得してしまいます」

「へえ、なので、この件から何か出てくるかどうか、心許《こころもと》なくはありやす」

そこで腰を上げ、伊佐治は「けど、やってみねえとわかりやせんからね」と告げた。

清之介に向けてではなく、己を鼓舞《こぶ》するための台詞のようだ。

「旦那といるときも初めは、まるで見当がつかねえまま言われたように走り回り、調べ回るんでやすよ。そこで見聞きしたことを旦那に伝える。その繰り返しで、終わりの終わりにやっと事の真相ってやつが見えてくる。そういう塩梅《あんばい》なんで」

「ええ、わたしも何度かその〝見えてくる〟場に居合わせることができました」

「で、やすね。あれはちょいと癖になりやす」

「ええ、ふっと目の前の扉が開いて、見知らぬ光景が現れる、そんな気がしてなりません。次もまた、別の光景を見てみたいとつい望んでしまいます」

望んでしまう。そこが口惜《くちお》しい。愉快でもある。当たり前だったものがひっくり返り、人の世が新たな貌《かお》を現す。見えた刹那《せつな》の快楽とでも呼ぼうか。この世にある悦楽の一つを信次郎から教えて貰った。それは揺るぎない真実だ。

「けど、今回、木暮さまはいらっしゃいません」

立ったままの伊佐治を見上げる。

「だからといって、手をこまねいて動かずにいるわけには参りませんね、親分さん」

「へえ、その通りでやす。やれる限りのことをやってみやすよ。あっしは、これから巾着切りの件を頭に、ここ十日ばかりの間の事件を洗い直してみやす」

「わたしは、昼から板垣さまにお逢いしてきます。お礼もさることながら、奉行所内の動きが少しはわかるかもしれません」

「へえ、よろしくお願いしやす。じゃあ、昼過ぎに向島あたりで」

伊佐治は軽やかな動きで部屋から出て行った。やるべき何かを手にしたときの、いつもの動きだ。無駄なく、無理なく、力に溢れている。一挙に十も若返ったごとくだ。

信次郎が伊佐治を大切にしていた理由が改めて腑に落ちた。手に馴染んだ重宝な道具として大切にしていたのか、一分《いちぶ》でも人らしい関わりがあったのか。

その思案は刹那で消えた。

信次郎の心内に手を伸ばしても摑めるものなどない。そんなことより、伊佐治を見習って今、自分のやるべきことをやれるところまでやり遂げる。

清之介は立ち上がり、廊下に出た。

『遠野屋』の生き生きとした気配が伝わってくる。人が働き、品が動き、商いが回る。色も匂いも熱もないが、確かな手応えを伝えてくる気配だ。

だからね、もういいんじゃないかねえ、清《せい》さん。

おしのの一言が気配をかい潜り、よみがえってきた。

清さんは、引きずり過ぎてるのさ。おりんのことも この店のことも ね。いいかげんに楽になっても罰は当たりゃしないよ。

おしのではなく、おりんが囁く。

もう、いいのだと。

頭を振る。義母の一言も女房の囁きも、振り払う。

風がぴたりと止んだ。日差しが柔らかく暖かい。餌を啄《ついば》むために、数羽の雀が庭に降りてくる。一羽は既に、小さな羽虫を嘴《くちばし》にくわえていた。

いつもと変わらぬ朝のようであるのに、別の何かが潜んでいるようでもある。

清之介はおみつたちが磨き込んだ廊下を店に向かって歩き出した。

雀たちがいっせいに飛び立って、屋根の向こうに消えた。

それが今朝、町々が動き出し、江戸が生気に満ち、うねり始める寸前のころだった。

伊佐治を見送って間無しに、店の段取りを済ませ、後を信三に託し向島に向かったのだ。

そして今、こうして、頭から指の先まで悶っ引そのもののような男と密か事《みそごと》を話している。

「今朝、遠野屋さんと話し合った件でやすがね。早速、調べてみやした」

茶をすすり、伊佐治が切り出す。

「例の巾着切りでやすが飛魚《とびうお》の加吉《かきち》って野郎でしてね、本所深川界隈《かいわい》を縄張りにしていた男でやす。ええ、知っちゃあいますよ。親しくはねえですが、まあ、ちょいとした因縁があるやつでして」

伊佐治は頷き、微かに笑んだ。聞くまでもなく、本所深川から浅草あたりを縄張りにする巾着切りや破落戸連中の顔と名は全て、頭に入っているのだろう。

「なかなか腕がいいと褒めるのもどうかと思いやすが、まあ器用なやつでやした。二度ばかり、お縄にしやしたよ。巾着切りからは足を洗ったと信じていやしたが、甘かった。懲《こ》りもせずまた悪事に手を染めてたんでやすねえ。どうしようもねえや」

「そんな男を、木暮さまは見逃したのですか」

掏った金の額にもよろうが、巾着切りは敲《たたき》刑および入墨《いれずみ》に処せられるはずだ。

「そういうこってす。袖の下を幾ら貰ったか知りやせんが、役人の風上に置けねえ行いなのは確かでやす。南雲さまのお耳にでも入ったら、お叱りぐらいじゃ済まねえんじゃねえですかい」

そこで口を閉じ、伊佐治は上目遣《うわめづか》いに清之介をちらりと見た。

「納得できないって顔でやすね、遠野屋さん」

「ええ、朝、お話を伺ったときから何とも腑に落ちないのです」

清之介も茶を一口、すすった。思いの外《ほか》、美味い。舌に残る微かな渋みが心地よい。納得していないのは伊佐治も同じだろう。だからこそ、探索を続けている。

なぜ、信次郎は加吉を見逃したのか。

納得できる答えが見つからない。

「いねえんでやすよ」

伊佐治がふうっと息を漏らした。

「加吉の野郎のねぐらはだいたい見当がついてやす。相生町外れの太鼓店《たいこだな》って裏長屋と馴染みの女の家をうろうろしているみてえでね。他にも幾つか潜り込む場所はあるみてえですが、目ぼしいところはその二つでやす。ところが、どちらにもいねえんで」

「ねぐらを替えたのではありませんか。悪党というのは一か所に定住しないと聞いた覚えがあります。聞いただけで、誰かの戯言《ざれごと》だったかもしれませんが」

口にしてすぐ失言だと気が付いた。言うまでもなかったのだ。伊佐治なら、そんなことはとっくに見通していたはずだった。

「へえ、加吉みてえな小悪党は妙に鼻が利くやつが多くてね。こりゃあ危ないと察して姿を晦《くら》ますなんてのは、まあありやすねえ。定《き》まった宿を持たないで、浮草みてえにふらふらしているやつも大勢いやす。その方が身を隠すのには都合がいいんでやしょう。けど、加吉はわりに律儀で……巾着切りに律儀ってのもおかしくはありやすが、あっしが突き止めてからでも五年近く、ねぐらを替えちゃおりやせん。両国橋近くの料理屋の仲居と懇《ねんご》ろになってやすが、その女とも長《なが》え付き合いで、他に女はいねえはずでやす」

「なるほど、確かに律儀な男のようですね。なのに、長屋にも女の許にもいない」

「さいでやす。いねえんですよ。女も行方を知りやせんでした。庇《かば》ってるとか惚《とぼ》けているとかじゃねえ。本当に知らねえようでしてね」

清之介は湯呑を置き、伊佐治と目を合わせた。口中の渋みがやや強くなる。

「木暮さまと同じように、行方知れずになっていると……」

伊佐治は湯呑を持ったまま、妙に緩慢な仕草で頷いた。

「へえ、旦那と同じなんでやすよ、遠野屋さん」

女はおいまという名だった。

房州《ぼうしゅう》の漁師の娘で、九つのとき江戸に出てきたと語った。

確かに海と光に育てられたのだろう色黒な肌と丈夫そうな身体つきをしていた。いつも潤んでいる黒眸《くろめ》が美しく、佳人《かじん》ではないが、ちょっとした眼つきに艶《つや》が零れる。

九つの娘が一人で江戸に上れるわけがない。おいまが江戸に来るまでの経緯《いきさつ》も来てからの日々も、伊佐治にはだいたいの見当がつく。

おいまのような女を何人も見てきた。房州から、常陸《ひたち》から、磐城《いわき》から、武蔵《むさし》から、さらなる遠国《おんごく》から集められた女たちがどういう生き方を強いられるか、どういう道を辿るか、生々しく目にしてきたのだ。ただ、おいまは既に三十近い年だというから、苛酷な江戸の一日一日を生き抜き、生き残ってきたらしい。

「親分さん、加吉さんが何か仕出かしたんですか」

料理屋の裏手で向かい合ったとたん、おいまから問うてきた。

「もう十日も逢ってないんです。今までは三日に一度は顔を覗かせていたのに」

そこで、おいまは前掛けの端を強く握った。

「岡っ引の親分さんが来られるってことは、あの人……あの人、何かやったんでしょうか。それで、逃げているとかで……」

おいまの顔が歪む。涙は零れなかったが、前掛けを握り込んだ指はずっと震えていた。

「あ、いや、違う、違うんで」

慌てたふりをして、手を左右に動かす。

加吉は表向き、土器《かわらけ》売りを口過ぎにしている商売人となっていた。長屋でも、そう信じられていたし、実際、土器を天秤棒《てんびんぼう》で担ぎ売り歩きもしていたのだ。むろん、裏に回れば他人の懐を狙い、財布を掏り取ることを生業《なりわい》としていたのだろうが。

「そういうこっちゃなくて、ちょっと、加吉……さんに聞きてえことが一つ、二つ、あっただけの話さ。なに、たいしたことじゃねえんだ。事件云々じゃなくて、おれが自分の用件で訪ねてきたわけだから、心配しねえでくんな」

音が聞こえるほど太い息を、おいまは吐き出した。

「そうなんですね。よかったぁ。ほんと、よかった」

よほど気を張っていたのか、もう一度、さっきより長く息を漏らす。

「あたし、あの人が昔、ご正道《せいどう》を外れるような真似をしていたと知っています。物心ついたときには、もう親はおらず、まっとうに生きる道を誰も教えてくれなかったんだって。巾着切りの技を覚えて、それで生きていくしか手立てがなかったんだって……」

「加吉がおまえさんに、そう言ったのかい」

「はい。あたしも似たような境遇で、二親に早くに死に別れて苦労しました……だから、加吉さんの気持ちが、とってもよくわかるんです。もう少し、お金が貯《た》まったら所帯を持って、細々とでも静かに暮らしたいと、よく話をしてます」

「そうかい、そうかい。そりゃあいい話だな」

いい話ではあるが、大半は嘘だ。作り事に過ぎない。

加吉の親は、浅草寺《せんそうじ》近くで小さな下駄屋を営んでいた。加吉は父親との折り合いが悪く、十一、二のころ家を飛び出し、どういう経緯か巾着切りの技を覚え、一時は飛魚の加吉などと名乗って本所深川あたりを荒らしていたのだ。これまでに二度、伊佐治自ら捕えたことがある。初めてのときは、母親が引き取りに来た。ひどく顔色の悪い小柄な女だった。息子の不始末を地に額を擦り付けるようにして詫び、二度と過《あやま》ちを犯させないと誓った。

「巾着切りは三度までは敲刑と入墨で済むけどな、四度目は死罪だ。そこんとこを頭に叩き込んでおきな。いいな、土壇場《どたんば》で首を落とされたくなかったら、ちゃんと足を洗うんだぞ」

伊佐治の説教に母親は泣きながら平伏していたが、加吉は不貞腐《ふてくさ》れて横を向いていた。立ち去る間際に「じゃ、あと二度は捕まってもいいわけだ」と嘯《うそぶ》いたのを覚えている。数年経って、二度目にお縄にしたときは、誰も引き取りには来なかった。父親も母親も亡くなり、店も畳んだとのことだった。

「加吉、おめえな、このままだと本当にまっとうな死に方ができなくなるぜ。どう生きるかはおめえの勝手だが、いい年まで生きた終わりに首を落とされて、この世とおさらばなんて、あまりにも情けねえとは思わねえのか」

改めて言い聞かせてはみたが、加吉は相も変わらず不貞腐れた顔つきで黙っていた。気が回る者なら、本気かどうかは別にして「心を入れ替えて、まっとうに生きます」ぐらいの台詞は口にするのだが、その程度の要領の良さも持ち合わせていないらしい。挙句の果てに、

「いいんですよ、親分さん。娑婆《しゃば》に出たって身内がいるわけじゃねえ。帰る家があるわけじゃねえ。おれがどんな死に方したって迷惑かける者も辛がる者もいやしねえんだ」

と、自棄《やけ》気味に言い捨てる。

このまま敲刑だけで世に放てば、同じ過ちを繰り返すだけではないかと伊佐治は頭を抱えたくなった。

人はきっかけさえあれば、立ち直るものだ。

咎人百人が百人とも立ち直るとは思わない。それでも手立てを講じれば、これ以上、罪を重ねることなく生きていける者が増える。伊佐治は信じていた。ただ、その手立てが難しい。並《な》べて同じやり方では、通用しないのだ。

己の堕落を親や世間のせいにして、甘え、すねているだけのこの小悪党を、どうまともな道に戻すか、どうしたら戻せるか伊佐治は考え込む。

間もなく入牢証文が整い、加吉は牢屋敷に送られた。

「何とか、まともになってくれるといいんだが」

引っ立てられていく加吉を見送りながら、伊佐治は呟いていた。隣に立つ信次郎にというわけではない。心に溜まったものが口の端から零れたのだ。

「へえ、親分は、あいつにまともになってもらいてえのかよ」

笑いを含んだ声だった。主を見上げ、伊佐治は眉を顰《ひそ》める。

「当たり前でしょうが。まっとうな道に戻れる見込みがあるなら戻らせてえと思うのが人情じゃねえですか。いや、そりゃあ……あっしは、ただの御用聞きでやすからね、戻るの戻らせるのなんて偉そうなこたぁ言えやせんよ。けど……」

捕えるだけで後は知らない。どうなろうと関わり合わない。そういう生き方は性に合わない。咎人たちは咎を償って、牢から出てくる。咎が消えれば人だけが残る。人として生き直す道をはっきりと示すことはできなくても、寄り添うぐらいはできるかもしれない。

くすくすくす。

信次郎が顔を空に向け、嗤う。「木暮さまが楽しげに笑われると、どうしてだか背筋のあたりがうそ寒くなります」と、『遠野屋』の主人は言っていたが然《さ》もありなんだ。

伊佐治はそっと背中に手を回した。

うそ寒い。

しかし、腹立たしくもあった。咎人の行く末を思案するのも、気に掛けるのもこちらの勝手だ。どうせ、甘っちょろいだの善人ぶっているだけだのと皮肉を針に似せて、いや、針そのもののような尖った皮肉で刺してくるのだろう。刺されても構わない。痛がる風など僅かも見せてやるものか。嗤われたからといって、今更、応えるものでもない。とっくに慣れ切っているのだ。

伊佐治は腹立ちを呑み込んで、胸を反らした。

「親分は根っから好きだよなぁ」

信次郎の口調からは皮肉は漂ってこなかった。むしろ、生真面目《きまじめ》な響きがある。その響きに怒りを忘れ、つい問うてしまった。

「へ？　好きってのは何がでやす」

「罪を忘れて生きようと足掻《あが》く。そんなやつが、だよ」

顎を引く。半歩ほど足も引く。間抜けた問いかけをした己を蹴飛ばしたい。

「どんなに足掻いても、そう容易く罪は消えねえさ。わかっているくせに、足掻けば、違う何かになれると本気で信じているのかねえ」

唾を呑み込み、引いていた顎を精一杯高く上げる。

「そりゃあ、加吉の話をしてるんですかい」

遠野屋の話に決まっている。水が高みから低地に流れ込むように、罪業《ざいごう》の言談《げんだん》はいつかしら遠野屋という湖沼に辿り着いてしまうのだ。

わかってはいたが、とことん惚けてやるつもりだった。

信次郎がひょいと肩を竦めた。

「親分の話をしてんだよ」

「え？　あっしの？」

「そうさ。牢から出れば生き直せる、昔とは違う生き方ができる。心底から思ってるのかよ。ふふ、だとしたら少しおめでたくないか」

「めでたかねえでしょ。罪を償ってまともに生きる。そういう道も残されてねえと、救われないじゃねえですか。立ち直れるのも人の力ってやつでしょうが。一度、間違いをやっちまったら、二度とまともな道に戻れねえなんて、そんなこたぁありやせんよ」

人は罪を犯す。過ちを繰り返す。躓《つまず》きもするし、道を踏み外しもする。一度、犯した罪や過ちは許されないのか。終生、引きずって生きねばならないのか。人生を仕切り直し、立ち直ることは認められないのか。だとしたら、人の世はあまりに苛酷ではないか。

信次郎が目を眇《すが》め、伊佐治を見る。

「親分、『肥後屋《ひごや》』の一件、覚えてるかい」

「あ？　へい……覚えてやす。もう三年ほど前になりやすかね」

佐賀町《さがちょう》の搗米屋《つきごめや》『肥後屋』の手代《てだい》が、財布を掏られた。暮れも押し詰まった日で、掛取《かけと》りに回った帰りの出来事だった。財布には、手代が集めた掛売り代金のほぼ全額が収められていた。それを盗まれたのだ。

掛取りの金を狙っての犯科であるのは間違いなかった。巾着切りは手代の後をつけ、掏り取る機会を窺っていたのだろう。手代が立ち止まり、ふっと絵草紙屋を覗き込んだ、その一瞬を狙われた。掏られたと気が付いた手代が大声を上げたときには、巾着切りは既に人混みに消えて、追うことは叶わなかった。

「掛取りに回っていたのは、その手代一人じゃなかった。他の金は無事だったから肥後屋は何とか潰れずに済んだ。そういう成り行きだったよなあ」

「へえ、肥後屋はまだ佐賀町で商いを続けてやすよ」

伊佐治は唾を呑み込んだ。苦味を感じ、思わず口元を歪める。

店は潰れなかった。主が代替わりし、以前より繁盛している様子だ。しかし……。

「あの手代、首を括って死んじまったんじゃなかったか」

「そうでやすが……」

騒動の二十日あまり後、松の内が明けて間もなく手代は雑物蔵《ぞうもつぐら》の中で首を吊った。

「己の落ち度に己でけじめをつけるとか何とか遺書には認められていたらしいが、事件の後、周りからあれこれ疑われたのが応えて、耐え切れなくなったってのが真実だろうな」

掏り騒ぎは狂言で、掛取り金は手代が着服したのではないか。

そんな噂が、気嵐《けあらし》に似て静かに流れ始めたのは事件後すぐだった。出所《でどころ》は定かではない。噂に呼応するかのように、手代が金に困っていただの、どこぞに女を囲っているだの、暮らし振りが派手だったの、根も葉もない流言《りゅうげん》が飛び交い、手代は追い詰められていった。

「ええ、けど、あのときの巾着切りが加吉だとは言い切れやせんぜ。どちらかと言うと、ずんぐりした男だったみてえでやすから、加吉の姿形とは違いまさぁ」

「そうさな、加吉じゃねえだろう。当の巾着切りは、捕まらず仕舞いになっちまったがな。もし、他の件で縄を掛けられて、牢屋敷送りになったとする。そこで、罪相応の裁きを受けるわけだ。で、娑婆《しゃば》に放免されてから心を入れ替えて、まっとうに生きることにした。本人も努め、運にも恵まれて、幸せに暮らせるようになりました。めでたし、めでたし。それでいいと思うかい？　親分」

「そりゃあ、咎人が一人、まっとうに生まれ変わったんだ。めでてえじゃねえですかい」

もごもごと答える。さっきまでの威勢がみるみる萎んでいった。

「じゃあ、首を括った手代はどうなるんだ？　そいつの苦悶《くもん》はどうなる？　手代の親の、兄弟の、もしかしたら好き合っていた女がいたかもしれねえ、その相手の恨みつらみはそのままかい。罪を犯した者は生まれ変われるのに、害を被《こうむ》った者たちは泣き寝入りか。それは、ちょいと理不尽じゃねえのかなぁ。割に合わねえ話だぜ」

返答に詰まり、伊佐治は唇を噛んだ。

「それに、あらぬ噂を流して手代を追い込んだ輩はどうする？　それこそ、まっとうな者の振りをして捕まりもせず、咎めも受けず、通りを歩いてるんじゃねえか。もうちょい言やぁ、巾着切りを捕縛《ほばく》できなかったおれたちにも、僅かの責はあるかもな。僅かだがよ」

「旦那、けど……」

「そう容易く許しちゃならねえのさ。許しちまえば楽だし、心持ちも軽かろうよ。けどな、楽だ軽いといい気になってると、見落とすものがたんと出てくるぜ」

そこで、信次郎は薄く笑った。

「けど、ま、他ならぬ親分の心意気だ。ちょいと手伝ってやろうか」

「は？」

「加吉をまともにしてえんだろう？　おれも助《す》けてやるさ。上手くいくかどうか約束できねえがな」

「え？　え？　それ、どういう意味です。旦那」

薄笑いを浮かべたまま、信次郎が歩き出す。伊佐治はどうしても従う気になれず、その場に立ち尽くしていた。

加吉は敲刑を受け、放免された。たまにだが、土器を売り歩く姿を遠目に見ることがあった。巾着切りとは縁を切り、きちんと働いているようだ。女ができて睦《むつ》まじくやっているとも耳にした。

伊佐治は安堵の息を吐いた。今度こそ大丈夫だと胸を撫で下ろしたのだ。

だからこそ、八名川町の通りで加吉を組み伏せたとき、まさかと叫んでいた。何とも言えない気分になった。「この馬鹿野郎」と怒鳴りながら、加吉の頭を殴っていた。情けなくてならなかった。

湯呑を両手で包み込み、伊佐治は「情けねえ」と呟いた。

「加吉が立ち直ったと思い込んじまった、あっしの甘さが情けなくてね。ほんとに、旦那に嗤われても仕方ありやせんよ」

なるほど、そういう経緯があったのか。八名川町で加吉を捕えたとき、信次郎は咎めなしで放ち許した。筋の通らないやり方に伊佐治が従ったのは、主に服《まつろ》うたわけではなく、加吉に三度目の縄を掛けたくなかったからだ。三度罪を犯せばもう後がない。四度目は死罪しかない。その事実が伊佐治を躊躇《ちゅうちょ》させた。さっき、語らなかった老岡っ引の心内を覗き見た気がする。

「けどねえ、言い訳に聞こえるかもしれやせんが、あっしも長《なげ》えこと岡っ引稼業に足を突っ込んでいて、人を見る眼ってのは、それなりに養いも鍛えもしてきたつもりなんでやすが」

伊佐治の人の本性に迫る眼差しは本物だ。鋭く、強く、その正体に迫る。

「親分さんの眼には、加吉という巾着切りが嘘でなく堅気《かたぎ》に戻れたと映ったのですね」

「さいで。おいまもいるし、二度と悪道《あくどう》には堕《お》ちないと踏んだんでやすが。あっしの眼《まなこ》も寄る年波には勝てず、曇っちまったってことですかねえ」

「まさか、それはあり得ません」

本気でかぶりを振っていた。

「けど、加吉がまた巾着切りに手を染めたのは事実でやすからねえ。しかも、旦那同様、どこかに雲隠れしちまった。どういう絡繰《からく》りになっているのか、わけがわかりやせん」

伊佐治は眉を顰め、湯呑を盆に戻した。茶汲み女が新しい茶を運んでくる。やはり無言のまま湯呑を取り替えて、去っていった。

「親分さん。些か話がずれてしまいますが」

茶の香りを吸い込み、清之介は僅かに躊躇《ためら》い、それでも切り出した。

「木暮さまは、加吉に何をしたのです」

湯呑を摑み、伊佐治が瞬きする。

「すみません。今回の件とは全く関わりないとは思うのですが、気になってしまって。加吉を正すために木暮さまはどんな手を打ったのか、知りたいのです」

関わりない？　そうだろうか。

信次郎と同じように、行方知れずになった男は、どこかで繋がってこないのか。いや、そういうことよりも聞きたい。

あの男が他人のために何らかの動きをしたとすれば、その何らかとはどんなものなのだ。思い至れない。まるで思案が及ばない。だから知りたい。

伊佐治が笑んだ。

奇妙な笑みだった。叫ぶ寸前のようにも、泣き出す間際のようでもあった。

第四章　五位鷺《ごいさぎ》

風が吹いて、茶店の障子戸が鳴った。

「ひえっ、急に冷えてきたぜ。やだねえ、これからの季節は風が身に染みらあ」

「おいおい、この前まで暑い暑いと騒いでたのは、どなたさまだったたっけな」

風を避けるためだろうか、職人風の若い男が二人、入ってきた。戸口近くの床几《しょうぎ》に座り、楽しげにしゃべっている。同じ仕事に携わっているのか、納期がどうの道具がどうのと、やりとりの端々が耳に届いてきた。

「加吉もあれくれえの年なんで」

伊佐治がぼそりと呟いた。

「本当なら、ああやってまっとうな暮らしが送れてたはずなんでやすがね。あっしみてえな岡っ引と関わり合うこともなかったんでしょうが、どこでどう道を間違えたものやら」

「でも、関わり合った岡っ引が親分さんで、よかった。加吉にとっては幸いだったでしよう」

「そうでしょうかねえ」

「ええ、間違いなく運がよかったと思いますよ。親身になって心配してくれる者が一人でもいれば、立ち直るきっかけになるのではありませんか」

本心だった。加吉という男について、ほとんど何も知らないが、根まで腐った悪党ではなさそうだ。人の根っこが腐っていなければ新たな芽を出せるし、花も咲かせられる。伊佐治が繰り返し口にしてきた台詞だった。それを諾《うべな》いたい。

伊佐治がまた、泣き笑いのような表情を浮かべる。

「けどね、遠野屋さん。加吉は結局、額に汗して働くより、他人の懐から巾着を盗み取る方を選んじまったわけでやすよ。しかも、二度目にとっ捕まえて後、加吉がまともになったように見えたのは、あっしじゃなくて旦那のおかげなんでやすからね」

伊佐治の口元が窄《すぼ》まる。

「遠くからでやすが、加吉が堅気に働いているのを何度か目にしやしてね、旦那に尋ねたんでやすよ。『どうやって、あいつをまともな道に戻せたんで』ってね。誰だって尋ねたくなるじゃねえですかい。不貞腐れて他人の説教なんか、まともに聞く気のねえやつをどんな手を使ったら堅気にさせられるのか。しかも、そう日数《ひかず》を使わずにですぜ。あっしでなくても首を傾げますさあ。不思議で仕方ねえでやしょ。まして、あの旦那でやすからね。説教だの、お叱りだの、まともなやり方をするわけがありやせん」

頷《うなず》いていた。まともなやり方であるはずがない。しかし、まともでないやり方がどういうものか、思案が及ばない。痛めつけて矯《た》めるとか、懇々《こんこん》と説いて諭《さと》すとか、そんな方法を信次郎が使うとは、どうにも考え難《にく》い。

「見せたんだそうでやす」

「見せた？」

何をと問おうとして、その何に思い当たり、清之介は口をつぐんだ。

「へえ、察せられやしたか。さすがでやすね、遠野屋さん」

褒めたにしては、伊佐治の声音は暗い。

「そうなんで。加吉が牢《ろう》に入っている間に下手人《げしにん》が一件、死罪が三件、執り行われたんだそうでやす。それを見物させてやったんだと、旦那は言ってやした」

死刑のうちで下手人はもっとも軽く、次が死罪だ。軽いとは言え、どちらも斬首の刑だった。囚人は牢屋敷内の死罪場で打ち首となる。下手人は昼間の斬首で刑の後、亡骸《なきがら》を引取人に下げ渡された。つまり、埋葬が許されていた。一方、死罪は夜間に執行され、骸《むくろ》はためし斬りや死骸とり捨てとされたのだ。

死後の扱いに違いはあるけれど、首を刎ねられることに変わりはない。

「牢役人たちをどう言い包《くる》めたのか知りやせんが、加吉は囚人の近くで、その首が落とされるのを目《ま》の当たりにした、いや、無理に見せられたんで。しかも、つごう四回も」

「それは……惨いですね」

引き出された囚人が皆、従容《しょうよう》として死に就くわけではあるまい。怯え、怒り、乱れて泣き喚《わめ》き、身を捩り、迫ってくる最期に、斬首される運命に抗《あらが》おうとするだろう。芝居ではない。現《うつつ》の身体から首が離れ、現の血が濃く臭う。

許してくれ。堪忍して。助けてくれ。死にたくない。怖い。嫌だ、嫌だ。

面紙《つらがみ》で目隠しされた男が、女が、叫び続ける。生命《いのち》を断ち切られるまで、叫喚《きょうかん》し続ける。

あれが、おまえの行く末かもしれねえなあ。

耳元で囁かれれば、身の毛立ちもするだろう。地獄を覗き込んだ気にもなるだろう。加吉は正気を保てず、気を失ったかもしれない。全身を戦慄《わなな》かせたかもしれない。夜な夜な夢にうなされ、脂汗に塗《まみ》れたかもしれない。

「ただ、効き目は相当なものだったわけですか」

「牢を出てからの加吉の様子を見るに、よく効いたみてえでやした。けど、一歩間違えたら加吉のお頭《つむ》がいかれちまった見込みもあるじゃねえですか。もともと、肚の据わった大悪党じゃねえ。いたって小心な半端《はんぱ》野郎なんですからねえ。加吉の本性なんか、旦那はとっくに見通していたはずでやす。見通した上で土壇場に連れ出したんでやすよ。

まったく、何とも危ねえやり方じゃねえですか。旦那らしいと言っちまえばそれまででやすが」

「毒を孕《はら》むから薬効も大きい。木暮さまは、そのように考えられたのでしょうか」

伊佐治の黒目が清之介をちらりと見やり、眉を顰めた。

「遠野屋さんは、そう思いやすか」

僅かに躊躇う。ここで躊躇うのが己の弱さだと、苦く笑いそうになった。

「いえ、思いません。木暮さまは、誰であれ他人を正道に導いてやろうなどとお考えにはならないでしょう」

正道を行くのが当たり前なのだと、人の道とはこうしたものだと決めつけもしないだろう。自身が端から道を踏み外している、好んで邪道《じゃどう》を歩くような男であるのだ。

口に出さずとも伊佐治には通じたらしい。軽く頷いた。

「でやすね。旦那はただ、甘っちょろく世をすねているだけの手合いを甚振《いたぶ》りたかった。それだけでやしょう。加吉が立ち直ったのは、まあ、おまけみてえなもんでさぁ。いや、実際は立ち直り切れなかったわけでやすが」

「親分さんは、加吉が堅気になったと信じていたわけですね。親分さんから見て、立ち直ったと信じられたのですね」

清之介の一言に、伊佐治の口元が歪む。

「さいで。これはもう大丈夫だと安堵してやした。だから……八名川町で捕まえたときは、まさかと思いやしたよ。正直に言いやすと、今でも、まさかと思ってやす。ついかっとなってぶっ叩いちまったけど、気持ちが落ち着いてくると、どうにも合点がいかねえんで。おいまの話からも太鼓店の店子《たなこ》たちの話からも、加吉は真面目に働いていて、かつかつじゃありやすが何とか暮らしも成り立っていたようなんで。博打《ばくち》に手を出したとか、病に罹《かか》ったとかで金に困っていた風も、昔の仲間とつるんでた風もねえ。太鼓店のおかみさんには『馴染みの女とそろそろ所帯を持ちてえんだ』と漏らしたこともあったようでやすし、おいまとの将来を本気で考えてたんじゃねえでしょうか。おかみさんが店子みんなで祝ってやると言ったら、嬉しそうに笑って頭を下げたってこってす」

「それは、いつぐらいの話です」

「それが、はっきりしねえんで。おかみさんもいつのころなのか、ひどくあやふやでして。『日々、子どもにちゃんと食わせられるかどうかで頭がいっぱいなんでねえ。大人のことまで覚えちゃいませんよ』と、言われちまいました。けどまあ、話からすると、八名川町でとっ捕まえた日の四、五日前ぐれえじゃねえかと見当をつけてはいやす」

悪事から足を洗った男が再び、それに手を染める。

地獄を目の当たりにし、まっとうに生きると決め、その方便《たずき》を手に入れ、女房にと望む女も現れた。豊かではないが満ち足りたもののように思われる。太鼓店のおかみさんに向けた笑みは、加吉の満足を示したものではないのか。

「親分さん。加吉はなぜ巾着切りに戻ったのか、確かに合点がいきません」

さっきよりも深く、伊佐治が首肯する。

「そうなんで。あっしも頭に血が上っちまってた上に、旦那があっさり加吉を解き放ったもんだから余計にかっかしちまって。ずっと腹を立てるばかりだったんでやすが、じっくり振り返ってみると、どうにも引っ掛かってきやす。加吉がずっと長屋に帰ってねえ、おいまのところにも寄ってねえとなると、余計に気になりやすね」

「木暮さまが、あっさりと加吉を見逃したこと。加吉が再び巾着切りをやってしまったこと。その行方が知れないこと」

口にしながら、指を一本ずつ折っていく。

「そして、木暮さまがお屋敷から姿を消したこと」

四本目の指を折り込む。伊佐治が残った一本、小指を見詰めてきた。

「前の三件、旦那の行方知れずと繋がっているとお考えでやすか」

「考えています。繋がっていないとはとうてい、思えません」

信次郎を芯として、一連の出来事は広がっているのだ。それをどう明かすか。

「まったくで。けど、どこでどう繋がっているのか、今のところ藪《やぶ》の中でさあ」

伊佐治が手の中の湯呑を握り締めた。

「親分さん、財布を掏《す》られたお武家が、どこのご家中かはわかりませんか」

「お武家でやすか？　わかりやせんね。あっしは直に言葉を交わしたわけじゃねえ。旦那とお武家が何やら話をしているのを傍目《はため》に見ていただけでやすから。形《なり》は……羽織袴でやしたよ。ええ、それは覚えてやす。お供が一人、従ってやしたから、それなりの身分の方じゃねえでしょうか」

「その羽織に、紋は付いておりましたか」

「紋……紋は、うーん」

小さく唸り、伊佐治は考え込んだ。ややあって顔を上げ、清之介に視線を向ける。

「紋はありやせんでしたね。紋無しの羽織でやした。ただ、上等な物だったとは思いやすよ。あっしに、こう背中を向けたときに」

伊佐治は身を捩って、自分の背を見せた。

「雲が切れて、お日さまが覗きやしてね。お武家の羽織がてらてら光ったんでさ。あっしに反物《たんもの》の良し悪しなんざわかりやせんが、艶があるというか、きれいな深い黒色でしてね、ああ、こりゃあ上物だなと思ったんでやすよ。ええ、ほんの一瞬でしたが思いやした。けど、背紋《せもん》はありやせんでしたね。全部、真っ黒でてらてらしてやしたから、何にもなかったはずです。裏袖にも付いてなかったでやすね」

無紋の羽織。ということは、その武家は私事で出かけていたわけになる。上司をおとなったのでもなく、勤めを終えた帰りでもない。しかし、上物の羽織袴の出立《いでたち》となると、そう砕けた場所に出向いた、あるいは出向く途中だったとも考え難いが。いや、形などどうでもいいか。武家が洒落者《しゃれもの》であっただけかもしれないのだ。

清之介は、唇を引き結んだ。

思案が纏まらない。何を拾い上げ、何を捨てればいいのか見当が付かない。飛び込んでくる事実をどう纏め、どう整えるべきか、嵌《は》め絵の一片になるものとならないものをどう選り分けるべきか、選り分けた一片をどこに嵌めるべきか摑《つか》めないのだ。

何の、どこを見ればいいのだ。

「見ているつもりだけで、見てねえんだよ」

あの含み笑いがよみがえってくる。

「見えてねえんじゃなく、見てねえのさ。花にばかり目がいって、葉の形も茎の色も見ようとしない。ちゃんとそこにあるのにな」

信次郎から言われた覚えがある。床《とこ》の間に菊が活けてあった。それを何色だと問われたから、白と紫だと答えた。そう、もう二年も三年も昔になる。艶《あで》やかな菊が飾られていたのだから、秋から冬へと季節の移ろうころだったのだろう。

二輪の菊の花は雪白《ゆきじろ》と本紫《ほんむらさき》の色をしていた。

「白と紫、おぬしにはそう見えるかい」

「違うのですか？　しかし、木暮さまは花の色をお尋ねになったのでしょう」

「おれは菊の色を問うたんだぜ、遠野屋」

信次郎は手を伸ばすと、菊の花を千切《ちぎ》り取った。白と紫の花弁が散り、人の手のひらほどもある菊花が畳に転がった。

「これで何が見える？」

「……菊の茎と葉が……」

「だよな。これを見て白だ紫だと言うやつはいねえ。茎も葉も花と同じく花活けの中にあった。全部ひっくるめての菊だよな。なのに、おぬしは花の色しか答えなかった。菊を見ているつもりだけで、見てねえんだよ。さらにな」

信次郎は花を失った菊を摘まみ上げる。茎の切り口から水が滴り、床を濡らした。

「この先には根っこがあったはずだ。けど、そんなことは誰も考えようとしない。本当は根っこが一番、肝要《かんよう》なのかもしれねえのによ」

花に晦まされて、そこにあるものを見ていない。まして、あったはずのものにまで思い至らない。そういうことか。

そこで信次郎が小さく笑った。

「と言うのは、おふくろからの受売りだがな」

「母上さまの？」

「花でも人でもどこを見るかで、事の様相が違ってくるのだと言われた。真実は一つであるはずなのにな。まっ、人の目ってのは、そういうものなのかもしれねえ。自分の見たいものしか見ないようにできている。けど、それじゃあ、いつまで経っても事の正体は摑めねえままになると、そんな気がしねえかい」

「それは母上さまではなく、木暮さまのお考えですね」

では、正体を摑むための眼差しとやらは、どうすれば手に入れられるのか。生まれついての才なのか、努めてどうにかなるものなのか、問おうとしたとき、おみつが茶請けの菓子を運んできた。その菓子を放り投げるように傍らに置いて、眦《まなじり》を吊り上げたのだ。

「木暮さま、それ、大女将さんが活けたばかりなんですよ。何てことなさるんです」

「うるせえな。たかが菊ぐれえのことで騒ぐんじゃねえよ。けど、おまえはわかり易くていいな。正体も何もあったもんじゃねえ。横幅はあるが裏表はねえってやつだ」

「わけのわからないこと言って誤魔化さないでくださいな。まったく、他人の家の床の間を荒らすなんて、どういう料簡《りようけん》なんですかね。だいたい木暮さまは礼儀ってものを知らなさ過ぎますよ。ええ、この際だから言わせてもらいますけどね」

おみつは本気で腹を立てたようで、信次郎相手に文句を並べ、信次郎は鬱陶しがりながらも、おみつの本気の怒りをおもしろがっていた。

結句、清之介は問いそびれた。

記憶の底に埋まっていた遠い日のやりとりを思い出す。

カタッ。店の障子戸が開き、風と共によく日に焼けた小太りの男が入ってきた。伊佐治が腰を浮かせる。

「源蔵《げんぞう》じゃねえか。どうした」

「親分。よかった。やっぱりこっちでしたかい」

源蔵は伊佐治の古参の手下《てか》だった。清之介とも顔馴染みになっている。

「お内儀《かみ》さんから大川橋のあたりで遠野屋の旦那と逢ってるって聞いたもんで、おそらくここだろうと当たりを付けて来たんで。見つかってやれやれです」

清之介に会釈し、源蔵は伊佐治の前に膝をついた。戸口近くに座っていた職人風の男たちが、横目でこちらを窺っていた。「親分」という一言が耳に入ったのだろう。

源蔵が、前屈みになった伊佐治の耳元に何かを囁く。伊佐治の横顔がみるみる強張《こわば》っていった。凄《すご》みさえ漂わせる顔つきだ。

「それで、おめえ、仏さんを確かめたのか」

「いえ、まだ。親分に報せるのが先かと思いやして」

「わかった。外で待っててくんな。すぐに行く」

「へい」もう一度、清之介に向かって低頭し、源蔵は足早に通りに出ていった。伊佐治が腰を伸ばし、曖昧な笑みを浮かべる。

「いつもなら、ここで旦那に報せに走らせるとこでやすが、今回ばかりは、そういうわけにもいきやせん」

「事件ですか」

「事件でやす。小名木川《おなぎがわ》に男の死体が浮いたらしいんで」

「男の……」

我知らず息を呑み込んでいた。

「旦那じゃありやせんよ」

伊佐治がかぶりを振る。口元が引き締まった。

「旦那であるはずがねえでしょ。江戸で死人が出るなんざ、ちっとも珍しかありやせん」

「ええ、そうですね。よくわかっています」

あの男であるわけがない。行方知れずになった挙句、骸《むくろ》となって川から引き揚げられる。そんな最期を迎える男ではないのだ。

ずくっ。手のひらが疼いた。手のひらから腕に、腕から全身に微かな痺《しび》れが広がっていく。

い。

痺れ？　いや違う。これは肉の手応えだ。
人の身体を刃が裂いた刹那の手応え。それは甘美な痺れに似て直身《ひたみ》を巡る。
死ぬなど許さぬ。誰に殺されることも、自ら命を絶つことも許さぬ。許せるわけがな
い。

「遠野屋さん」

伊佐治が小声で呼びかけてきた。上目遣いに清之介を見やり、僅かに眉を寄せる。

「明日、また、お店の方に顔を出しても構いませんかね」

「あ、はい。もちろんです。お待ちしております」

「わかりやした。じゃあ、今日のところはこれで。失礼しやす」

「あ、親分さん」

立ち去ろうとしていた伊佐治が振り向き、首を傾げた。

「明日、わたしは木暮さまのお屋敷に行ってみようと思います」

「旦那の？　けど、あそこには今、おしばさんと喜助さんしかいやせんぜ。喜助さんは寝込んでいるようだし、おしばさんから何かを聞き出すのは、ちょいと難しくはありやす。そもそも二人とも何も知らねえでしょうし。それに、見張りがいやすから、中に入れるかどうか……。入れたとしても、屋敷内をうろつくのは難しいんじゃねえですか。許しが出ねえでしょう」

「はい。承知の上です。でも一度、近くまででも行ってみたいのです」

八丁堀の屋敷に出向いて、新たな手掛かりが得られる望みは薄い。よくわかっている。それでも、何かしら動いていたかった。鬼眼《きがん》を持たぬ身であれば花も菊も葉も根も見ようとする心構えを携えて、動けるだけ動くしかない。

「わかりやした。では、また明日。何かありやしたら、すぐにお報せしやすが」

「ええ、お願いいたします」

伊佐治が障子戸の向こうに消える。

清之介は床几に座り直し、膝の上で両手を握り締めた。

何かあったら報せる？　その何かとは何だ？

あの老獪《ろうかい》な岡っ引の脳裏には、ほんの一瞬でも主の死顔が浮かんだのか。

「あの、もう一杯、お淹れしてもよろしいですか」

茶店の女が遠慮がちに声をかけてきた。

「あ、いや、もう結構です。支払いをさせてください」

「いいえ、お代はもういただいております。本当は受け取ってはいけないのですがね」

「受け取ってはいけない？」

女は頬を緩め、愛嬌の溢《あふ》れた笑みを浮かべた。

「親分さんには、口では言えないほどのお世話になったんですよ。うちの店を使っていただければ、少しでも恩返しができるのではと手前勝手に考えております。なのに、いつも聞き入れてくれなくて、必ずお代を置いていかれるのです」

「なるほど、伊佐治親分らしいですね。では、わたしは遠慮なくご馳走になりましょうか」

「はい。どうかこの先も御贔屓《ごひいき》に」

女が深々と頭を下げた。襷《たすき》掛けした袖の下から薄紅《うすべに》色に盛り上がった傷痕が覗く。刃物傷だ。手の甲にも引き攣《つ》れらしい傷があった。二つの痕は無言のまま、女の来し方が穏便なものではなかったと語っている。

女に見送られ、店を後にした。大川に沿って歩く。

日の傾くのがめっきり早くなったせいで、道の陰には既に薄闇が溜まり始めていた。けれど、見上げた空はまだ群青《ぐんじょう》の色を残し、淡く輝いている。碧空にたなびく夕焼け雲が、女の傷痕に繋がっていく。

加吉や茶店の女を含めて清之介の知らない大勢の者たちに、伊佐治は手を差し伸べてきたのだろう。懸命に生きようとする者たちの足掻きを見捨てなかった。江戸の一隅で根を張り、支えられる限りに支えてきたのだ。

見事な美しい生き方だ。しかし、それは花に過ぎない。雪白の本紫の香り立つ花だ。その下には茎があり、葉が付き、根が伸びている。花を切り落とせば、伊佐治という男もまた別の様相を露《あらわ》にするはずだ。見事とか美しいとか、ありふれた詞《ことば》ではとうてい表し切れない歪《いびつ》で面妖《めんよう》な姿を。

清之介は足を止め、夕暮れ間近の風を吸い込む。

胸の底が冷たい。

傍らを数人の子どもと犬が駆け過ぎていった。舞い上がった土埃が、西日を受けて煌めく。手のひらの疼きは、幻であったかのように消え去っていた。

筵《むしろ》をめくると、半裸の男が横たわっていた。髷は解《ほど》け、下穿《したば》き一枚の姿だ。着ていたものを剝ぎ取ったのが人なのか川の流れなのかは、わからない。

違った。

我知らず、深い吐息を零していた。

違った、旦那じゃなかった。

男は水に浸《つ》かってから、さほどの日数は経っていないようで、肌はやや白くふやけてはいるものの、まだ人の形をしていた。いわゆる土左衛門《どざえもん》と呼ばれる死体のように、赤黒く膨《ふく》れ上がってはいない。

馬鹿が。旦那なわけがねえ。何をいらぬ心配をしてやがんだ。

胸裡で己を叱る。叱りながら、また安堵の息を吐き出していた。

主が骸で川岸に流れ着くなど、あり得ない。けれど、あり得ないことが起こるのが人の世だ。信じていたものがひっくり返り、昨日には思いもしなかった今日が現れる。そういう一時に、何度も出くわしたではないか。「信じられない」「これは夢か」「こんなことがあるなんて」。そんな台詞を数えられないほど耳にしてきたし、しゃがみ込む男も、唖然《あぜん》と立ち尽くす女も、驚きのあまり息をするのさえままならぬ者たちも見てきたではないか。

それでも、やっぱり旦那に限っちゃあ、あり得ねえんだ。

信次郎ではなかった。加吉でもなかった。まったく見知らぬ男だった。

胸の内がふっと凪ぐ。喉元までせり上がっていた「よかった」の一声を呑み下す。

伊佐治は骸に手を合わせると、仕事にとりかかった。

男は萬年橋の近く、杭《くい》にひっかかって浮いていた。ひっかかりさえしなければ、大川を流れ海まで辿り着き、潮に任せてどこかに運ばれていったかもしれない。そういう骸は数知れずあるのだ。

萬年橋の袂、海辺大工町《うみべだいくちょう》の川岸には物見高い人々が集まり、野次馬の群れができていた。それを源蔵たちが追い払っている。このあたりは様々な店が軒を連ね、人通りは絶えない場所だった。

男は水を飲んでいるようだった。口の中から千切れた藻《も》が幾つか出てきた。川に落ちたとき、あるいは落とされたときには、まだ生きていた証だ。

「まず身許を捜し出さねえといけねえな」

呟いてはみたが、下穿《したば》きより他は何も身に着けていない男には何の手掛かりもないと思われる。

いや、そんなこたぁねえ。旦那が言ってたじゃねえか。声を聞く気さえあれば、半裸だろうが素っ裸であろうが、身体はちゃんとしゃべってくれるんだと。

なあ、親分。人の身体ってのはな、思いの外しゃべりなんだぜ。

主の一言を耳底《じてい》によみがえらせ、伊佐治はゆっくりと骸を調べる。

男は細身ながら上背はそこそこあり、肉付きもよかった。歯も抜け落ちたものは一本もなく、髷の解けた髪は黒々としている。死体であるから生気はきれいに拭い去られているが、そこを差し引いても十分に若い、三十手前の年のころではないか。

うん?

男の手の甲に目が吸い寄せられる。

これは……火傷《やけど》か?

ごく小さくはあるが、黒い斑点が散っている。薄くなりかけた痕も、まだくっきりと新しいものもある。一時にできた傷ではなさそうだ。とすれば、商人や百姓ではなく、職人か。

鋳物師《いもじ》、鍛冶《かじ》、硝子《ビードロ》職人、それに料理人……火を扱う仕事は幾つもある。しかし、この傷痕は火に焼かれたというより、火花が降りかかってできたもののようだ。

「おい、どけ」

背後で野太い声がして、振り向く間もなく背中を押された。中腰になっていたから踏ん張りが利かず、伊佐治は横に倒れ込んだ。すぐに身を起こし、「何しやがんでえ」と怒鳴ろうとした口をつぐむ。

「あんたは……」

黒羽織に着流し、小銀杏髷《こいちょう》。同心姿の男は細い眼をさらに細め、伊佐治を見下ろしていた。あの男だ。大番屋にいた男。確か、平倉才之助という名だった。

「ここは、もういい。失せろ」

平倉が顎をしゃくる。まるで犬を追い払うような仕草だ。伊佐治が立ち上がるより早く、戸板が運ばれてきた。運んできた人足《にんそく》二人は骸を載せると菰《こも》を被せ、慣れた足取りで岸辺を上がっていく。野次馬たちから小さなどよめきが起こった。

「仏さん、自身番で調べるんでやすか」

平倉の眉が僅かに寄った。

「調べる？　何をだ」

「え、そりゃあ素性とか、死んだ因《いん》とか調べなきゃならねえこたぁ、たんとあるじゃねえですかい」

　ふん。平倉が鼻の先で嗤う。

「死人など毎日、出ておる。まして、川流れなど珍しくもあるまい。あいつは」

　今度は遠ざかっていく戸板に向かって、顎をすくうように動かした。

「たまたま川岸近くに流れ着いたから、仕方なく引き揚げられただけだ。川の真ん中を流れていれば、誰も手など出しはしなかった」

「そりゃあそうかもしれやせん。だからといって、あの仏さんを放っておいていいって話にゃなりやせんよ。平倉さまが、もう一度、川に流しちまうってんだったら、あっしには何も言えやせんがね。一旦、陸に揚げたんなら、それなりの計らいをしてやらなきゃならねえと思いやすが。くっ」

　伊佐治は息を詰めた。鼻すれすれに白刃が突き付けられている。平倉は伊佐治を見据えたまま、まったく表情を変えない。その眼の中で、青白い光が揺れていた。

「親分に何をしやがんだ」

「源、止めろ」

　駆け寄ろうとする手下を止める。下手に向かっていけば、容赦なく斬り捨てられる。それくらいのことは平気でやるに違いない。そう思わせるだけの殺気が伝わってきた。

　また、野次馬がどよめいた。死体が運び去られて見るものがなくなり、三々五々散ろうとしていた矢先、同心姿の男と岡っ引が揉め始めたのだ。それなりにおもしろい見物《みもの》だと身を乗り出している。

「おい、何事だい」

「わからねえ。けど、あのお役人、刀を抜いたぜ。ばっさり殺《や》るつもりかよ」

「まさか。いくら何でも、そんな真似するもんかい。まだ日中《ひなか》だよ」

「ちょっとちょっと、怖いねえ。どうなるのかねえ」

「とか何とか言って、おくらさん、あんた、おもしろがってるじゃないか」

「こりゃあ、下手な芝居より見応えがあらぁな」

遠慮のないやりとりが聞こえてくる。

ちっ。平倉は舌打ちすると、足を引き、刀を納めた。

「岡っ引風情が、いらぬ口出しをするな。これより先は、わしが定町廻りの役を担う。おまえはもう用済みだと、そう心しておけ」

捨て台詞を残して立ち去ろうとする平倉を呼び止める。

「お待ちくだせえ。それは、木暮の旦那が帰ってくるまでって限《きり》のある話でやすね」

平倉は顔だけ伊佐治に向け、肩を揺すった。

「ふふん。主が帰ってくると本気で信じているのか」

「信じてやすよ。帰ってこねえわけがありやせんからね」

「はは、たいした忠犬ぶりだな。尾っぽを振って、いつまでも待つのもよかろうさ。まっ、そのうち老いさらばえて、誰を待っているかさえわからなくなるかもしれんがな」

遠ざかっていく黒羽織の背を睨み付け、伊佐治はこぶしを握った。

「親分。大丈夫ですか」

源蔵が覗き込んでくる。僅かに息が乱れていた。

「何とも、危なっかしい野郎じゃねえですか。仮にもお役人ですぜ。あんなに、すらっと刀なんて抜いていいもんですかね」

「ああ……だな」

見えなかった。

伊佐治はさらに強く、こぶしを握り締めた。

平倉の太刀筋《たちすじ》をまったく眼で追えなかった。気が付けば、切っ先が突き付けられていた。そして、その切っ先は微動だにしていなかった。

伊佐治自身、剣が遣えるわけではない。太刀など握ったこともない。自分には無用の長物だとわかっている。それでも、数え切れないほどの修羅場を潜ってきた。白刃が煌めく中に身を置いたことも、刀や匕首を振り回す相手と渡り合ったことも幾度となくある。だから、刃には慣れていた。扱い方もそこそこ心得ている。

なのに、見えなかったのだ。眼が、平倉の剣の速さについていけなかった。

あの剣さばき、あの殺気、あの眼つき。あいつは人を殺したくてたまらねえんだ。生唾を呑み込み、息を吐く。

あいつが旦那の役目を引き継ぐ？　本所深川の見廻りを担う？　とんでもねえこった。

川風が身に染みる。背中はうそ寒いのに、脇腹には汗が滲んでいた。

旦那、とんでもねえことになりやすぜ。いったい、どうなさるおつもりなんです。いつまで隠れん坊をやってるんでやすか。いいかげん出てきて、ちゃんと答えてくだせえ。

グエッグエッと濁った啼声《ていせい》が降ってくる。

頭上に目を向けると、一羽の五位鷺《ごいさぎ》が低く空を渡っていた。鳥の濁声《だみごえ》に塗《まみ》れていく心持ちを抱いて、伊佐治は天を仰ぎ続けた。


店はいつも通り賑わっていた。

客の出入りが途切れず、広い店内には人と物の動く気配が満ちている。

帳場では信三が算盤を弾きながらも、時折、視線を巡らせ、手代たちが客の相手をし、小僧らは品を運んだり、門口を掃いたりと言い付けられた用事を熟《こな》すために忙《せわ》しく立ち働いていた。店奥から職人が顔を出し、二番番頭と話し始める。

昨日と変わらぬ光景が目の前にある。先代の遠野屋が遺《のこ》し、清之介が受け取り、育ててきた店の光景だ。未来永劫《えいごう》とまでは祈らない。しかし、百年先、二百年先、さらにその先の百年、この国の姿がどう変わっても、商いの基《もとい》を崩さぬまま『遠野屋』は生き続けて欲しい。守るべきものは守り、変えるべきところは常に変え続ける。太く揺るがぬ芯を持ちながら柔らかく、しなやかに変化していける。二つの力を兼ね備え、昨日から今日、今日から明日へと商いを引き継いでいく。そのための場所が今、目の前にある。

これ以上、何を望むのか。

清之介は己に問うてみる。

『遠野屋』を時の流れにも、世の変転にも揺るがない店にする。それを果たせたとしたら、その先には何を望みに据えるのだ。

いや、そんな思案は無用か。望みを果たせたそのときには、おれの寿命はおそらく尽きかけているだろう。

望みを果たし、天寿を全うし、安らかに逝く。

極上の一生だ。それが届かぬ夢でなく、伸ばした指先に触れられる現としてある。

満足か？

問うた声は自分のものだった。

これで満足か？　望みうる全てを手にできると、満ち足りているのか？

もちろんだとも。

答えたのも自分の声だ。答えた後、ふっと足元が揺らいだ気がした。両脚を踏み締め、見下ろした足の下に漆黒《しっこく》の闇があった。幾重にも黒を重ねた闇は、天鵞絨《ビロード》よりさらに深い艶やかさを湛えている。生き生きとした明るさとは真逆の底知れない暗さだ。これは江戸の暗闇だろうか。遠く嵯波《さなみ》の頻闇《しきやみ》だろうか。

一寸の先も見通せない。全てを闇が覆い尽くす。その中に潜み、獲物を待つ。雲が月を隠し、星光は地まで届かない。ぽつりと提灯《ちょうちん》の明かりが現れ、左右に揺れながら近づいてくる。近づいてくる。あと、十歩、五歩、三歩……。

「旦那さま、お帰りなさいませ」

澄んだ美声がぽんぽんと跳ねて、耳に飛び込んできた。とたん、闇が晴れる。顔を上げた清之介の眼には、光が差し込む『遠野屋』の姿だけが映った。

眩《まぶ》しい。思わず、目頭を押さえていた。

「旦那さま、どうかなさいましたか？」

「いや、別に……」

紅い襷に短めの前垂れを締めたおちやが首を傾げる。藍染《あいぞめ》の前垂れには衣嚢《いのう》が一つついていて、少し歪ながら丸く膨らんでいる。そこに手を入れて化粧《けわい》用の刷毛《はけ》を取り出すと、おちやは、にっと笑った。

「さっきまで、おうのさんと化粧の工夫をしておりましたの。この衣嚢、何でも入っちゃって、とっても使い勝手がいいんです」

「そうか。前垂れに衣嚢を付けるのは、確か大女将の思い付きだったな。さすがだ」

「ええ、ほんとに。ここでは誰もかれも、みんな思い付きの名人です」

おちやの笑みがさらに広がった。

江戸屈指の豪商の縁者でありながら、おちやは『遠野屋』の奉公人として働いている。本人が願い、押しかける恰好《かっこう》で住み込んだのだ。おじょうさま育ちの娘に、商店の奉公が勤まるわけがない。初めは、冷ややかだった他の奉公人たちも一月もしないうちに、おちやを仲間として受け入れていた。

粗忽《そこつ》で慌て者で早とちり、そのくせおっとりと優しく、よく気が回る。そして何よりのびのびと明るく、誰かに媚《こ》びることも誰かを蔑《さげす》むこともない。おちやの気性の良さを『遠野屋』の者みなが認め、好ましく感じたのだ。

今は色合わせや化粧の才をおうのに見出《みいだ》され、その下で働いている。今日は、新しく仕入れる白粉《おしろい》の具合を試していたはずだ。

「あの、旦那さま、お客さまがお出《い》でなのですが」

「客？　わたしにか？」

「はい。とてもお若くて、お商売とは関わりないお方みたいですけど。この前もいらしたとかで、奥の座敷にお通しししております」

商いに関わっているなら、手代の誰かがまずは相手をするだろう。

口の中に乾いた草の味が広がった。

そうか、来たか。

意外だった。訪ねてくるなら夜半だろうと勝手に考えていた。夕暮れ近いとはいえ、日は、まだ地を照らしている。そんな刻にやってくるとは思いの外だ。

そこで、おちやが肩を窄め、くすくすと笑い始めた。

「その方、とってもおもしろいんです。もう、楽しくて」

おもしろい？　楽しい？　それもまた思案の外の言い表しだった。

「旦那さま、お戻りなさいませ」

信三が仕入帳を手に近寄ってくる。

「長く留守にしてすまなかった。何事もなかったか」

「はい。全ての品が納期通りに入っております。わたしの見る限り、どの品も質は上々です。欠け損じもございませんでした。後でお確かめください」

「わかった。こちらも板垣さまより中村家に納める品の注文をいただいた。蒔絵の道具を一種、三月内に納めなければならない。ただ、田の子屋さんの品でなくても構わない。田の子屋さんに匹敵《ひってき》する職人の品であれば、満足していただけるはずだ」

信三の黒目が横に流れる。職人たちの顔を幾つか思い浮かべているのだ。

「わかりました。三月あれば何とかなると思います。中村の殿さまのお好みに沿うような職人が何人かおりますので」

備前守盛幸は、いかにも豪華絢爛《けんらん》な品より、上質の趣《おもむき》がありながら新味に富んだ逸品を好んだ。要するに、ここより他にはどこにもない。似たものもない。そういう品が望みなのだ。

「明日までに、おまえがこれはと思う職人たちの品を、何点か揃えておいてくれ。それを二人で吟味して、注文を出す相手を決めることとしよう」

「畏まりました。手配しておきます」

信三が頭を下げる。面には自信とも呼べる色が浮かんでいた。信三は化粧や香料には疎い分、蒔絵道具や半襟、簪といった細工物《さいくもの》を見極める確かな眼があった。任せるに足る。

筆頭番頭と段取りをやりとりし、商いを回す。ささやかではあるが掛け替えのない一時だ。この一時を手放してはならない。

「信三、もう暫く店の方を頼む。客が来ているらしいからな」

「はい、お任せください。でも、あのお客、どういう方なんです」

信三が窺うような目付きになる。合点がいかぬらしい。

「旦那さまのお客にしては……その、ちょっと……」

「さて、どういう素性の者なのか、おれも知らぬ。今日、初めて逢う相手だからな」

「え、初めてなのですか」

信三とおちやが、顔を見合わせる。

「あの、それでは、座敷にお通ししてはいけなかったのでしょうか。お店を覗いておられたので、わたしが奥に上がるように勧めたのですけど……。また、早とちりしちゃったかしら」

おちやは首を縮め、笑みを消した。眉と目尻が下がり、心許ない表情になる。清之介は軽くかぶりを振ってみせた。

「いや、本人に上がって待つ気があったのなら、一向に構わないが」

やけに堂々としている。日の明るいうちに、しかも表からおとなってくるとは。庭の暗みから湧くように現れ、染み込むように消えていった隻腕《せきわん》の男を思い出す。今は、墓地の片隅で土に還《かえ》るだけの骸になっている男だ。生前は源庵《げんあん》と名乗っていた。諡《おくりな》はない。

源庵とはあまりに違う。もしかしたら関わりはないのか。

奥に進むと、笑い声が聞こえてきた。女たちの声が幾重にも重なって、しかし軽やかに楽しげに響いてくる。そこには幼いおこまのものも含まれていた。

「これはこれは、やけに楽しそうだな」

清之介が座敷に入っていくと、おこまが駆け寄ってきた。

「ととさま、ととさま」

小さな娘の身体を抱き上げる。同時に座敷を見回す。

おしの、おみつ、おうのが並んで座り、その端で男が一人、平伏していた。

「わたしに用があるというのは、あなたですかな」

「は、はい。は、は、初めてお目にかかりまする。ま、まれ吉《きち》と申します」

男は額を畳に擦り付けるほど深く低頭し、身を強張らせている。

「そのように畏《かしこ》まられずともよろしいでしょう。どうか、顔をお上げください」

おこまを義母に渡し、男の前に腰を下ろす。

「まれ吉さんてね、手妻《てづま》の名人なんだよ。今、みんなに披露してもらってたのさ」

「手妻？　ほお、それは是非、わたしにも見せていただきたいものだ」

男が恐る恐るといった風に顔を上げた。

どちらかと言うと丸い面輪《おもわ》だ。そこにちまちまとした目鼻が付いている。尻端折りにした縞《しま》の袷《あわせ》も股引《ももひき》も着古して、色が褪《あ》せかけていた。ただ、洗濯はしてある風で決して垢《あか》じみてはいない。髭《ひげ》も月代《さかやき》もきれいに剃《そ》り上げられ、こざっぱりとした形だ。

ともかく、目立たないごく平凡なお顔だったんじゃないでしょうか。

まれ吉というこの男が初めて訪ねてきた日、その風体をおみつはそんな風に評したが、言い得て妙だと思う。

人の記憶に残らず、容易に人混みに紛れる。紛れることができる。やはり、そういう男だったか。

あのとき清之介の思案も的を外してはいなかったようだ。

まれ吉のまれとは〝稀〟を指すのか。だとすれば、何とも皮肉な名だ。

ただ、確かに若い。肌の張りからして、二十歳《はたち》前後ではないか。匂うような若さが、男のありふれた容姿から滲み出ていた。

「見せて、見せて、てじゅま、見せて」

おこまがおしのの膝に乗り、両足をばたつかせる。

「へ、へい。あの、でも……よろしゅうございましょうか」

まれ吉が黒目だけを動かして、清之介を見やる。遠慮と怯えが綯交《ないま》ぜになったような眼つきだ。

「よろしいですとも。見せていただけるなら、是非にお願いしますよ」

「へい。あ、ありがとうございます。では、では、よぉくご覧くださいませ」

まれ吉は懐から半紙を取り出して、細長く破り始めた。

「はい、これをさらに二つに破りまして、真ん中あたりをこう捩《ねじ》ります」

二寸足らずの途中が捩れた紙を幾つか右の手のひらに載せ、おこまの前に差し出す。

「さぁて、おじょうさま。これが何に見えますかの」

「蝶々《ちょうちょう》」

寸の間の躊躇《ためら》いもなく、おこまは答える。

おしのが小首を傾げた。

「蝶々？　あたしはただの紙にしか見えませんけどね。ね、おうのさん」

「そうですねえ。蝶々というより花弁《はなびら》に近いかしらねえ」

「あたしは、捩り飴《あめ》を思い出しますけど」

座敷に入ってきたおちやが遠慮がちに口を挟む。まれ吉は白い扇子《せんす》を取り出すと、右手を高く掲げた。

「蝶々、花弁、捩り飴。さぁてさてさて、誰のお目々が正しいか。とっくりご覧あれ」

扇子で扇《あお》ぐと、白い紙が一斉に舞い上がった。そのまま、ひらひらと空を飛んでいる。

「あら、まあ」

おみつが目を見張り、のけぞる。おちやは口を半開きにして、腰を浮かしていた。

「蝶々だ、蝶々だ。やっぱり蝶々だ」

おこまが両手を伸ばして、飛び跳ねる。頰が赤く染まって、火照《ほて》っているかのようだ。

「おばばさま。紙が蝶々になったよ。飛んでるよ」

「ああ、不思議だねえ」

扇子が動く。白い紙の蝶たちは天井近くまで上り、飛び続けている。

「さぁてさてさて、では、大奥さま、ご無礼ながらお手を拝借できますかの。そうそう手のひらを上に、右でも左でも、どちらか一方をお出しください」

おしのが言われた通りにすると、まれ吉は手のひらに藍色の細紐を一本、とぐろを巻く形で置いた。その間も扇子は動かし続けている。

「さっ、ご覧あれ。藍色紐の滝登り。はっ」

まれ吉の掛け声と共に紐がするすると上っていく。呆気にとられているのか、誰もも声を出さない。息さえ詰めて、空を上っていく紐を見詰めていた。紐は二尺ほど伸びると、そこで止まった。

「ほっほっ、こいこい。やってこい」

扇子が波打つような動きに変わる。すると、紙の蝶たちが次々に紐に止まった。

パンッ。まれ吉が扇子を叩く。紐はすとんとおしのの手の中に落ちてきた。

「まあ、いったいどうなってるんだい」

藍色の紐と幾つもの振った紙を見やり、おしのがかぶりを振った。

「すごい。手妻というより妖術じゃない。まれ吉さん、両国や奥山《おくやま》で小屋を設けられるんじゃないですか。きっと大評判になるわ。うん、ほんとすごい、すごい」

おちやの口調がさらに弾む。

「てじゅま、もっと見たい。もっと見たい」

「おこま、このおじさんは、おとっつぁんと仕事の話に来られたんだ。いつまでも手妻をやっているわけにはいかないんだよ」

清之介が言い終わらないうちに、おうのが立ち上がった。

「ほんとにね。ついつい見惚れてしまいましたが、みんな忙しい身ですものね。さ、それぞれの仕事にかかりましょうか」

「そうだね。仕事、仕事。みんな働かなきゃね。さ、おこま、あっちに行こう」

「やだ、おこま、てじゅまがいい。ととさまと遊ぶのがいい。あっち行かない」

「これ、駄々を捏《こ》ねるんじゃないの。聞き分けのない子は灸《やいと》を据えられるよ」

「やだやだ。ととさまと遊ぶ。ばばさま嫌い。おみつも嫌い。灸も嫌い。やだやだやだ」

おこまは畳に寝転ぶと大声で泣き始めた。おしのは取り合わない。おみつが抱き上げると、おこまの泣き声はさらに大きくなった。

「まれ吉さん、この紐と紙、後々、使います？」

おしのが苦笑いしながら尋ねる。まれ吉は頭と手を一緒に左右に振った。

「いや、もういりません。けど、大奥さま、それはもう塵《ごみ》でございますよ」

「塵ねえ。じゃあ貰っちまって構いませんね。ほら、おこま、あっちで手妻の稽古をしようよ」

泣きじゃくるおこまを抱えておみつとおしのが、続いて、おちやとおうのが座敷を出て行く。その寸前、障子戸に手を置いて、おうのが振り返った。

眼差しが絡む。

暗い眼だ。懸念と恐れが影になり女の眸《ひとみ》を覆っていた。

清之介は僅かに笑んで、頷く。

大丈夫です。心配することはありません。

暗に伝える。おうのの影がほんの少し晴れた。

兄、宮原主馬《みやはらしゅめ》に囲われていたおうのは、清之介の来し方をある程度は知っている。物言いに嵯波の訛《なまり》を漂わせる手妻使いに、胡乱《うろん》と用心を覚えているのだ。

障子が静かに閉まり、おうのの足音もおこまの泣き声も遠のいて、消えていく。巣に帰っていく鴉《からす》の、鳴き交わす声だけが座敷に響いていた。

改めて、男と向かい合う。

「まれ吉というのは、本名か」

問うただけなのに、男は再び這いつくばり、畳すれすれまで頭を下げた。

「へ、へい。本名でございます。と申しますか、他に名前はございません。源庵さまに付けていただきました」

「そうか。やはり、源庵の手の者か」

影の者として生き、死んだ男だ。嵯波の有り様を、裏側から事細かく報せ続けてくれた重宝な間者《かんじゃ》だった。そして、おりんを死に導いた仇《かたき》でもあった。

「顔を上げて、答えろ。そう畏まっていては、舌も上手く回るまい」

先刻よりさらに、恐々《きょうきょう》といった体で、小さな目鼻の顔が上がる。やや前屈みの恰好で座り直し、まれ吉は二度ばかり首肯した。

「手の者ちゅうか、飢えて死にかけていたところを拾ってもろうたのです。わたしは物心ついたときには、もう親はおらず、野良犬に等しい暮らしをしておりました。なので、自分の名も年もわかりませんで。市場で米を盗もうとして見つかり、袋叩きに遭っていたところを源庵さまに救われまして、育ててもらいました。名前まで付けていただきましたで。読み書きだけでなく、算盤の扱い方や畑物《はたもの》の作り方まで教えてもろうたのです。そういう子は他にもおりまして、一緒に暮らしちょりました」

「源庵は身寄りのない子を集めて、育てていたのか？」

「そうです。城下の廃寺に住んでおりましたが、いつも五、六人の子どもがおりました。引き取られていく子も、奉公に出る子もおって、そういう子がいなくなると、源庵さまがどこからか、新しい子を連れてこられました。それで、わたしら大きな者が小さい子の面倒を見たりしておりました。今はずい分と平穏になりましたが、嵯波も凶作が二年ほど続いた年があって、そんときは城下でも餓死する者が出るような有り様でございました。親に死に別れたり、棄てられた子どもなど構うゆとりは、誰もなかったのです。源庵さまはお慈悲の心で、そういう子を育ててくれておりました」

慈悲の心？　人を操り、死に誘《いざな》い、それを喜びともした男にか。あり得ない。おそらく源庵は自分の手足として働ける者、自分の技を伝え残せる相手を探して、子どもたちを育てていたのだろう。幼いころから躾《しつ》ければ、才は伸びる。伸びるだけの才があればの話だが。それを見極め、子どもらを選り分けていた。選り分け、手許に残した子どもらの中に、まれ吉も含まれていた。そして、あの、およえも。それが真実ではないか。

答えを知る唯一の者は、既に泉下《せんか》の客となっている。思案を巡らせても虚《むな》しいだけだ。

「源庵は死んだぞ」

「知っとります」

「それは誰から知らされたのだ」

「源庵さまから文が届きましたで。飛脚屋に預けてあったらしゅうて、預けて十日しても帰ってこなかったら、届けてくれと言い残されたんだとか。その文に、これが届いたということは自分は既に死んだものと考えよと、ありましたもんで」

いかにも居心地が悪いという風に、まれ吉は身を縮め、尻のあたりをもぞもぞと動かした。

「では、おまえは源庵の仇を討つために、江戸に出てきたのか」

「ええっ」

まれ吉が頓狂な叫びを上げる。語尾が引きつって、甲高くなる。

「そんなに驚くようなことを言ったか。源庵は、おまえの育ての親なのだろう」

「はあ、そりゃそうですが……」

「親を殺されたのだ。仇討ちをと考えてもおかしくはないだろう」

「へえ、まあ、そうですが……そうでございますね。源庵さまには大恩がありますで、仇を討ちたい気はありますが……でも、あの、それは役割ではないとも思えて……」

「役割？　何の役割だ」

「はい。源庵さまは嵯波を発つ前に、わたしめに言い渡されましたで。もしものときには江戸へ上り、おまえの役目を果たせと。もしものときちゅうのは、つまり、源庵さまが亡くなったときの意味かと思いまして。それで、あの、仇討ちはどう考えてもわたしの役目ではありませんで……」

まれ吉はさらに身を縮める。追い詰められ震える狐を思わせる姿だ。いや、狐なら、追い詰められれば牙を剝き、命懸けの反撃を試みるだろう。目前の男からは、狐ほどの気概も伝わってこなかった。

「あの、つまり、わたしは他人と争うのが嫌いで、しかも、弱いんです。へえ、そりゃあもう弱っちいんです。かなり年下の者と剣術の真似事をしても、あっという間にやられる始末でして。というか、竹刀だの木刀までは何とかできても、刃物を握るなんて、もうそれだけで怖気《おじけ》てしまいます。情けないですが、柄《つか》を持つ手が震えて、抜くところまでいかないのです。包丁でも怖いぐらいなんで。源庵さまからも、おまえは得物《えもの》を持って人とやり合うのは無理だと引導を渡されてしまいました。そういう塩梅で、およえほどの遣い手を倒すなんて、どうにも無理でございます。殺されることはあっても仇討ちを果たすなど夢のまた夢でして……。はぁ、我ながらほんに情けないことでして」

「およえを知っているのか」

「へえ、一緒に暮らしたことがあります。あ、いやいや、暮らした言うても、夫婦《めおと》になったとかではございません。源庵さまの許《もと》で他の子らと一緒に育ったって、そういう意味です」

まれ吉は耳朶《じだ》まで赤くして、下を向いた。

何とも忙《せわ》しい男だな。

一人でしゃべり、言い直し、狼狽《ろうばい》し、赤面して黙り込む。見ていて飽きない。何とも忙しく、おもしろい。が、それだけで済む相手ではあるまい。あの源庵が役に立つと見込んで、手許に飼っていた者だ。手妻が得意なだけの若者であるはずがない。

そういえば……。

清之介は気息《きそく》を整え、丹田《たんでん》に力を込めた。

いつの間にか、決して滑らかではない物言いに耳を傾け、気弱そうな顔つきや所在なげな眼を見詰めていた。おもしろいと感じていた。

これは、引き込まれたということか。

相手がそれとわからぬ間に、気持ちを手繰《たぐ》り寄せてしまう。

源庵が得意としていた技ではないか。まれ吉はそれを受け継いでいるのか。それとも、ただ素《す》のままに振る舞っているのか。

まだ、見極められない。

「それに、わたしの腕では返り討ちに遭うのがわかっておりますんで。とてもとても、恐ろしゅうて仇討ちなどできませぬわ」

芝居でも戯言でもなく本当に怯えているのか、肩のあたりが震えている。

「では、誰がやる」

まれ吉が俯《うつむ》けていた面を起こした。小さな目が瞬きを繰り返す。

「おまえでなければ、源庵の仇を討つのは誰になるのだ。およえを葬ることができるほどの手練《てだ》れがいるのか」

「おると思いますで。けど、源庵さまが亡くなられたで、わたしらはばらばらになりました。どこかに行ってしもうた者もおれば、城下で堅気の商いを始めた者もおります。

なんで、およえを狙《ねろ》うて江戸まで来た者がおるのかどうか、そこんとこはわかりません。へえ、ほんまに、みんなばらばらになってしもうたのです」

ほうっと音が聞こえるほど長いため息を、まれ吉は漏らした。

「しかし、おまえは源庵の言い付けを律儀に守り、役目を果たすために江戸に上ってきた」

「そうです。亡くなったからというて、源庵さまに背くわけにはまいりませんで」

「その役目とは何だ」

「そりゃあ、清弥さまのお役に立つことですわ」

さっきのおこまのように躊躇いなく、まれ吉は言い切った。

「おれの役に立つ、か。それは、どのようにしてだ」

「へ？　さあそれは、ほれ、源庵さまのように嵯波の動きを調べてお知らせするというのが……あ、そうだそうだ。清弥さま、これを」

まれ吉が座敷の隅に置いてあった背負い葛籠《つづら》を引き寄せ、蓋を開けた。とたん、白い塊が一つ飛び出してきた。兎《うさぎ》だ。跳ね回るでもなく、おとなしくしている。

「おまえは、まだ出番じゃねえで」

まれ吉は素早く兎の耳を摑んで中に押し込んだ。葛籠の中は薄い板で区切られていて、もう一羽、茶褐色の兎が入っている。他にも色取り取りの紙や硝子《ビードロ》の玉、それに何の道具なのか先が三つに割れた棒が赤、青、緑に色分けされて仕舞い込まれてあった。

「路銀《ろぎん》が些か心許なかったもんで、あちこちの宿場で手妻で銭を稼いでおりました。おかげで、旅籠で寝泊まりしながら江戸まで出てこられましたけ。けど、そんなことより……あ、これだ。これを清弥さまにお渡しいたします」

粗末な紙、数枚にあの悪筆の文字が並んでいた。

「これは、紅花の……」

「へえ、嵯波紅の今年の取れ高と来年の作付けの見込み量を村落ごとに調べたもんです」

「それらは既に城側から正式な報せが来ているが……。うん？　僅かだが、数が違うな」

「城から報せてきた数を覚えておいでなのですか」

「むろんだ。紅花は遠野屋の商いの基の一つだ。取引の量、数を忘れるわけがない。おれは商人だからな」

「商人？　清弥さまがですか。そのようには思えませんでしたが」

あっさりとした口調だった。まれ吉の表情にも屈託《くったく》は浮かんでいない。

「どういう意味だ」

「へえ、意味っちゅうても……さっきのわたしの手妻です」

「見事な手並みだったが、あれがどうかしたのか」

「ありがとうございます。お褒めにあずかって恐縮ですで。まぁ銭を取るからには技も磨きませんとなあ。あ、で、手妻を披露中は並の者はみな、ここを見ます」

まれ吉は片手で白兎を持ち上げた。兎はやはりおとなしく、抗う素振りはまったくなかった。時折、鼻先をひくつかせるだけだ。

「ほれほれ、ほれほれ。ふっ」

まれ吉が兎に息を吹きかけると、右耳が一寸ほど伸びた。もう一息かけると、もう一寸伸びる。三息めで左の耳が伸びた。

「けれど、清弥さまは手妻ではなく、わたしをご覧になっていたでござりましょう。わたしがどう動くか、それだけを見ておられた。それは、商人の見方ではありませぬ。常に油断せぬ、油断できぬ者の眼ですで」

きききっ。不意に兎が鳴いた。そして、清之介目掛けて飛び掛かってくる。白い体を腕で払った刹那、目界《めかい》の隅で光が煌めいた。剝き出しの匕首が真っすぐに突き出される。避《よ》けなければ、胸の真ん中を抉られていただろう。

なかなかに速い刃ではあるが、避けられないほどではない。匕首と一緒に向かってきた腕を摑み、力の限り捩《ね》じ上げる。匕首が滑り落ちて、畳に転がった。まれ吉が悲鳴を上げる前に、顔面にこぶしをめり込ませる。

「ぐふっ」

血が飛び散り、まれ吉はその場に膝をつく。激しく咳き込み、喘《あえ》いだ。

「刃物が苦手なわりには使い慣れているようだな」

匕首を拾い上げ、光にかざす。よく手入れされている九寸五分《くすんごぶ》は冷えた輝きを放っていた。

「人の身体を裂くのも、抉るのも、斬るのも十分できる。そういう得物じゃないか」

「ひえっ、お許しを、お許しください。清弥さま」

血に塗れた顔面の前で、まれ吉は両手を合わせた。

「おまえは、端からおれを殺す気でここに来たのか。それは、源庵の命なのか」

「いえ……殺せとは……。ただ、試してみろと」

鼻血のせいで、物言いが濁る。言うたびに、ずびずびと不快な音がするのだ。

「おまえの技が清弥さまに通じるかどうか、まずは試してみろと言われちょりました。万が一にも通じればよし。通じなければ」

ぐずっと洟と血をすすり、まれ吉が続ける。

「心底から清弥さまにお仕えして、役に立てと……」

そこで、まれ吉は泣き出した。血に涙が混ざり、顎の先から滴っていく。

「申し訳ございません。申し訳ございません。もしかしたらて思うたんです。源庵さまでも敵《かな》わなかったお方に、もしかしたら、我の技が通用するかもしれんと、ちらっと、ほんにちらっと思うたんです。愚かでございました。どうか、お許しを。うっ、うっ、お許しを」

「おまえは幾つだ。負けて泣きじゃくるなど、子どものやることではないか」

「うえっ、うえっ、でも死にたくございません。お許しください」

清之介は障子戸を開け、おうのを呼んだ。

「おうのさん、おうのさん」

急ぎ足でやってきたおうのは、座敷の様子に一瞬、唇を結んだ。

「すみませんが、手当てをしてやってください」

「承知しました」

「それと、裏の離れに部屋を用意してもらえますか。この男が暫くの間、逗留《とうりゅう》できるように」

「へ？　わたしを泊めてくださるんで」

「好きなだけいればいい。ただ、客扱いはしない。自分で稼ぎに出るもよし、ここで下働きをするもよし。ともかく、働いてもらう」

「は、はい。ありがとうございます。精進いたしますで」

白兎がまれ吉の膝に乗ってきた。その白い毛の上に血が滴る。

「まずは手拭いで押さえておいてくださいな。ああ、動かないで。壁にもたれていてください。今、お薬を持ってきますから」

「すみません。ご厄介かけますで」

二人のやりとりを聞きながら、廊下に出る。空が色を失い始めている。

「遠野屋さん、あの人、近くに置いてもいいんですか」

背後でおうのが囁いた。

「ええ、たぶん、害はないでしょう」

むしろ、使えるかもしれない。そんな思いが頭をもたげる。

嵯波のことはさておいて、この江戸で使えるかもしれない。

それは勘に過ぎなかった。刹那の閃《ひらめ》きだ。

源庵の子飼いが信次郎の一件で、どう使えるのか。どう使うのか。はっきりとは形にならない。しかし、いずれは有能な駒になる。

「そうだ、忘れていた。礼を言わねばならなかったな」

振り返り、手拭いで顔半分を覆っている男に笑みを向ける。

「紅花の干し菜。なかなかに味わい深かった。あれは、嵯波の味だな」

「へ、へえ……」

まれ吉が睫毛《まつげ》を伏せる。清之介の笑みから目を背けたのだ。

暮れかけた空を五位鷺《ごいさぎ》が一羽、西から東へと飛び去って行った。

第五章　地鳴《じな》き

「新しい奉公人を雇われたんで？」

と、伊佐治が問うてきた。

まれ吉のことだ。店の仕事をさせるわけにもいかず、おみつの下で働かせている。さっきまで、庭で箒《ほうき》を使っていた。その姿を伊佐治は目に留めたらしい。相変わらず聡《さと》い眼差しだ。僅かな異なり、変容を見逃さない。

「いえ、奉公人ではありません。一時、逗留しているだけです」

「お客って、わけでもねえ？」

「ええ、あれは嵯波の者です」

その一言で、伊佐治はあらかたを悟ったようだ。「さいで」と答え、そのまま黙り込んだ。その沈黙を快いと感じる。多くを語らずとも伝わる快さ。来し方を晒し、己の醜悪な姿を晒し、その上で黙って向かい合っていられる快さだ。稀にではあるが、清之介は伊佐治といると何も知らなかった童《わらべ》に戻った気になる。

何も知らなかった童のころ。それはおそらく、鴉の黒太夫の首が転がったときに終わったのだ。

人に馴れてはならぬ。

父に言い渡されたあの日に潰《つい》えた。そう思ってきた。なのに江戸で、この年になって、童の心持ちをよみがえらせるとは。

不思議なものだ。そして、おもしろい。

「まれ吉さん。そっちが片付いたら、水売りから水を買ってきておくれ。その後は薪割《まき》りをお願いしますよ。あ、蔵から火鉢《ひばち》を出したいから、それも手伝って」

おみつの声が静かな座敷に響いてくる。返事までは聞こえてこない。

「まれ吉って名ぁなんでやすね」

「ええ、源庵が付けた名だと言うておりました」

伊佐治は軽く息を呑み込み、「さいで」と繰り返した。

「手妻を得意とします」

「へ？　手妻って、あの見世物のでやすか」

「ええ、なかなか見事ですよ。辻芸《つじげい》でも銭が取れるほどの腕前でしょう。おみつもおこまも、大層気に入ってしまって、暇があれば見せてくれと朝からねだっております。もっとも、あこき使っていては暇などあろうはずもありませんが」

「手妻ねえ。けど、逗留させているのはそれが理由じゃねえでやしょう。あ、恐れ入りやす」

湯呑を差し出すと、伊佐治は軽く低頭した。僅かに目を細めている。源庵の手の者を身近に置いておく。その理由は何だと重ねて問いかける眼つきだ。

「何かの役に立つかと考えました」

急須を片付けながら、答える。

「何の役に立てようとしているのか、自分でもわかりません。けれど今回の件、読めないことが多過ぎます。それならば手持ちの駒を増やしておこうかと、考えた次第です」

茶を一口すすり、伊佐治はちらりと清之介を見やった。

「らしくねえですぜ、遠野屋さん」

「え？」

「誰であろうと人を駒として扱う。駒だって言い切っちまう。そりゃあ、遠野屋さんらしくありやせんや」

顎を引く。思わぬところから一太刀を受けた。そんな気がした。

「人を駒にしちまうことがどれほど怖《こえ》ぇか、遠野屋さんならご存じでやしょ。あっしが知る限り、遠野屋さんはいつだって人を人として扱ってきたはずでやすがね。そこが」

短い息を吐き出し、伊佐治は続ける。

「うちの旦那との違いだったじゃねえですかい。旦那なんて、他人を駒どころか石塊《いしころ》ぐれえにしか思ってねえんでやすからね。石塊だから捨てるも投げるも、踏みつけるのも好き勝手でやす。あぁあ、こうやって謗《そし》っていても、ため息しか出てきやせんね」

口にしたことを仕草で表したのか、伊佐治はさっきより遥かに大きく、長い息を零した。

「親分さん」

「へい」

「わたしが焦っているように映りましたか」

「いや、焦っているなんざ思いやせん。けど、苛立ってはいやすかね」

「苛立っている……」

呟いてみる。不意に小さな、しかし強い笑いの波が押し寄せて、清之介は噴き出してしまった。伊佐治は湯呑を手に、真顔で見詰めている。

「遠野屋さん、あっしは何か笑われるようなこと、言いやしたか」

「あ、いえ、違います。笑うところではないですよね。わかっているのに、どうしてだかおかしくて、つい……。こうまで鮮やかに言い当てられると納得するとか驚くとかより先に、笑ってしまうものでしょうか」

込み上げてきた笑いに、清之介自身が戸惑っていた。気持ちよい戸惑いだ。

「ええ、親分さんに言われて、やっと気が付きました。わたしは、かなり苛立っておりますね。それでつい、心ない物言いをしてしまった。お恥ずかしい限りです」

「わかりやすよ」

伊佐治が口元を歪めた。こちらは苦り切った、正真正銘の渋面だ。

「あっしも同じでやすからね。同じだから、遠野屋さんの苛立ちが察せられたんで。へへっ、種を明かせばそういうこってす。まれ吉さんとやらの手妻の見事さには程遠いですかね」

「そうですか。親分さんも苛立ちますか」

「へえ、憚《はばか》りながら、あっしの苛々の方が遠野屋さんより、ちっとばかり募っているかもしれやせん。昨夜なんかおふじに『喉に小骨が刺さった猫でも、おまえさんみたいに苛ついてないよ。いいかげんにしな』と窘《たしな》められて……いや、そんな優しいもんじゃなくて、怒鳴られてしまいやした。別に当たり散らした覚えはねえが、さすがに古女房。何もかもお見通しってわけでやす。あっしは、遠野屋さんみてえに笑えませんでしたがね」

伊佐治と目を合わせる。

「まれ吉さーん、水売りが来ましたよ。早く運んで。そっちは一先《ひとま》ず置いといていいからっ」

おみつの大声に続いて鳥たちの羽ばたく音がする。庭で遊んでいた雀たちが人の声に怯えて、飛び立ったのだろう。

昼八つのころ。日に日に力を失っていく日差しが、それでも障子を淡く照らし、座敷を明るませていた。つい先刻、いつもとは違い伊佐治はおみつに案内されて奥にやってきた。廊下で迎えた清之介に、これはいつも通り、ひょこりと頭を下げた。肌に艶がなく、目の下に薄い隈《くま》ができている。鬢の毛も乱れて、頰にかかっていた。相当疲れている風だ。しかし、眼の光だけは衰えていなかった。張り詰めて、強い。

安堵した。

伊佐治は落胆も悲嘆もしていない。むしろ、意気込んでいる。

小名木川から引き揚げられた骸が見知らぬ男だったことは昨夜、既に報されていた。その日の夜、伊佐治の手下の一人が表戸を閉める寸前に駆け込んできたのだ。いかにも俊敏そうな、若い男だった。力助《りきすけ》という元飛脚だったと記憶している。

「詳しいことは明日にでも、親分が話をしに伺うので待っていて欲しい。顔を見せるのは、おそらく夕方近くになるだろうってこってした。それと、関わりがある気がすると、遠野屋の旦那に伝えるようにも言われやした」

関わりがあるとは、言うまでもなく信次郎の一件にという意味だ。

「わかりました。お待ちしていると親分さんに言付けをお願いします。力助さん、わざわざご苦労さまでした」

労《いた》わりの台詞と共に深く、頭を下げる。他の岡っ引の手の者ならここで幾ばくなりと心付けを渡すところだが、伊佐治の手下に、それはできない。「相手が誰であろうと鐚《びた》銭《せん》一文、受け取るんじゃねえ」と厳しく戒められていると、源蔵が苦笑交じりに話してくれた。遠慮ではなく、金銭のやりとりが隙《すき》を作るからだ。隙は馴《なれ》合いに繋がる。一度、馴合ってしまうとまっとうな探索が難しくなる。そのつもりがなくても、どこかで探索の手を緩めてしまう。そんな過ちを犯さないとは言い切れない。そう言い含められていると。

いかにも伊佐治らしい、過ぎるほど直《ちょく》な信念だった。源蔵も力助も他の手下たちもよく心得ていて、きちんと従っていた。むろん、綺麗事だけで世は回らない。手下たちが伊佐治の言い付け通りに働くのは親分への信だけでなく、日頃からかなりの手当てを貰っているからでもある。その金は信次郎から出ていた。同心のほとんどは二十俵二人扶《ぶ》持《ち》から三十俵二人扶持の蔵米《くらまい》取りだ。にもかかわらず、信次郎の懐はいつも潤っている。

「木暮のお屋敷をちょいと覗いたりしやすとね、文机《ふづくえ》の上に錦の巾着袋がどんと載っていたり、部屋の隅に切餅《きりもち》（二十五両）が一つ、二つと転がっていたりするのはざらなんでやすよ。まあ、どういう経緯《いきさつ》で旦那の許に流れてきたのか、推して知るべしってやつでさあ」

「しかし、木暮さまが蓄財にご執心だとは、とても思えませんが」

「金に執心なんかありやせんよ。けど、強請《ゆす》るのは好きなんでしょ」

「強請る？」

「へえ、こちらを見下してくる輩とか真実がばれっこないと高を括ってふんぞり返っているやつらの尻尾《しっぽ》を掴むなり、急所を押さえるなりして強請るんでやす。おもしれえほど金が転がり込んでくるんじゃねえですか。旦那にすりゃあ、相手が仰天して慌てふためく様子や真っ青になって震える姿なんて方が、よっぽどおもしれえんでしょうがね。ああ、強請るというより嬲《なぶ》るって方が、ぴったりきやすかね」

そんなやりとりを伊佐治と交わしたことがある。

強請るというより嬲る。確かに、その方が合っている。

「嬲る、か」

力助が去った後、廊下に一人立ち、呟いてみる。

今度のことも、そこに繋がるのか。

ふっと閃く。閃いただけで、すぐに消えた。夜空に一瞬開いた花火のようなものだ。後には何も残らない。

掴めない。知り得ない。どう思案を重ねても見定められない。

迷い子に似た心持ちになる。進む方角がわからず、途方に暮れている童だ。

くそっ。唇を嚙み締める。己の心境が腹立たしい。信次郎に振り回されているようで、苛立つ。その苛立ちを伊佐治に見透かされたとたん、笑いがせり上がってきた。自分は何とわかり易い者なのだろう。他人に振り回されることに苛立ち、自分に苛立っている。いなすことも、受け流すこともできない。迷い子、途方に暮れる童。

清、釣りは後にして、納戸に行ってみよう。

幼い兄の声がする。握った手の柔らかさを感じる。

父の太刀が一閃し、黒太夫の首が地に転がる。それ以前の記憶がよみがえってきた。懐かしくはないが、苦くもない。

「まったくもって、腹に据えかねるお方ですよ。あ、遠野屋さんじゃありやせんぜ。うちの旦那のこってす。今度、顔を合わせたときには、力の限り蹴っ飛ばしてやりてえ」

「木暮さまを思いっきり蹴飛ばせたら、さぞやすっきりするでしょうね」

「そりゃあもう。ここらへんのもやもやが一気に霧散《むさん》しちまいますよ。一貫目は軽くなるのと違いますかね」

胸の上を二度ばかり叩き、伊佐治はにやりと笑った。その口元を引き締め、前屈みになる。

「でね、遠野屋さん。例の仏さんのこってす。今度の一件と関わり合いがあるんじゃねえかって、お伝えしやしたね」

「はい、力助さんから伺いました。それは、なにか証がございますか」

清之介も僅かに、身を乗り出す。

「いや、確かなものはありやせん。何しろ、仏さんを詳しく調べようとした矢先、取り上げられちまったんでやすからね」

骸が萬年橋近くの杭に引っ掛かっていたこと、川に落ちたときはまだ生きていたはずのこと、手の甲に幾つもの小さな火傷痕があったこと、そして、大番屋にいた平倉才之助という武士が現れ、男の死体を運び去ったこと。

昨日、茶店で別れてから起こった諸々を伊佐治は手短に要領よく語った。

「要するに、あの平倉って野郎はあっしに、もう用済みだ、とっとと帰れって告げたわけでさあ。これから、ずっと用はないってね。けど、こちとら二十年の上、本所深川を縄張りに駆け回ってきたんだ。へい、そうでございますねと引っ込むわけにはいきやせん。だからね、手下を使って昨日からずっと捜してみやした」

頷く。伊佐治が捜し回った相手がわかった。

火傷だ。

「さすがにお察しでやすね。ええ、限られた域内じゃありやすが、まずは小名木川沿いで火を扱う職人、しかも火花が散るような仕事師を捜してみやした」

「というと、鍛冶とか鋳物師とか硝子《ビードロ》職人も火を使いますが、あれは、あまり火花は散らないでしょうし、料理人は火傷の他に切り傷とかもありそうですが」

「へい。ぱっと見ただけでやすが料理人の指じゃなかった気がしやす。包丁でできる胼胝《たこ》がありやせんでした。あっしも昔は料理人の端くれでやしたから、そこらあたりはわかる……なんて言おうものなら、またおふじから雷が落ちやすがね。ともかく、愚図愚図している暇はねえ。平倉の野郎が、あっしたちが動き回るのを快く思ってねえのは、はっきりしてやす。どんな邪魔をしてくるか、わかったもんじゃやねえ。で、あっしなりに考えて、まずは鍛冶に絞ってみやした。一つ一つ潰していくしか手がなかったんで」

「鍛冶職人で行方知れずになったとか、急に姿が見えなくなったとか、そういう者がいないかどうか捜してみたわけですか」

「さいで。手下を集められるだけ集めて、店を一軒、一軒、覗かせやした」

「それで、男についての手掛かりがありましたか」

伊佐治がかぶりを振る。清之介は我知らず息を吐いていた。

落ち着いて考えれば、そう容易く男の身許が知れるわけがない。手の甲の火傷だけで鍛冶と判じるのも、江戸のごく限られた域だけで捜し出すのも無理がある。雲を掴むような話だ。どれほど、伊佐治や伊佐治の手下が探索の技に優れていようと、ほとんど見込みはない。

「仏さんについちゃあ、何も引っ掛かってきやせんでした」

清之介は僅かに首を傾げた。

死んだ男については何も引っ掛からなかった。では、他の何かが引っ掛かったのか。

心なし伏せていた顔を上げ、伊佐治は言った。

「女を一人、釣り上げやしたよ」


お房《ふさ》という女だった。

三十絡み、色黒で痩せている。黒目勝ちの大きな双眸《そうぼう》が目立ちはするが、いたって平凡な顔立ちだった。小名木川ではなく竪川に沿った林町《はやしちょう》一丁目に住んでいた。こぢんまりとした一軒建ちの仕舞屋《しもたや》だ。

八卦見《はっけみ》だと言った。辻《つじ》で占うのではなく、客がこの家を訪ねてくるのだと。それほどの評判なのだ。辻占いとは格が違う。

はっきりと言葉にして誇った後、お房は大きな目をさらに見開いて、まじまじと伊佐治を見詰めた。そして、重々しい調子で告げる。

「あなた、相当気儘《きまま》に生きてますねえ」

尾上町の岡っ引だと名乗る前だ。些か虚《きょ》を衝かれて、伊佐治は口元を引き締めた。

「当たりましたでしょ」

お房が笑った。白い歯が覗いて、不意に愛嬌が零れた。

確かに、そうだな。

伊佐治も僅かに笑んでみる。微かな苦味が舌の上に広がった。


今朝のことだ。朝飯もそこそこに『梅屋』を飛び出した。昨夜、回り切れなかった鍛冶屋を一軒一軒、当たっていくつもりだった。

「おとっつぁん、気を付けて。昨夜も帰りがずい分と遅かったんでしょ。無理しちゃ駄目だからね。昼はちゃんと食べに帰ってきてよ」

と、心配してくれたのは、おけいだけで太助もおふじも呆《あき》れ顔さえしなかった。

家族には、特におふじには散々、気苦労を掛けてきた。申し訳ないと思っている。大番屋から放免された翌日、太助が珍しく意見してきた。

「おっかさん、遠野屋さんの前で泣いたんだぜ。あの気の強いおっかさんが、ぽろぽろ涙を零してさ、どうか力になってくれって遠野屋さんに手を合わせてたって……。おれは文を届けに向島に行ってたから見たわけじゃねえけど、おけいが教えてくれたんだ。かわいそうだったたって。おっかさんがかわいそうで堪《たま》らなかったたって。まぁ、そのおけいだって、親父の無事な姿を見て大泣きしたんだけどな」

一言も言い返せなかった。「すまねえ」と呟くのが精一杯だった。

「おれは岡っ引の親父、嫌いじゃないんだ」

太助も呟きに近い小声で続ける。

「うん、どっちかっていうと好きなんだよ。しゃきしゃきしてるし、誰か他人さまの役に立ってるってのが伝わってくるし、親父ってすげえなって……ちゃんと言ったことなかったけど、親父のこと誇らしいって思ってきたし、今でも思ってる」

「馬鹿野郎。尻《けつ》の穴がむず痒《がゆ》くなるようなこと言うんじゃねえ」

狼狽し、つい怒鳴りつけてしまった。怒鳴りつけた後、じわりと胸の奥が熱くなる。そうかそんな風に見ててくれたのか。

太助の口調が引き締まり、声が大きくなった。

「けどよ、おっかさんを泣かしちゃ駄目じゃねえか。あんな風に泣かすなんて、駄目だよ。駄目だって本気で考えてくれよ。今回は遠野屋さんがいてくれたから、どうにかなったけど、次に同じ目に遭ったらどうするんだよ。いつもいつも、遠野屋さんが助けてくれるとは限らねえんだ。な、親父に何かあったら、おっかさん泣くだけじゃ済まなくなるだろうが」

胸の奥が冷えていく。氷の張った川に叩き込まれた気分になる。熱くなるのはじわりとだが、冷えるのはあっという間だ。

おめえの言うことはもっともだ。実はおれもずっと考えていたのよ。年も年だし、女房を泣かせてまで続ける仕事でもねえしな。今度のことで懲りもした。ここで、きれいさっぱり岡っ引から足を洗う。そう決めたぜ。

と、告げられたならどれほど楽かと思う。四方が丸く収まり、平穏な日々が訪れる。そこそこの蓄えはあるし、店も繁盛している。憂いなどない。おふじが行きたがっていた箱根《はこね》七湯廻《しちとうめぐ》りなどに連れ立って出かければ、少しは恩返しにも労わりにもなるだろう。わかってはいる。わからないほど、鈍くはない。しかし、気持ちがついていかない。おふじと湯に浸かっている姿も平穏な日々の中で笑っている姿も、思い浮かびはするがどうにもちぐはぐで嘘っぽく、伊佐治を落ち着かなくさせるだけだ。

「ともかく、この一件だけは放っておくわけにはいかねえんだ。旦那の行方を捜し当てねえことには、二進も三進もいかなくならぁ。遠野屋さんだって、何かと気掛かりだろうしな」

何が二進も三進もいかなくなるのか明言できない。そして、ここで遠野屋の名を出すのは、お門違いも甚《はなは》だしい。卑怯《ひきょう》でさえある。

そこも痛いほどわかってしまう。それでも、伊佐治は江戸の巷に飛び出していった。伜《せがれ》を騙したつもりはない。この一件だけは放っておくわけにはいかない。ずっと付き従ってきた主が消えてしまったのだ。どこかで冷たくなっているとは、どうしても思えない。あり得ないことだ。では、どこにいるのか。なぜ、現れないのか。謎《なぞ》のままだ。

謎は明かさねばならない。明かして、主に戻ってきてもらわねばならない。

戻ってきたら……、旦那が戻ってきたらどうすんだ。

どういう形になるかまるで見当がつかない。が、どういう形でもこの一件が落着したら、どうする。岡っ引を退いて、平穏な日々、憂いのない暮らしに潜り込むか。

長い年月、主に仕えてきた。心から納得して従っていたわけでも、従っていて心地よいわけでもない。主は、木暮信次郎という男は、伊佐治がまともな生き方をしていたら、堅気の暮らしをしていたら、できる限り近寄りたくない相手だっただろう。そういう相手の後ろを歩き、命じられるままに江戸の町々を嗅ぎ回る。絡み合った事件の糸が解《ほど》けていく様を目にする。そういう生き方をしてきた。

どんな事件であろうと、解けた糸の中には人がいる。身分も地歩《ちほ》も出自も財の有無も剝ぎ取られて、裸でうずくまる人がいる。その姿を目の当たりにする。目の当たりにできる。ときに奇怪、ときに清廉、ときに脆《もろ》く、ときに歪み、ときにその歪みが美しい。

やめられねえ。

小名木川に向かって歩きながら、胸の内で繰り返す。

やめられねえ。やめられねえ。もう少し、こうやって生きていきてえ。

潮の香りのする風が吹いてきた。空は晴れて日差しはあるのに、冷えた風だ。

まったく、いつまで隠れん坊に付き合わせるつもりなんだ。

風を吸い込み、ここにはいない主に向けて舌打ちをする。

足が止まった。ちょうど御籾蔵《おもみぐら》の横手になる。真っすぐ道を行けば萬年橋だ。その道の向こうから、源蔵が走ってきた。

「親分。よかった。たぶん……この道だろうと駆けて……」

喘ぐ源蔵の汗が頰を伝う。

「おめえ、どこから駆けてきたんだ」

「海辺大工町の……『まる十《じゆう》』って鍛冶屋……からです」

「ああ、十太郎《じゆうたろう》の店だな」

知っている。古くからある鍛冶屋だ。主人は代々十太郎を名乗って、今、六代目ではなかったか。確か先々代のころ田町《たまち》あたりから越してきたはずだ。二年ほど前、客との間でちょっとした揉め事があり、伊佐治が仲に入って収めたことがある。礼金を受け取らなかったら、後日、見事な包丁一本を届けてくれた。柄《え》に十の印と梅の模様が入った出刃は、太助の愛用の道具となって魚や鶏肉の粗切りに使われている。

「十太郎の店で何かあったのか。仏さんの身許がわかったのか」

急《せ》いた口調で問うと、源蔵は手の甲で汗を拭いてから、かぶりを振った。

「いや、わかりやせん。『まる十』でもその前に寄った店でも、心当たりはないと言われました。けど、おれが帰ろうとしたら『まる十』の職人の一人がこう首を傾げて」

源蔵が左に頭を傾ける。

「『あんたで二人目だな』って、言ったんです」

「二人目？　おれたちより他に鍛冶のことを尋ねに来た男がいるってことか」

「いえ、それが女なんで」

「女だと？」

「へえ。かなり年増《としま》の女が鍛冶を捜してやってきたとかで。これは一先ず、親分に報せなくちゃと思って駆けてきた次第です。あ、途中で『まる十』の前に寄った鍛冶屋でも確かめてみました。そっちには誰も来なかったそうです」

「そうか。『まる十』は、あのあたりじゃ構えの大きな店だからな。目についたのかもしれねえな。しかし、その女、何者なんだか」

鍛冶を捜している女。気になる。

「お房って名前で、林町一丁目に住んでいるらしいですぜ」

伊佐治は目を見開いて、手下を見やった。

「おめえ、もう、そこまで調べ上げたのか」

「あ……いや、調べるとかそんな大層なもんじゃなくて、その女が渡りの職人とかを雇ったときは報せて欲しいって、所書きを置いて帰ったんです。名前もそこに書いてありました」

馬鹿野郎。そういうことはさっさと言うもんだ。

怒鳴りかけた口を一文字に結ぶ。源蔵はかれこれ十年近く伊佐治の下で働いている。これまでも粘り強くこつこつと町を回り、様々な事実を集めてくれた。夏の盛りの日差しも真冬の凍《い》て風も厭わず、地道に辛抱強く歩き、走り、耳をそばだて、仕事をしてくれた。ありがたい手下なのだ。多少の要領の悪さなど、怒鳴るほどのものじゃない。

「林町か、よし、これから行ってみる」

「おれもお供しましょうか」

「いや、おめえたちは、もう少し鍛冶屋を巡ってくんな」

伊佐治は懐から巾着を取り出し、源蔵に一朱金《いっしゅきん》を握らせた。

「昼になったら、これで蕎麦でも食いな。他のやつらにもご馳走してやってくれ」

「蕎麦は十六文ですぜ。これなら、みんなで鰻丼《うなどん》か泥鰌鍋《どじょう》が食えますよ」

「だったら、そうしな。精を付けて昼からもう一踏ん張りしてくれ。頼りにしてるぜ」

源蔵の肩を叩き、伊佐治は来た道を引き返した。歩くのは苦にならない。腰に替えの草鞋《わらじ》を括り付けて、毎日のように江戸を歩き回る。足裏は乾いて硬く、小石ぐらいでは傷もつかない。そういう身体にいつの間にかなっていた。

それにしてもと腕を組み、考える。

ここで女が出てくるとは思いもしなかった。お房という女、何者なんだ。あの仏さんと関わりがあるのかないのか。関わり合ってくれればしめたものだが。そう甘くはねえだろうな。いや、しかし、鍛冶を捜してるってのは……。

思案が巡る。巡るだけで纏まりはしない。いつもなら、ばらばらのまま信次郎に差し出す。信次郎は首肯しながら、あるいは何の素振りも見せず、ばらばらの思案、雑多な事実に耳を傾けている。しかし、今は差し出す相手がいない。そのせいなのか、硬い足裏がやけに心許なく感じられた。寒気が這い上がってきて、風邪を引きそうだ。

いけねえ、いけねえ。弱気になるんじゃねえぞ。しっかり前に進め。

己を鼓舞しながら林町の木戸を潜る。

所書きを頼りに辿り着いた家は、黒塀が粋な仕舞屋だった。狭いながら前庭があり、玄関先には伊部焼《いんべやき》だろうか無釉《むゆう》の大きな壺が置かれていた。

囲い者か。

どこぞの分限者《ぶげんしゃ》に囲われた女の住まいかもしれない。

表通りの店々はざっと頭に入っているが、路地を入った場所までは摑み切れていない。小さいながらよく整った仕舞屋は、ひっそりと生きる佳人《かじん》を思わせた。

腰高障子の戸を開け、おとないの挨拶をすると、すぐに女が出てきた。色黒の目の大きな女だ。佳人ではないし、かなりの年に見受けられたが、双眸には生き生きとした光が宿っていた。それが女にある種の若々しさを与えている。松葉色の小袖は井桁《いげた》と十字の絣《かすり》模様が散っていた。形からして奉公人ではない。

留守を心配していたが、どうやら上手く行き合えたようだ。

「ごめんなすって。あんたがお房さんかい」

「そうですけど。お約束がありましたかね」

「へ？」

「お約束ですよ。この刻には誰ともしてないはずですがねえ」

「は、いや、そりゃあ何の約束なんで？」

お房が顎を引く。眉間に皺が寄った。

「何って、八卦に決まってるでしょ。あたしは八卦見ですけど辻占いなんかとは違いますからね。予め約束いただいた方しか占いませんよ。評判に引かれて気儘にお出でなら、お帰りくださいな。そういう方は相手にしてませんから。あら、でも……」

腰を浮かし、まじまじと伊佐治を見詰めた後、お房は声を重くしたのだ。

「あなた、相当気儘に生きてますねえ」

一瞬だが息が詰まりそうになった。

そういえば、林町のどこぞによく当たる女占い師がいると、小耳に挟んだ覚えがある。占いなどに何の興も湧かなかったから、そのまま忘れ去っていた。

「当たりましたでしょ」

お房がにっと笑う。妙に愛嬌のある笑顔だ。伊佐治も笑み返していた。些か苦い笑いではあるが。口の中の苦味を呑み下し、今度は愛想笑いを浮かべた。

「そういうのって、一目でわかるもんなんですかね」

「まあね。あたしは人相見もしますから。けど、あなたはわかり易いお顔ですよ。周りのお方にずい分と厄介を掛けてるでしょう。違います？」

「違いやせん。ほぼ当たってやす。驚きました」

「ふふ。これでも評判の八卦見ですからね。ま、そういうことですので、今日はお引き取りくださいな。後日ということなら、お約束の日を決めてもよろしいけど、かなり待っていただかないといけませんよ。それでもいいなら、日決めをしますけどね」

「いや、そこんとこは違いやす」

右手を左右に振ると、お房の表情に用心のようなものが加わった。

「違うって、あなた、八卦見に来たんじゃないのですか」

「ええ、残念ながら、占っていただくのは次の折にしやすよ。あっしは、尾上町の伊佐治って者で、御上《おかみ》の御用聞きを務めてやす」

「まっ」と言ったきり、お房は動かなくなった。喉元だけが微かに上下する。

「お房さん、あんた、深川の鍛冶屋で鍛冶のことを聞いて回っているそうだねえ」

「……ええ」

「お房さんが捜している男について、ちょいと詳しく教えてもらえやせんかね」

「あの人に何かあったんですか」

お房が腰を浮かす。両手が伸びて、伊佐治の腕を強く摑んだ。

「親分さん、あの人、見つかったんですね。何か、何かやったんですか。親分さんにお縄を掛けられるようなことを仕出かしたんですか」

これまでの余裕をかなぐり捨てて、お房は伊佐治に取り縋ってきた。

「あの人ってのは誰のこってす。どういう男で名は何と言いやすかね。そして、どういう経緯で、その男と知り合いやした」

穏やかに、しかし、きっぱりと畳みかける。

「それは……それは……」

お房が言い淀む。頰から血の気が引いていた。

「昨日のこってすがね、萬年橋近くの杭に男の骸が引っ掛かりやした」

お房の指が伊佐治の腕を離し、宙を搔く。気息が乱れて、顔色はさらに悪くなった。

いけねえ。ちょいとやり過ぎたかな。

正直、お房がここまで動転するとは見通していなかった。余程大切な男だったのか。

「骸……まさか、そんな……春次《はるじ》さんがそんな……」

息が上手くできないのか、お房は胸を押さえ喘いだ。

「春次って名ぁなんでやすね」

お房が首を前に倒す。童の頷き方だ。

「親分さん……や、やっぱり春次さんは殺されたんですか。でも、でも、そんな……」

やっぱり。その一言が耳に刺さる。〝死んだ〟ではなく〝殺された〟と言った、そこもだ。

「で、春次は、どんな身体つきをしてやした」

「身体つき……」

「太っていたか痩せていたか、背はどうだったか。そういうことを尋ねてるんだ」

わざと口調に凄みを混ぜる。気付けの薬のようなものだ。

「痩せてました。痩せ過ぎているほどで、それで、あの、肋骨《あばら》が浮いてました。一本二本って数えられるぐらいで……」

なるほど肋骨を数えられるほどの仲だったってわけか。

「背は……背は、高くもなく低くもなくといった感じで……」

「何か目立つ徴《しるし》みてえなものはなかったかい。痣《あざ》とか傷痕とか」

お房の黒目が揺れる。伊佐治の問いに必死に答えようとしているのだ。芯の強い、しっかり者なのだろう。慌てふためきながらも、ぎりぎり己を保ち、乱れ切ってはいない。

「耳朶《みみたぶ》が、こっちの耳朶が」

お房が自分の左耳を指で摘まみ、引っ張った。

「半分ぐらいしかなかったです。小さいころ犬に噛み千切られたって。それから、犬が大の苦手で、子犬でも傍に来ると怖いって……」

お房の目に涙が盛り上がった。

「親分さん、本当に……本当にあの人は小名木川に……」

「それも違うみてえだな」

お房が瞬きする。涙が雫《しずく》になって滴った。

「昨日の男は痩せちゃあいたが、肋骨が浮くほどじゃなかった。なにより、耳朶はどっちもちゃんとしてたぜ。あの仏は春次ってやつじゃねえな」

「まあ、本当に……」

尻をぺたりと床に付け、お房は泣き笑いのような顔つきになる。

「それでね、お房さん。もう少し、話を聞かせてもらいてえんだ。ずばり尋ねるがな、春次とあんたは男と女の仲だったわけかい」

露骨な問いかけだったが、お房は居住まいを正し「はい」と答えた。臆する風はない。やはり芯は相当に強い。

「どういう経緯で、そういう仲になったんだ。どこで知り合った」

「あたしが外から帰ってきたとき、壺の後ろにうずくまってたんです」

「壺ってのは、あのでかいやつか」

「ええ、伊部の壺です。その後ろにうずくまって震えてました。北からの風が強くて、急に寒くなった日でしたのに、あの人、袷《あわせ》一枚だけしか身に着けていませんでした。他は何にも羽織ってなくて身を縮ませて震えてたんです。それで、あたしに向かって手を合わせて『もう少しだけ、ここにいさせてください』って。あたし、何だかかわいそうで、怖いとかじゃなくてかわいそうで堪らなくなったんですよ。それで、家の中に入れました。親分さん、誤解しないで貰いたいんですけど、あたし、やたら男を引っ張り込むような、ふしだらな女じゃありません。一人で生きていると、いろいろ噂する者もおりますけどね、あたしは自分の才で自分の口を糊《のり》してます。身持ちはちゃんとしています」

上がり框《かまち》に腰を下ろし、伊佐治は二度ばかり首を前に倒した。

「そんなこたぁ、わかってる。おれも岡っ引暮らしが長えんだ。人を見る眼はそれなりに鍛えてきたつもりだぜ。お房さんが、しゃんと生きてるってことぐれえは見通せるさ」

嘘ではなかった。お房からは崩れた人間の臭いは漂ってこない。人の心内の悪臭を嗅ぎ当てる鼻には、自信がある。

さっきまで褪せていたお房の頬が仄《ほの》かに赤らんだ。

「ええ、あたしなりにしゃんと生きてきました。だから、見ず知らずの男を家に入れるなんて、あのときが初めてだったんですよ。ほんとに……ほんとに、放っておけなくて。あの、こんないい方は間違ってるかもしれませんが、ほら、雨でずぶ濡れの子犬とか子猫とか見たら、どうしても手を出してしまうでしょ。かわいそうだって思うじゃないですか。そんな気持ちで……。春次さん若かったんですよ。まだ二十歳ぐらいだったんじゃないでしょうか。でも、あたしに手を合わせた顔はもっと若く、もっと小さく見えました」

芯の強いしっかり者の女は、おそらく気弱な眼をしていただろう若者を捨てておけなかった。拾ってしまったのだ。

「家に入れて、温かい物を食べさせました。それで……二、三日ならいてもいいよって言ったんです。春次さんが、どこからか逃げてきたと察していました。だから、匿《かくま》ってあげるって、そういう意味で言ったんです。春次さん、涙を浮かべて、頭を下げて……そんな姿を見てたら、何だかもう、どうしようもなく可愛くて、何とか守ってあげたいって思ったんです。気持ちが昂《こう》じたっていうのか、春次さんがいると楽しくて……。ご飯とか作るのも、世話を焼くのも楽しくて。それで、次の日の夜にあたしから……」

頬をさらに赤くして、お房は俯いた。

「春次が壺の裏に隠れてたってのは、何日ぐれえ前になる」

「六日、いいえ、七日前です。風の向きが変わってぐっと寒くなった日でしたから」

七日前ってことは、旦那がいなくなるちょいと前か。

ふっと考え、伊佐治は首を左右に振った。何もかもを信次郎に結び付けてはならない。いや、結び付けるのはいいのだ。ただ、どう結び付くのかを思案せねばならない。その思案の道が立たないのが口惜しい。

「春次は鍛冶だと、自分から言ったのか」

「いいえ。春次さん、自分のことはほとんど何もしゃべりませんでした。でも、手の甲に小さな火傷の痕が幾つも散ってて、だからあたし、『もしかして鍛冶屋さんなの』って尋ねたんです。そしたら、横を向いて何にも言わなくなって……。次の日に、いなくなりました」

手の甲の火傷痕。骸と同じだ。

「助けてもらって、ありがたかった。恩は一生、忘れないって置き文だけ残して、どっかに行っちゃったんです。でも、あたし、諦め切れなくて、春次さんにもう一度だけでも逢いたくて、それで、鍛冶屋さんを捜して回ったりしたんです。未練だと言われれば、それまでですけどね。そりゃあ、たった数日の縁でしたよ。数日の……。年も離れてるし、春次さんと夫婦になるとか、そんなこと考えてたわけじゃありません。あたしはずっと一人で生きてきたし、これからだって生きていけるんです」

膝の上で指を握り込み、お房は唇を震わせた。

「でも、こんなのってあんまりじゃありませんか。出て行くならそれでもいい。けど、置き文なんかじゃなくて、ちゃんと言葉で伝えて欲しかったんです。『世話になりました』でも『ありがとう』でも、どんなのでもいい。ちゃんと向き合って区切りをつけてもらいたかった。本当にそれだけなんですよ。そしたら、あたし引き止めたりしなかった。ちゃんと見送ってあげられたと思います」

さて、それはどうかなと伊佐治は首を傾げる。むろん心内で、だ。

お房は本気でしゃべっている。嘘など一つもついていないだろう。けれど、誤魔化してはいるかもしれない。短い話の中でだけでも、春次という男への、お房の執着は強く感じ取れた。肌にひりつくように伝わってきた。その執着ゆえに、当てどなく男を捜し回っているのではないか。面と向かって別れを切り出されたとき、本当に引き止めずにいられたと、情を抑えて見送れたと言い切るのは難しい。

と、思う。一人で暮らしを立て生きてきた女の矜持《きょうじ》が、自らの未練や執心を許さないのか。だとしても伊佐治に、いや、この世の誰にも咎められる筋合いのものではない。

ただ、伊佐治の胸に微かな懸念が滲み出る。

危ねえな。

お房は己の気持ちから目を背け、真の自分を見詰めていない。小さなズレができているのだ。現と自分の間にできたズレは厄介だ。当人が気付いていない分、余計に厄介で剣呑《けんのん》なのだ。足をすくわれる。道にできた穴や溝《みぞ》に足を取られ転ぶのと同じだ。転んで擦り傷ぐらいで済めばいい。しかし、この気持ちのズレは往々にして人を厄介事に引きずり込んでしまう。擦り傷ではとても収まらない厄介事に。そういう例を何度も目にしてきた。けれど、今ここで懸念を口にしても、お房は受け付けないだろう。矜持を傷付けられていきり立ち、口を閉ざしてしまうかもしれない。

それは困る。せっかく訪ねてきたのだ、できる限りのものを引き出したい。

「お房さんの心意気はわかる。けど、春次にしてみたら、面と向かって別れを言うのが辛かったんじゃないか。その勇気が出なかったのかもしれねえぜ。かといって、ずるずる居座るわけにもいかねえ。他人さまの庭先に隠れるような真似をしてたんだ。何かしら面倒を抱えているのは間違いねえだろうしな」

「親分さん、あの人、何か罪を犯したんでしょうか。ひ、人を殺《あや》めたとか、盗人《ぬすっと》に入ったとか……。それで逃げ回っているとしたら」

そうだとしたら、岡っ引相手に軽々しくしゃべってしまった。知っていることのほとんどをしゃべってしまった。どうしよう。どうしよう。

お房の頭の中を巡っている悔いと狼狽が手に取るようにわかる。

「そりゃあねえよ」

笑みと共に、短くあっさりと告げる。

「それなら、おれたち岡っ引に報せが入る。今んとこ、人を殺したとか盗みに入ったとかで逃げ回っているやつの話は聞いてないからな。お房さん、いらぬ取り越し苦労はしないがいいぜ。自分の気持ちを痛めるだけだからよ」

お房の身体から力が抜けた。

「……そうですか。そうですよね。よかった。親分さん、ありがとうございます」

「礼を言われると困るけどな。こっちも仕事で邪魔しているわけでよ。つまり、小名木川の仏さんの身許を捜してんだ。その仏も鍛冶じゃなかったかと、おれは考えてる」

お房が瞬きをした。「まあ」と声が漏れる。

「仏さんと春次が関わっているとは言い切れねえが、気にはなるじゃねえか。ああ、もちろん、春次が殺したって疑ってるわけじゃねえ。殺しかどうかもはっきりしねえしな。ともかく身許をはっきりさせてえ、それだけなんだ。このままだと無縁仏になっちまう。それじゃあ、あまりに気の毒じゃねえか。引き取り手がいるなら見つけ出して、ちゃんと弔ってやりてえんだよ」

これは半ば騙りに近い。骸は運び去られ、万が一、身許がわかったとしても伊佐治には何もできないのだ。ただ、仏となった男が当たり前に弔われ、経の一節なりともあげて貰えればと願いはする。あの平倉では望みは薄いだろうが。

お房がふっと息を吐いた。

「はい、わかります。本当にそうですね。でも、あたしでは何の力にもなれないですよ」

「知ってることを話してくれるだけで十分さ。な、春次ってのは江戸の生まれなのか？そのあたりは何か言ってなかったか」

暫く黙り、お房はかぶりを振った。

「江戸じゃないと思います。生国《しょうごく》がどこか、春次さん一言も言わなかったけど、物言いが優しくて、最後がふわっと持ち上がるみたいな言い方をしてました。あれは江戸の言葉遣いじゃなかったです」

「江戸者じゃねえわけか。他には何か気付いたことは、なかったかい」

「いえ……別にこれといって何も」

「じゃあ、もう一つ尋ねるけどな、あんた、どうして小名木川近くを捜してたんだ。わざわざ海辺大工町の『まる十』を訪ねたりした？　鍛冶屋なら他にも星の数ほどあるだろうが。まさか、このあたりの鍛冶屋を全部、回ったわけじゃあるめえ」

「それは、春次さんがずっと小名木川を見てたって、ぽろっと口にしたことがあって……」

「うん？　小名木川を見てたってのは仕事の合間にか。それとも、家でってことかい」

「わかりません。何だか詳しく聞いちゃいけない気がして、あたしは黙ってました。でも、春次さんがいなくなって、あれこれ考えてしまって……あれこれ考えても、考えても、火傷の痕と小名木川を見てたって一言だけしか手掛かりがなくて、それで……」

「辛抱堪らず、小名木川沿いの鍛冶屋を捜していたわけか」

「……はい」

お房は身を縮め、下を向いた。

一途《いちず》と言えば一途、無謀と言えば無謀だ。何の当てもなく歩き回るのに等しい。

伊佐治は腰を上げ、「いろいろ、ありがとうよ。忙しいときに手間を取らせちまったな。勘弁してくれ」と詫びた。問うべきことは問うた。これ以上、長居をしても無駄だろう。お房の邪魔になるだけだ。

「親分さん、あの人は、春次さんは無事でしょうか。生きているでしょうか」

「そうだな。本所深川で人の生き死にに関わる事件があれば、必ずおれの耳に入る。今のところ、その類の話は来てねえし、安心していいんじゃないか」

今は来ていなくても、四半刻後《しはんとき》、半刻後に届けられるかもしれない。「親分、若い男が死んでるってことです。ええ、殺されていると報せがありました」と。あるいは、誰にも知られず、見られず、見つからず、闇に葬られたかもしれない。江戸では、そちらの方が亡骸となって人の目に晒される者よりもずっと、多い。が、江戸の事情を、男を案じる女に告げても詮無いし、告げる意味もないだろう。

「そうですか」

お房が胸に手を置いて、息を吐いた。安堵の吐息だ。顔色まで明るくなっている。

「けどな、お房さん、もう止めな」

「え？」

「春次を捜し歩くのは止めるんだ。あんたの純な気持ちはわかる。けどよ、春次には春次の事情ってもんがあったんだろう。それが、どういうものなのか、おれにはわからねえけど、世話になった女からも黙って去らなきゃいけねえ事情だったんだ。そこんとこを汲んで、諦めてやんな。その方があんたのためでも、あるだろうぜ」

伊佐治の忠告にお房は耳を傾けていた。

「そうですね。ほんとに……親分さんの仰る通りです。ええ、よくわかってはいるんです」

口元だけで笑んで、鬢を片手で撫でつける。

「まったくねえ、この年になって、あんな若い男に振り回されるなんて、人生ってどこで何が起こるかわかりませんね。ふふ、ちょっとは評判をとった八卦見のくせに、男一人の行方もわからないのかって、親分さん、嗤ってませんか」

「嗤うもんかい。自分のことは、わからないってのが人のややこしいとこさ」

「あら、さすが。そうなんです。自分のことはちっともわからないんですよ。急な病で母親が亡くなったときも、好きだった男に裏切られたときも、予兆とかまったく感じなくてね。そのくせ、他人さまのことなら、そこそこ占えるんですよ」

てことは、うちの旦那の行方もわかるってことか。

思わず、浅黒いお房の顔を覗き込んだ。お房も見返してくる。それから、

「あら、親分さんて」

と、頓狂《とんきょう》な声を出した。

「よくよく眺めれば、とても良い運の持ち主ですねえ。どうして、今まで気が付かなかったのかしらね。まあまあ、ほんとに良い御運ですよ」

「え？　え、え、そうかい。いやあ、それほど運に恵まれてるとは思わねえぜ。大儲《おおもう》けしたことなんて、ただの一度もねえし、何かしらで得した覚えも、とんとねえ」

「そういうのじゃありませんよ。金運じゃなくて人の方ですね、きっと」

お房は眉を寄せ、伊佐治を見詰めてくる。さっきまで、男恋しさに泣いていたとは思えない、張り詰めた眼差しだ。

「親分さんを取り巻く気配が柔らかくて、きれいなんです。それに温かい。これは、やはり人の運ですねえ。ええ、親分さん、人の運に恵まれてますよ」

「人の運、か」

「心当たりがあるでしょう。家の内に邪気がないんじゃありませんか。お内儀《かみ》さんにも、

子どもにも恵まれていて、その人たちが親分さんを守ってくれてるとか。違います？」

「……いや、当たっているかも……」

おふじ、太助、おけい。三人の笑った顔が目の前に浮かんでくる。

人の運か。なるほど、確かに恵まれちゃあいるな。

「あっ、でも」

お房が眉間の皺をさらに深くした。腰を上げ、伊佐治を睨みつけてくる。つい、足を引いてしまった。背中に障子戸が当たり、派手な音を立てる。

「な、何でえ。お房さん、いったいどうしたってんだ」

「何だか歪んでるみたいで……」

「歪んでるって？」

「そうです。ごめんなさい。はっきりとはわからなくて。あたしは、ただ感じるだけなので」

「感じるってのは何かい、その、おれを取り巻く気配ってのが歪んでるってことか」

「ええ……そうなんでしょうかね。他はとてもきれいに感じるのに、どこかが歪んでまったく別の色合いになっている気がします。親分さん、誰かに怨《うら》まれているんじゃ……いや、怨みとかじゃなくて、取り憑《つ》かれているとかでもなくて……関わり合っている？ああ、関わり合ってるんだわ。それも、とても深く。心当たりがありますか」

「へ？　心当たり……」

他とはまったく別の色合いをした歪み。深く関わり合っている歪み。

心当たりは一つしかない。いや、二つだろうか。

「そんなことまで、わかるのか。すげえもんだな。ああ、だったら、春次はどうだったんだ。どんな気配をしていた？」

お房はまた俯いてしまった。「駄目なんです」と呟く。

「春次さん他人なんですけど、出逢ったときから心が動いたというか、気持ちが惹かれたというか、そうなったら駄目なんです。他人じゃなくなったら何にもわからなくなってしまってねえ。それに、親分さんみたいに強い気配を持ってる人って、あんまりいないですよ。強いだけじゃなくて変わってる。優しい人たちに囲まれているってのはわかるし、まあ、そういう恵まれた人たちに時々、逢いもします。稀なほど珍しいってわけじゃありません。けど、歪み方は……よくわからないなあ。今まで一度も見たことがないですよ。とても不思議。何なんでしょうね。どういうお方が周りにいるのかしら」

お房は顔を上げ、問うように瞬きをした。

清之介は茶を淹れ直した。

新しい茶を新しい湯呑に注ぐ。少し渋みの勝った味は、しゃべり疲れた舌にも喉にも程よく染みるだろう。

自分も一口、すする。口の中が潤っていく。それで、ずい分と渇いていたのだと気が付いた。伊佐治の話に一心に耳を傾けながら、息も唾も呑み込むことさえ忘れていた。

「小名木川に浮かんだ骸も春次という男も、おそらく鍛冶、少なくとも火を取り扱う仕事をしていた。そこは間違いないですね」

「へえ、違いないでしょう。春次はわかりやせんが、仏さんの火傷痕は火花でできたとしか考えられやせん。しかも、消えかかった古いものから、まだ新しいものまでありやしたからね。ああ、こうやって話をしていても腹が立ってきやすよ。詳しく仏さんを調べられていたら、もう少し何かがわかったかもしれねえのに」

伊佐治は本気で悔しがっていた。こめかみに青く、筋が浮いている。

「その仏が半裸だったというのは、身許が知れるようなものを剝ぎ取られてから、川に流されたということでしょうか」

「小名木が剝いだのかもしれやせん。男の川流れは裸に近い恰好のものが多くて、ほとんどが」

伊佐治が口をつぐむ。手の中の湯呑に目を落として、束の間、黙り込む。

「親分さん、もう、よろしいのですよ」

「え？」

「おりんのことを考えてくださったのでしょうが、もう、いいのです。そんなに気を使わないでください」

おりんも江戸の川に身を投じた。

丸い月が出て、夜の底を照らしていた。おりんは髷こそ解けていたものの、衣に乱れはほとんどなかった。肌が蠟《ろう》のように白くて美しかった。しかし、信じられないほど冷たかった。触れた指先が凍る。そんな幻覚に惑わされるほど冷え切っていた。人は生命を失うと、ここまで冷えてしまう。あの夜、知った真実だ。

忘れてはいない。あの冷たさも、閉じ切れなかった瞼《まぶた》の下で眸《ひとみ》が蒼くぼやけていたのも、目尻の黒子《ほくろ》が一回り大きく黒く見えたことも、忘れてはいない。刻印だ。一生、忘れることはない。忘れられるわけがない。しかし、肉を焼き、骨にまで染みた痛みはずい分と和らいだ。満月に近い月を見上げても、呻くほど心は疼かなくなった。

和らいだのか、それとも、慣れたのか。どちらにしても、おりんのいない現を現として受け入れている。

「義母《はは》に言われました。おりんのことも『遠野屋』のことも、捨てていいのだと」

「おしのさんが、そんなことを」

「ええ。義母なりにわたしを案じて、解き放ってやろうと考えたのでしょう」

「さいですか。おしのさんらしい思案じゃありやすねえ。で、遠野屋さんとしては、どうなんでやす。捨てて楽になりたいと考えてんですかい」

捨てれば楽になれると考えているのか。

伊佐治ではなく、己が問うてくる。

捨てて楽になりたいのか。捨てれば楽になれるのか。捨てれば、この手の中には何が残っているのだ。

雀が鳴き交わしている。姦《かしま》しくはあるが楽しげだ。伊佐治が茶を飲み、「やっぱり美味えな」と満足げに笑った。

「親分さん、わたしは江戸が好きです」

「へえ」

「ここより他の地で生きようとは思わない。生きている姿を思い描けないのですよ」

「生国にお帰りになる気はねえって仰るんで」

「そうです。嵯波はもう生国ではなく商いの地。商人として大切にせねばならない場所。そういう目で眺めています」

伊佐治は湯呑を置き、深く首肯した。

「じゃあ、遠野屋さんは少なくとも、嵯波のお国からは解き放たれたってこってすね」

清之介と視《め》を合わせ、伊佐治はもう一度、頷いた。

「ここに旦那がいなくてよかった。いたら、何を言い出すかわかりゃしやせんからね」

「ええ、確かに」

あの男がいたら、何と言うだろうか。

人が一旦着けちまった軛《くびき》ってのはな、そう容易く外れたりはしねえよ。

鮮やかに、その声を聞く。おりんの骸よりもっと冷えて、硬い。

「春次ってやつは、生まれ故郷に帰りたかったんでしょうかね」

伊佐治が話題を戻す。

「鍛冶らしい男が二人。一人は死んで、一人はどこかに行っちまった」

「どこかから逃げてきたのでしょうか。他人の家の庭に潜んでいたということは、誰かに追われていたとも考えられます。お房さんでしたっけ？　その八卦見の方に迷惑をかけるのを恐れ、身を隠したのかもしれません」

「でやすね。無事でいてくれるといいがな」

伊佐治の眼つきが暗くなる。江戸がどれほど剣呑であるか知り過ぎるほどに知っている岡っ引からすれば、〝無事〟の一言は重い。

「それにしても、二人の男がまるで関わりないとは考えにくいですね」

「考えられやせんね。十中八九、関わりがあるはずでやす」

「親分さんは、二人が同じところから逃げてきたとお考えですか」

「へえ、おそらくは。同じところってのがどこなのかは、まるで見当がつきやせんが」

清之介にもつかない。二人の男は霧の中をうろつく影だ。どこから来て、どこに向かうのか見定められない。

「木暮さまなら、見当がついたでしょうか」

霧など、どれほどの障りにもならなかったか。

「知りやせんよ。あっしとしちゃあ、旦那の居場所ぐれえ見当をつけたくはありやすがね。でも、もうようがす。あんな薄情者、どうにでもなれって心持ちですよ」

伊佐治が自棄《やけ》ともとれる物言いをする。珍しい。

「まったく、どこで何をしてるのか知りやせんがね。自分の縄張りで、平倉みてえな野郎に好き勝手されて、それでも雲隠れしてるんだったら、あっしはもう匙《さじ》を投げやす」

「親分さん。しかし……」

「しかしじゃねえですよ。あっしがどれほど苦労して、旦那の岡っ引を務めてきたと思いやす？　言いたかねえが、うちの旦那ほど付き合い難い者はおりやせんよ。薄情どころじゃねえ。人らしい情心《なさけごころ》なんて薬にしたくてもありゃあしねえんだ。そりゃあ、少しばかり、お頭《つむ》の回りは速いかもしれやせんがね。取柄《とりえ》はそれだけじゃねえですか」

自分の言葉に煽られるように、伊佐治の口調は激しくなる。

「少しばかりではないと思いますが」

「少しでも、多くても構いやせんがね。ともかく、人柄はどうにもなりゃあしやせん。うちの屋根に止まっている鴉の方がよっぽど善良でさあ。けど、同心としちゃあ、そこそこに働いちゃあいる。旦那じゃなきゃあできねえ働きをしてなさる。そうわかっているから、辛抱しても、付いて回ってんですよ」

信次郎の背後から垣間見る江戸の町と江戸の人々。その正体を目の当たりにする愉楽がある。だから辛抱も我慢もできるのだ。

「なのに、平倉にいいようにされて、あっしは骸をじっくり調べることもできなくなってる。あいつ、これからは自分が定町廻りの役を担う。おまえはもう用済みだとまで言いやがったんですよ。あっしは悔しくて堪らねえんです。ほんとに、そろそろ出てきてもらわねえと、このままだと悔し過ぎて頓死《とんし》しちまいまさあ」

「そんな縁起でもないことを言わないでください。親分さんらしくありませんよ」

「すいやせん。つい愚痴っぽくなってしまって。けど、あっしはただの岡っ引なんでねえ。旦那がいねえと、どうにも身動きがとれねえんでやす。多少は嗅ぎ回ることはできても、それから前に進めねえ。首根っこを摑まれて、用済みだと放り出されたら、それまでなんでさ。幾ら悔しがっても手も足も出ねえ。そこがまた、悔しいとこじゃありやすが」

「でも、諦めているわけではないでしょう」

清之介は心持ち、膝を進めた。

「親分さんの様子を見ていると諦めて、萎《しお》れているとはとうてい思えません。むしろ、いつにも増して気力が満ちているのではありませんか。わたしには、そう感じられますが」

伊佐治が肩を竦《すく》め、にやりと笑った。

「わかりやすか」

「ええ、親分さんとの縁も長くなりましたから」

「へへ、そりゃあお互いさまでやすよ。あっしにもわかりやすよ。心の底んとこじゃあ、遠野屋さんが楽しんでるってね」

清之介も笑んでいた。ふっと吐息のような笑いが漏れる。

楽しんでいる。

そうかもしれない。苛立ちもし、腹立たしくもあるのに楽しんでいる。人の心の内とは、まさに錦眼鏡《にしきめがね》だ。覗く孔《あな》は一つであるのに、僅かに筒を回すだけで幾多の文様《もんよう》が現れる。

「木暮さまが行方知れずになる。こんな、おもしろい謎は今まで一度もありませんでした。さて、どう料理すればいいのか途方に暮れもしますが、どこか浮き立つようでもあるのです。我ながら、何とも奇妙な心持ちですよ。これも親分さんに言われて、やっと思い至った心持ちです。ふふ、さすが木暮さまです。ややこしい楽しませ方をしてくださる」

「まったくで。苛々しているようで、腹に据えかねているようで、その実、楽しんでいる。まっ、あっしたちも、なかなかに手に負えない輩ってこってすかね。しょうがねえや。お房さんによると、あっしの気配はどこか歪んでるってことなんで。ああ、そうだ。今更でやすが、お房さんに旦那の居場所を占ってもらえばよかったですかね」

「いえ、無駄でしょう。占いで当てられるような隠れ方を、木暮さまがなさるはずがない」

伊佐治がもう一度、肩を竦めた。今度は笑わなかった。

「まったくで。そんなわかり易いお方だったら、端からこんな真似はしやせんよね。うーん、あの旦那のこった、もしかしたら千代田《ちよだ》のお城にでも潜り込んで、のうのうとしてるんじゃねえでしょうかね」

「千代田城ではないでしょうが……」

清之介の僅かな言い淀みを、伊佐治は聞き逃さなかった。とたん、双眸に鋭い光が宿る。

「遠野屋さん、思い当たることがあるんで？　何か思案でも？」

「思案と言えるほどではありません。ただ、親分さん、お奉行所のことが気になりませんか」

伊佐治の眼差しがぶつかってきた。気になっていたのだ。

「遠野屋さんも、そう思いやすか」

「ええ。平倉というお武家は、木暮さまに代わって定町廻りを務めると言ったのですね。わたしは、お奉行所がどのような仕組みで動いているのか詳しくは知りません。しかし、御同心は一年ずつの抱席《かかえせき》のはず」

実際はほぼ世襲として親から子に受け継がれる役職であるが、形としては一年切り替えの抱席となる。大晦《おおみそ》日《か》の夜、年番方与力の屋敷に呼ばれ翌年の勤めを申し渡されるしきたりであると聞いた。

「新任となれば、与力さまが銓衡《せんこう》し、役を申し渡したことになります」

伊佐治の口元の皺が深くなった。唇を強く結んだのだ。そこから、細い息が漏れた。

「つまり、南雲さまが旦那の後釜《あとがま》に、平倉を据えたってことになりやすね」

「考えられますか」

いやと、伊佐治がかぶりを振った。寸の間の躊躇《ちゅうちょ》もなかった。

「考えられやせん。南雲さまと直に話したのは、この前の大番屋がほぼ初めてでやした。けど南雲さまがうちの旦那に手を焼きながらも、働きだけは認めていたのは知っておりやすし、大番屋の様子でも旦那のことを心配……してたかどうかはわかりやせんが、行方知れずの理由に見当がつかなくて困り果てておいでのように見えやした。平倉もその場にいやしたが、南雲さまは、『いままで一度も目にしたことのない面だ』とはっきり仰いましたよ。自分を見張っているのだともね」

「そういう相手を銓衡するでしょうか。まして、木暮さまの生き死にがわからぬまま、新たな御同心を任じる。南雲さまがなさることとは思えません。これが、一月も木暮さまの行方が知れぬままというなら、まだわかりますが」

伊佐治が顔を歪める。渋柿でも齧《かじ》ったのかと問いたくなるほどの渋面だ。

「そういやあ、あいつ『主が帰ってくると本気で信じているのか』なんて抜かしやがったから、信じてると答えたら鼻の先で嗤いやがったんでやすよ。旦那に嗤われるのは、もう慣れっこになってやすが、あんな野郎に嘲笑《あざわら》われるのは辛抱堪りやせん」

伊佐治の頬に血が上った。仄かな赤に染まる。

「なぜ、嗤えるのでしょう。その方は木暮さまが帰ってこないと、信じているわけですか」

「あっしを見下して喜んでいるだけじゃねえですか。そうでないなら……え、まさか、あいつが旦那をどこかに閉じ込めているとかは、ねえですよね」

「ないでしょう。それより自信があるのではありませんか」

「自信ってのは？」

「木暮さまがお帰りになったときに、斬り捨てられる。そのまま、闇に葬ることができる。そういう自信です」
伊佐治が身体を震わせた。舌の先が唇を舐《な》める。

「遠野屋さん、そりゃあどういう意味になりやす。平倉は奉行所の役人でやすよ」
「そうです。だから、男の亡骸を取り上げることもできた。いや、むしろ、取り上げる
ためには役人でなければならなかった。そんな風には考えられないでしょうか」
「ちょっと待ってくだせえ」
伊佐治が身を乗り出す。
「遠野屋さんの話だと平倉は事件を解くためじゃなくて、隠す……後始末をするために
動いてるってことになりやすよ。後始末の中に旦那も入ってるって……」
「親分さんは、そこまでは考えませんでしたか」
「あっしは、平倉は怪しいって感じてやした。あの気配がどうにも嫌だったんで。堅気
の気配じゃありやせんからね。そういうやつがすんなり、旦那の後釜に収まってるのが、
収まっていられるのが、どうにも腑に落ちねえんで。南雲さまのご威光じゃねえ。南雲
さまは、旦那を買ってやす。人としては如何《いかが》なものかと思っちゃあいるでしょうが、同
心としてはケチのつけようがねえはずでやす。無足の見習いのころから、ずっと目を掛
けてもくれやした。南雲さまじゃねえ。けど、それなら与力さまを越えて、事が動いて

いるって話になりやす」

一気にしゃべり、伊佐治は湯呑の茶を飲み干した。

「お奉行所がどうにか、なっちまってんですかね」

「わかりません。全て推察の域を出ませんから」

清之介は白い障子に目をやった。雀の影が映り、鳴き声がひときわ騒がしくなる。一羽が障子にぶつかり、乾いた音が響いた。

そうだ、ただの推察に過ぎない。ほとんど勘のようなものだ。この推察をどういう手立てで、現のものとしていくのか。

摑めない。

信次郎の頭の内には、余人には測れない道筋がある。それを持たない身としては……ここまでだろうか。しかし、ここで止まっていては何も変わらない。

「親分さん。昨日、申し上げた通り、わたしはこれから木暮さまのお屋敷に伺うつもりです。伺って、何の当てがあるわけでもありませんが、今の様子だけでも見ておきたいのです。おしばさんに菓子なり届けたくもありますし」

「わかりやした。あっしもお供させてもらいやす」

伊佐治が腰を浮かせたとき、ぱたぱたと軽い足音が近づいてきた。廊下から、少し遠慮がちな幼い声が問うてくる。

「ととさま、入っていいですか」

「おこまか。どうした？　今、親分さんと大事な話をして」

伊佐治が身振りで止めてくる。それから、障子を開けた。

「おう、おこまちゃん、暫く見ねえ間に大きくなったなあ」

「親分さん、今日はご機嫌よろしくて……あれ、今日はご機嫌がよしくろ、あれ、あれ、えっと」

おこまが真顔で首を傾げる。伊佐治の相好《そうごう》が崩れた。

「はは、おこまちゃん、えらく口が回るようになったじゃねえか」

「うん、たくさんおしゃべりできるの。お歌も歌えるよ。でも、今日はね、お歌じゃないの。あのね、えっと、あのね、まれ吉さんがね、一度だけてづゅまするの。だからね、ととさまも親分さんも一緒に見よう。ほんとに一度だけだって。じゃないと、他のお仕事ができないって。お仕事、いっぱいあるの。おみつが、いっぱいしなさいって」

「おこま、おとっつぁんも仕事なのだ。親分さんと出かける用事があってな、おまえの相手ができないんだよ。ばばさまかおみつに遊んでもらいなさい」

「ととさま、お出かけするの……」

おこまの唇が尖る。目が潤んで、今にも泣き出しそうだ。

「遠野屋さん、いいじゃねえですか。急ぐこたぁありやせん。お屋敷は逃げやしませんせんからね。それに、あっしもその手妻とやらを直に見てみてえんだ。おもしろそうじゃありやせんか。な、おこまちゃん、この爺さまを案内してくれるかい」

とたん、おこまは笑顔になった。

「いいよ。おいで、おいで。でもね、親分さんは、爺さまじゃなくて親分さんだよ」

「あははは、そうかそうか、親分さんか。おこまちゃんに呼ばれると、何だかくすぐってえな」

おこまに手を引かれて、伊佐治が廊下に出て行く。

あの岡っ引が本当に見たいものは、手妻より、手妻師の方だろう。源庵の手の者だという男を己の眼で確かめる。伊佐治はそのつもりなのだ。

手早く茶器を片付けると、清之介も二人の後を追った。

まれ吉は黒い大振りの箱を手に庭に立っていた。筒袖の先を絞った緋色《ひいろ》の上着を身に着け、頭にも同色の布を巻いている。女たちが廊下に腰かけて、箱を見詰めていて、ちょっとした大道芸の趣だった。

まれ吉は清之介と伊佐治をちらりと見やり、頭を下げた。いかにも気まずいという顔つきになっている。おこまにねだられたからといって、仕事の最中に得意芸を披露するのには、やはり引け目を感じるのだろう。しかし、おみつが廊下にどかりと座り双眸を輝かせているのだから、誰も文句はつけられない。

「では、では、では始めます。こちらは、なあに？　はいはいはい、ただの木箱にございます。よろしく、お確かめのほどを願い奉りまあす」

まれ吉が箱の口を見物人に向ける。

「ないよ。何にもないよ」

おこまが叫ぶ。確かに箱の中には何も入っていなかった。空っぽだ。

「衣装が怪しいんじゃありませんか。袖が変てこだもの」

おちやが遠慮なく、言い放つ。その通りだねと、おみつが相槌《あいづち》を打った。

「やれやれ、何てことを仰ることやら。わかりました、では脱ぎますよ」

作務衣《さむえ》に似た上着を脱ぐと、まれ吉は地面に置いた箱にそれを掛けた。

「さあ、では、おこまおじょうさん。呪文《じゅもん》を一緒にお願いします」

「え、じゅ……ってなに？　こま、わかんないよ」

「わたしめの後から、ゆっくり唱えてくださいな。さっ行きますよ。間違えちゃいけませんよ。アムアム、アムアム、アムアム、アームアム」

「アムアム、アムアム……えっと、ばばさま」

「アームアムだよ。頑張んな」

おしのが微笑み、おこまの背に手を添えた。

「うん。えっと、アームアム」

「はい、お見事にございます」

まれ吉が上着を摘まみ上げる。箱を横に倒すと、白い塊が飛び出した。

「あっ、兎さんだ。わぁ、兎さんだ、兎さんだ」

雪色の小さな兎が庭を跳ねる。葛籠《つづら》の中にいた一羽だろう。

「ほお、こりゃあたいしたもんだ。お見事、お見事」

伊佐治が手を打ち鳴らす。おこまは、跳ねる兎を懸命に追いかけていた。

他の者も倣《なら》い、拍手の音が大きく響いた。まれ吉はしきりに頭を下げている。

「さっ、ここまでだよ。みんな、仕事に戻って、戻って」

おみつの一声で、それぞれが持ち場に戻る。兎を捕まえたおこまが朗らかに笑った。

暫く一緒に遊んでもいいと、まれ吉に言われ、さらに明るい笑い声を上げた。

清之介は箱を見詰める。空っぽの箱、現れた兎。

「まれ吉」

「あ、はい」。上着を畳んでいたまれ吉が気弱な視線を向けてくる。

「す、すみません。調子に乗って……。でも、言い付けられた仕事はちゃんとやりますで。へえ、これからすぐに取り掛かりますが。あ、でも、何をするんだったか……」

「その箱は絡繰《からく》り箱なのか」

「え？　あ、手妻のことですか。へえ、そうですが。でも、どんな仕掛けかは申せませんで。お許しを」

「兎は初めから、箱の中にいたんだな」

「まあ……ええ、そういうことですがの」

「派手な上着や布は、見ている者の目を晦ますためなのか」

矢継ぎ早に問う。傍らで、伊佐治が息を吸い込む音がした。

「さようです。さっきのおちやさんみたいに、人の目は派手だったり、変てこなものに引き付けられますんで。一旦、そっちに目がいくと、ごくありふれた箱の方まで気が回らなくなるもんですが。一度、空だと思うてしまったら、空だと信じてしもうてそれっきりです。だから、兎が出てくると驚くんで」

「なるほどな」

絡繰りは箱の中だけでなく、人の心に仕掛けられていたわけだ。

「まれ吉さん、火鉢を出すの忘れないで。蔵から出したら、きれいに拭いてね。愚図愚図しないで、さっさと片付けるんだよ」

廊下の端からおみつの指図が飛んでくる。まれ吉は文字通り飛び上がり、絡繰り箱を抱えて走り去った。おこまと遊んでいたおしのが口元を押さえる。

「はは、おみつの威光はたいしたもんだね。まれ吉さん、もう言いなりじゃないか」

「ばばさま。兎さんかわいいねえ。白くてふわふわしてる」

二人のやりとりを背に聞きながら、清之介は伊佐治と顔を見合わせた。

「親分さん、八丁堀に参りましょう」

「へえ、ちょいと急ぎやすか」

伊佐治と連れ立って、裏口に回る。おこまが「いってらっしゃい」と手を振った。

「はは、子どもってのは現金なものでやすね。さっきまで、ととさま、ととさまと騒いでいたのに、今は兎に夢中だ」

「ほんとうに。もう十年もしたら、鬱陶《うっとう》しがられるだけになっているかもしれません。先が思いやられます」

「いい娘さんになってやすよ。そろそろ、嫁入りだの婿取りだのの話が持ち込まれてるんじゃねえですか。あっしも長生きして、おこまちゃんの花嫁姿を拝みてえもんだがな」

花嫁姿のおこま。それを見送る自分は紋付羽織を纏い、花嫁の父親の姿になっているだろうか。そんなありふれた穏やかな一日が、この先にあると信じて構わないのか。

「褒めさせてやってくだせえ」

「は？」

「そんな日が来たら、あっしに遠野屋さんのこと褒めさせてもらいてえんで」

「親分さん、それは……」

「娘一人、花嫁になるまで育て上げる。そうそう容易いこっちゃねえ。てえしたもんですよ。僭越《せんえつ》とは重々、わかっちゃいますけどね、『よくぞ、ここまで』って褒めさせてもらいてえ。ああ、それにしても、どんな花嫁御寮《ごりょう》になるんでしょうね。楽しみでさあ。何があっても、その日まで生き延びてなきゃいけやせんね」

「はい。生き延びて、親分さんから褒め言葉をいただかなければなりません。大きな張り合いがまた一つ、できたようです」

庭蔵の横を抜けると、躑躅《つつじ》の小さな植え込みがある。日当たりが悪いので花は小振りで、色も悪かった。今はむろん、花はない。やや黄ばんで見える小さな葉が風に揺れているだけだ。

裏木戸は昼の間、閂《かんぬき》を外している。物売りや物乞いがここから入り、台所口に向かうし、伊佐治のように表からおとなうのを遠慮して裏に回る者もいるからだ。その戸が勢いよく開いた。男が二人、縺《もつ》れ合って転がり込んでくる。

「力助、安吉《やすきち》、いってえどうしたんだ」

伊佐治の声が引きつる。

地面に転がった男の一人、力助が喘ぎながら「親分」とだけ言った。息は荒いがどこにも傷を負った風はない。しかし、片方の、安吉と呼ばれた男は酷かった。思い切り殴られたようで、鼻からかなりの血を流し、口の端も左の瞼も腫れあがっている。何事もなければ、色白の優男《やさおとこ》のようでもあるが、血だらけの腫れた面相では年も顔立ちも確とは窺えない。

「うっひゃあ」

と、調子外れな大声と人の倒れる音がした。振り返ると、まれ吉が植え込みの前で尻もちをついている。庭蔵に入ろうとして人声が気になったのだろう。

「ち、血がたんと出とられますが。大事だぁ」

「まれ吉、おうのさんを呼んできてくれ。怪我人がいると報せるんだ。それと水を」

「は、はい」。まれ吉はほとんど四つん這いの恰好で、植え込みの陰に消えた。

「力助、こりゃあどうしたってんだ。喧嘩にでも巻き込まれたのか」

伊佐治が手下の傍らに、立膝をつく。

「ち、違い……。親分、また……人が殺され……たんで」

「何だと。どこでだ」

「弥勒寺《みろくじ》の裏っ側の……五間堀《ごけんぼり》近くで……」

力助が息を吸い、吐き出す。気息と物言いが次第に整ってくる。

「おれと安吉は、海辺大工町であちこちの鍛治屋を回ってみちゃあいたんですが、どれだけ回っても目ぼしい話が聞けねえもんで……面目ねえですが、一旦、引き揚げて親分から指図をもらおうって話になって。それで、遠野屋さんのところに寄るつもりで歩いてたんです。そしたら、弥勒寺の近くで騒ぎが聞こえて、『死んでる』とか『殺されてる』とかの声も聞こえてきたもんで、慌てて駆け付けました」

おうのが薬箱を手に走ってきた。まれ吉が桶《おけ》を抱えて、従っている。おうのは何も言わず、驚きも見せず、安吉の手当てを始めた。まれ吉は桶から湯呑に水を注ぎ、力助と安吉に差し出した。が、指が震えているせいで多くが零れてしまう。

水を飲み干し、力助は流れる汗を拭いた。そして、話を続ける。落ち着きが確かに戻っていた。

「男が死んでました。仰向《あおむ》けに倒れて血塗れでしたよ。背中と脇腹をばっさりやられてましてね、ありゃあ刀傷ですね。間違いありませんや」

匕首《あいくち》や包丁ではなく、刀で殺された男。伊佐治が目を狭めた。

「触ってみると、まだ、温かでした。強張《こわば》って冷たいって感じじゃなかったです」

「とすれば殺られて間もないってこったな。まだ日があるうちから辻斬り紛いの真似をしやがって。とんでもねえやつだぜ。あのあたりは人通りはそうねえとこだが、まだ夕刻だ。殺しを見たってのは無理でも、悲鳴を聞いたとか、逃げる人影を見たって者はいなかったか」

「へえ、おれたちもそう思いました。まずは、集まって騒いでいる野次馬に尋ねちゃあみたんですが、誰も首を横に振るばかりでこれといった獲物はなかったです」

「死体を見つけたのは誰だ」

「青菜売りの女です。常盤町《ときわちょう》の料理屋に菜を届けに行った帰りに、見つけたんだそうで。けど、一刻《いっとき》ほど前に同じ道を通ったときは死体などなかった。あれば気が付かないわけがないと、言い切り言いましたぜ。真っ青な顔色じゃありましたが、しっかりした気性みてえで取り乱した風はありませんでした。言ってることに間違いはねえと思います」

「ふーむ、一刻か……。人を斬り捨てて逃げるには十分だな」

「いててっ」。安吉が声を引きつらせた。なぜか、まれ吉まで顔を歪めている。

「ごめんなさいよ。でも、ちゃんと手当てをしとかないと膿《う》んだりしたら大変だから」

「へえ。御新造《ごしんぞう》さんには手間をかけて、すいやせん」

安吉は手下になって間がないのか、おうのを清之介の妻だと思い違いをしている。誰も、その間違いを正さなかった。それどころではないのだ。

「力助。安吉をこんな目に遭わせたのは、平倉って役人か」

力助が二度も、三度も首を縦に振る。

「そうです。おれが親分を呼びに行って、安吉が仏さんの番をするって段取りをしていたとき、役人がやってきたんですよ。名前はわかりやせんでしたが、源蔵さんから危ない役人がいるって聞いてて、聞いた人相そのままだったから、十中八九、平倉ってやつです。そいつ、おれたちに目もくれず仏さんを戸板に載せちまったんです」

「死体を調べようとはしなかったんだな」

「まったく、しませんでしたね。ちらっと見ただけですよ。それで……」

力助は安吉に向かって顎をしゃくった。

「安吉が『お役人さまなのに、ここでお調べしねえんですかい』って、つい言っちまったんだよな。安吉が言わなきゃ、おれが尋ねてたかもしれねえ」

「ああ。だってよ、仮にも役人だろ、目の前に仏さんがいるのに調べねえままってのはおかしいじゃねえか。お役目を果たしてねえってことに、あっ痛い。御新造さん、そこ痛くて……」

「なるほど、安の言い分はもっともだな。まっとうな意見じゃねえか」

「そうなんで。誰が考えたって、当たり前じゃねえですかい。なのに、あの役人、振り向きざまに殴りつけてきやがったんだ。一言も言わずにですぜ。まるで犬をいたぶるみてえに殴りやがって……。ちくしょう。避ける間もなくて、もろにこぶしを食らっちまった」

安吉の目に涙が滲む。痛みではなく、悔しさのためだ。

「安、おめえのまっとうな意見は、相手の急所を突いちまったのさ」

「へ、急所ってのは？」

「平倉は仏さんを調べなくても、わかってたのさ。どんな風に殺されたかってな。だから、戸板と運び人足まで揃えて連れてきたわけだ。けどよ、それじゃあまりにお粗末だぜ。せめて、調べる振りぐれえしねえとな。おまえらじゃなくても、おかしいって思うだろうよ。平倉はそこまで頭が回らなかったらしいな。で、安に意見されて慌てたんだよ。慌てた挙句、殴って事を済まそうとした。けっ、笑わせるんじゃねえ。そんなすかすか頭で、うちの旦那と張り合おうなんざ、百年早《はえ》えや」

「百年じゃとても足らないでしょうね」

伊佐治は清之介を見上げ、口元だけで笑んだ。それから立ち上がり、膝の汚れを払う。

「言っちまえば、平倉は死体を調べるんじゃなくて、運ぶために来たってわけでやすね」

「ええ。役人なら堂々と運び去れますからね。さらに、犯科人《ぼんかにん》が捕まらぬまま事件をうやむやにもできるかもしれません」

「人一人が殺されたってのに、うやむやでやすか」

ちっと舌を鳴らし、伊佐治は一瞬、宙を睨んだ。

「それで、おめえらは、平倉がしゃしゃり出てくるまでに仏さんを調べたんだろうな」

「もちろんで」

力助と安吉の返事が重なった。

「親分からの言い付け通り、手の甲と耳朶をまずは確かめました。手の甲の方は血だらけで見にくくはありましたが、火傷の痕みたいなの確かにありましたぜ。それに、耳朶も」

力助が自分の耳朶を引っ張り、それを二本の指で切り取るような仕草をする。

「半分ぐれえなかったです」

「そうか……」

伊佐治の口からため息が零れた。殺されたのは春次という男だろう。八卦見の女の想い人だ。こうなると、伊佐治にはわかっていた。老獪《ろうかい》な岡っ引にわからぬはずはないのだ。けれど、わかっていたからといって、現を平静に受け止められるわけではない。清之介が知らないお房という女を、伊佐治は知っている。短い刻《とき》ではあっても、面と向かって言葉を交わしたのだ。女の一途さを目の当たりにして、伊佐治の気性なら憐憫《れんびん》の情を覚えただろう。もう一度、生きている春次と逢わせてやりたい。一縷《いちる》の望みを抱いただろう。それが弾けて消えた。

「はい。済みましたよ。もしかしたら、今夜ぐらいに熱が出るかもしれません。お顔がずい分と腫れてますからね。でも、骨は大丈夫なようだし無茶をしなければ二、三日で腫れは引きますよ。痣《あざ》は当分、残るでしょうが」

おうのが腰を上げる。化粧《けわい》に詳しい女は、薬の扱いや医術の手当てにも秀《ひい》でていた。

「それとね、安吉さん。あたしは遠野屋さんに雇われているんです。残念ながら、誰の女房でもないんですよ。縁があったら、貰ってやってくださいね」

艶やかな女の笑みに、安吉が息を詰めた。無傷の耳が紅色に染まる。

「へ、へい。わ、わかりやした」

律儀な返事に、おうのが噴き出した。

「馬鹿野郎。おめえなんかに、おうのさんの亭主が務まるかよ。けど、その傷じゃ当分、動けねえだろう。力助、安をねぐらまで送ってやんな」

「へい。その後はどうします。常盤町あたりの鍛冶屋を回りますか。それとも、弥勒寺裏の殺しについて調べてみましょうか。見た者がいねえとも限らねえですし」

「いや、いい。探索は一旦、打ち切りだ。源蔵に言って、手下をみんな引き揚げさせてくれ」

「えっ、打ち切りにするんで」

「そうだ。これ以上、深入りするな。ちょいと剣呑過ぎるようだからよ」

適切な指図だ。平倉という役人は、飢えた狼にも似ている。見境なしに牙を剥き、襲い掛かってくる。おそらく、と清之介は考える。

おそらく、人を斬ることに快を覚える手合いなのだ。相当の遣い手なのだろう。道場での強者《つわもの》ではなく、人の肉を斬り裂く腕前の持ち主だ。

伊佐治が手下を退かせるのは、当然の決断だろう。さすがに見誤りがない。

「熱が出るってこったから、できれば安についていてやってくれ。後で『梅屋』から弁当を届けてやるからよ」

「そりゃあ、豪勢だ。おい、安吉、行こう。歩けるか？　何なら肩を貸してやるぜ」

安吉と力助が裏口から出て行く。おうのとまれ吉も母屋《おもや》に戻った。

「じゃあ、親分さん、我らも参りましょう」

伊佐治を促し、裏木戸から路地に出る。そこには既に薄い闇が溜まっていた。

おしばは竈《かまど》の火を熾《おこ》し、鍋を掛けた。

何かしらの味噌汁でも作るつもりだ。さっき、豆腐屋が通ったのに、呼び止めそこなった。見張りがいるかと思うと、外に出るのがますます億劫《おっくう》になる。

米や味噌はまだしも、とうとう菜物がなくなった。醬油も干し魚も底をつきそうだ。買い物に出るか、物売りが来るのを待たねばならない。どちらも面倒だ。かといって、食わずにはいられない。

人が生きるとは面倒事が連なることだと、身に染みる。

面倒だ。面倒だ。かといって死にたいわけではない。面倒なりに生きていくしかない。

台所の上がり框に腰かけ、とうに亡くなった女主人のことを考える。このところ、考えることが多くなった。なぜだろうか。

若くして亡くなった、あの美しくて奇妙な方が生きて今、ここにいたら、何と言うだろう。この現をどう凌ぐだろう。

いや、瑞穂さまなら凌ぐのではなく、とっとと片付けてしまう。手際よく、鮮やかに現を料理してしまう。身をさばいて、骨を断って、食べやすく切り分ける。

「ほら、こうすればいいのよ、おしば」

そんな囁きを耳の底で捉える。けれど、おしばには〝こうすれば〟がわからない。どうすればよろしいのですか、瑞穂さま。

鍋から湯気が上がる。その湯気が揺れ、横に流れた。台所の戸が開いたのだ。

「ごめんください」

柔らかな挨拶の後、商人姿の男が入ってきた。背後から、もう一人。

「おやまあ」

遠野屋さんと親分さんだ、どうしてここに？

木戸の前には見張りがいる。裏手にも一人、立っている。すんなり出入りできるはずがない。

「へへ、地獄の沙汰《さた》も金次第ってね。袖の下を使えば、一刻ばかりは見て見ぬ振りをしてくれるそうですぜ。けど、あれじゃ見張りになりやせんね」

尾上町の親分が笑う。遠野屋の主人も笑んでいた。

袖の下？　ああ、金を摑ませたわけか。そうか、金さえ使えば、たいていのことは思うようになるのか。いやいや、そうじゃない。金ではどうにもならないことが、この世にはたんとある。だから、面倒なのだ。

「おしばさん、森下町に評判の饅頭屋があります。そこで、栗《くり》饅頭を幾つか買ってきました。もし、よければ味見をしてみてください」

栗饅頭は好物だ。熱い茶によく合う。嬉しい。いつ食べようか。

「……どうも」

頭を下げ、包みを受け取る。

「おしばさん」

遠野屋の主人が腰を屈めた。正面からおしばを見据える。もう、笑っていなかった。

「木暮さまにお逢いしたいのです。上がらせていただいて、よろしいですか」

「えっ」と叫んだのは、親分だった。棒のように立ち尽くしている。

何だか、ほっとした。気持ちが僅かばかり楽になる。

「どうぞ、お好きに」

これから茶を淹れて、一人で栗饅頭を食べよう。それから喜助におすそ分けをしよう。あの人は薄目の温い茶が好みなのだ。

口の中に茶の渋みと饅頭の甘さが広がる。幻なのに生々しい。

面倒でも生きていると、こういう良い目にも逢える。

「ありがとうございます」

遠野屋の主人がゆるりと頭を下げた。優雅な仕草だと、おしばは感じた。

庭で鵯《ひよどり》が一声だけ高く鳴いた。

第六章　夜鳥《よどり》

「おしばさんにお逢いしたいのです。こちらのお女中なのですが、ご存じでしょう？」

そう言いながら、遠野屋清之介は木戸門の前に立つ武士の袂に、金包みを滑らせた。四十絡みの武士は袂の重さを量《はか》るかのように、腕を僅かに持ち上げる。

「知っておる。まるで愛想のない婆《ばばあ》であろうが。いつも、仏頂面《ぶっちょうづら》で庭を掃いておる」

「このような事態です。おしばさんも笑う気にはなれますまい。不安ばかりが先立つでしょうから。なので、少しばかり慰めたいのです」

栗饅頭の包みを見せ、遠野屋が微笑む。柔らかな商人の笑みだった。

「そなたは、あの女中と懇意にしておるのか」

「懇意とまではいかないかもしれません。しかし、知り合いは知り合い。一介の商人では事の次第はまるで摑めませんが、おしばさんがあの年で苦労しているだろうとは察せられます。それが何ともお気の毒で。それで、少しばかり話ができれば憂さ晴らしにもなるかと……。お年寄りのことゆえ、どうにも気になります。お武家さま、手前どもの気持ちを汲んでいただき、一刻《いっとき》ほどお見逃しを。何とぞ、お願いいたします」

うーむと武士は唸った。暫《しば》し、思案の素振りを見せはしたが、何の思案もしていないのは明らかだ。

「まあ、よかろう。ただし、さっさと用を済ませろ。愚図愚図していると容赦せんぞ」

「はい。重々、承知しております。まことに、ありがとうございます」

遠野屋が丁寧に頭を下げる。伊佐治も倣った。さっき、尻端折りの裾を下ろし、ざっとだが身形《みなり》を整えた。袂の重みにばかり気がいっている者には、主の供をしている奉公人としか見えないだろう。

「よし、通れ」

武士が身体を横にずらす。木戸を開け、遠野屋と伊佐治は中に入った。いつもと変わらず手入れの行き届いた庭を通り、台所に向かう。

おしばはやはり、そこにいた。上がり框に腰かけ、鍋から上がる湯気を眺めていた。

遠野屋と伊佐治が入ってくると、顔だけ動かして「おやまあ」と言った。ため息のような声だ。何とか聞き取れる。もっとも、おしばはいつも、こんな風だ。めったにしゃべらないし、しゃべってもため息か独り言程度の声しか出さない。それでも、冗談めかして、あれでは見張りにならないと門前の武士を笑ってみたが、おしばはにこりともしなかった。遠野屋が栗饅頭の包みを渡したときの方が、まだ、表情が動いた気がする。

「おしばさん、森下町に評判の饅頭屋があります。そこで、栗饅頭を幾つか買ってきました。もし、よければ味見をしてみてください」

遠野屋があの柔らかな笑みを浮かべ、おしばに包みを差し出したとき、

「……どうも」

と、手を差し出したおしばの口元が、ほんの僅か綻んだのだ。栗饅頭が好物なのかもしれない。が、それにしてもと、伊佐治は薄暗い台所に眼差しをさまよわせた。

火を扱う場なのに、何とも寒いじゃねえか。

格子窓から差し込んでくる光が湯気を照らし、白く煌めかせている。よく片付いてはいるが、その片付き方がかえって寒々しさを感じさせた。

人の気配がほとんどしない。人がいないのだから気配がしなくて当たり前なのだが、では、人がいればこの寒々しさが薄れるのかと問われれば、返答できない。どれほど湯気が上がっても、強い日差しが届いていても、竈の火が勢いよく燃え上がっていても、やはり寒い場所だと思ってしまう。これまで、長い年月をここで生きてきた老女は、上がり框に腰かけて何を思案していたのだろう。いや、それよりも……。

遠野屋さんは、何を考えてんだ。

伺って、何の当てがあるわけでもありませんが、今の様子だけでも見ておきたいのです。

遠野屋清之介はそう告げた。では、お供しますよと伊佐治は答えた。手下を使って探索するのも、自分であちらこちらを嗅ぎ回るのも、一旦、思い切らねばならない。信次郎という後ろ盾がない今、伊佐治一人の裁量ではどうにもならないのだ。どちらに向かっても壁に突き当たる。まさに八方塞がりだった。だから、様子を見に行くという遠野屋に従った。他に為すべき何も浮かばなかったからだ。

けど、遠野屋さんは違うのか。

様子を見るため、おしばを労わるためなら、用事はほぼ終わったことになる。結局、何も摑めぬまま、すごすごと引き下がるしかない。が、そんな気配は遠野屋からは感じられなかった。笑みを消した横顔が引き締まる。

「おしばさん」

遠野屋の呼び掛けに、おしばが顔を上げた。返事はしない。

「木暮さまにお逢いしたいのです。上がらせていただいて、よろしいですか」

「えっ」。自分の叫んだ声がやけに遠くでこだまする。

え？　え？　何だって？　遠野屋さん、今、何と言った。

おしばの目元が僅かばかり緩んだと、見える。目の迷いかもしれない。

「どうぞ、お好きに」

伊佐治は今度は自分の耳を疑った。

どうぞ、お好きに。それって、好きにしろってことか。おしばさん、遠野屋さんの言ったことがわかってるのか。わかった上で、どうぞ、お好きにって……。

「ありがとうございます」

遠野屋が頭を下げ、草履を脱ぐ。板間に上がる。おしばはその動きを追うことすらしない。膝の上に饅頭の包みを置いて、そこだけを見ている。

ピーッ。

鵯《ひよどり》が鳴いた。甲高い声が突き刺さってくる。

それで我に返り、伊佐治も板間に駆け上がった。遠野屋のように履物を揃える余裕はない。草履が裏を出して転がったが、そのままだ。

「遠野屋さん、ちょっ、ちょっと待ってくだせえ」

我知らず、遠野屋の袂を握っていた。

「どういうことなんでやす？　旦那は、お屋敷内にいるってこってすか。どうして、そう言い切れるんで。遠野屋さん、あっしにもわかるように話をしてくだせえ」

雨戸は閉じられていたが、わざとなのか雑なのか幾つもの隙間ができていて、日の光が廊下の闇を斜めに過《よぎ》っている。

遠野屋は立ち止まり、伊佐治に顔を向けた。

「どうして、今まで思い及ばなかったのでしょうね、親分さん」

「え……」

「ここなら隠れ家として最も適していると、なぜ、思いつかなかったのかと、今更ですが歯噛《はが》みする思いです」

「え？　え、けど、ここは役人が調べたじゃねえですか。旦那は逃げ出して、蛻《もぬけ》の殻《から》だったんでやすよ。それからずっと見張りが張り付いていたはずで……つまり、旦那が舞い戻れるわけがねえんです。さっきみたいに袖の下を渡して『よし、通れ』なんてわけには、さすがにいきやせんよ」

「舞い戻るのではなく、端からどこにも行かなかったとしたら、どうです」

「へ？　そりゃあどういう意味でやす」

「木暮さまが、ずっとここにおられたとしたら、という意味です」

息を深く吸い込んでいた。あまり深く吸い込み過ぎて、喉に閊《つか》えた。一瞬、息が通らなくなり、すぐに咳き込んでしまった。ごほごほと、食べ物を喉に詰まらせた子どものような咳《せき》が続く。それを恥じる気持ちより驚愕の方が遥かに勝った。

手拭いで口を押さえ、辛うじて声を出す。

「旦那が、ずっと、ここに……」

「先刻のまれ吉の手妻《てづま》です。空の箱から兎が出てきました」

「あ、へえ。確かに。けど、それが」

口をつぐむ。今度は自分の言葉が喉に引っ掛かった気がした。

遠野屋が頷く。

「あれは絡繰り箱でした。空に見えても空ではなく、箱の中に兎はちゃんといたのです。手妻が始まる前から、いたのですよ」

伊佐治の目路《めじ》の端を白い塊が跳ねた。二本の耳を揺らし、どこかに走っていく。

幻影だ。むろん、ただの幻だ。

「ここは木暮さまのお屋敷です。一時なら、隠れ通せる場所を作るのは難しくないでしょう」

「……普通の者は隠れ場所なんざ作ろうとは思わねえでしょうがねえ。けど、うちの旦那なら、やりかねません。許されるなら、それこそ絡繰り箱みてえな住処《すみか》にしたかったんじゃねえですか」

冗談、いや、皮肉が言えた。乱された心が思いの外早く、平静を取り戻している。

当たり前だ。伊達《だて》に年を食ってんじゃねえんだからよ。

信次郎にしても遠野屋にしても、倅ほどの年だ。生きてきた年月が違う。それは頭の鋭さより、抜きんでた才智より、ずっと頼りになることがあるのだ。

伊佐治は自分で自分を鼓舞し、胸を張った。

「つまり、何ですか。旦那は役人が押し入ってくる前も、引き揚げた後もずっとこの屋敷にいたと、仰ってるんでやすね」

「そうです。屋敷内に捜し人《びと》はいない。一旦、信じ込んでしまえばもう一度、同じ場所を捜そうとは、あまり思わないでしょう。それより、出入り口に見張りを置いて外から入ってくる者を確かめようとする。目は外にばかり向いて、内側には向けられようとしなかった。向ける用はないと誰もが思っていたのです。とすれば、これほど安泰な場所はないではありませんか。しかも、蟄居《ちっきょ》閉門に倣ってか雨戸は閉め切ってある。内から外は窺えないが、その逆も然《しか》りです」

外から内は窺えない。

「旦那は、そこまで計算してたってこってすか」

「間違いないと思いますが。ご本人にお尋ねするのが一番、確かでしょう」

伊佐治は唾を呑み込み、身を縮めた。

現の様相に怯《ひる》んだのではない。横を向いた遠野屋の眼つきが刹那、研ぎ澄まされた刃にも似て鋭く光ったからだ。見間違いではあるまい。薄闇に惑わされるような光ではなかった。

この男は稀にこういう眼つきをする。本当に稀だ。思いがけなく長い付き合いになったが、伊佐治はまだ数える程しか知らない。知るたびに、身が縮む。

信次郎はいつも氷刃《ひょうじん》だ。その冷たさが、その切れ味が変わることはない。けれど、遠野屋は常に穏やかで、温かく、柔らかい。この前のように、伊佐治の危地には必ず手を差し伸べてくれる。下心も損得勘定もない。見返りも望まない。心底からの助けだ。他人を救い、家族を守り、商いを育てる。刃などではなく地に根を張り枝葉を広げる大樹のようではないか。

ずるりと剝ける気がする。

大樹を思わせる男の姿がずるりと剝けて、青白い刃が現れる。今までとは異なる形が現れる。この眼に触れると、そんな心持ちを味わってしまう。

「遠野屋さん」

もう一度唾を呑み込み、問うてみる。

「遠野屋さんは腹を立てていらっしゃるんでやすか」

遠野屋が瞬きした。

それで、刃の光が消える。

「腹を立てている？　わたしが木暮さまにですか？」

「さいです」

斬り裂きたいほどに、腹を立てちゃあいやせんか。

「そうですね……、はてどうでしょうか。憤るよりむしろ、喜んでおるのかもしれません。やっとお目にかかれるか、と」

斜光が遠野屋の顔を照らしている。口元に、あの柔らかな笑みが浮かんでいた。

「お尋ねしたいことが山ほどあります。それは、親分さんも一緒でしょう」

言葉通り、遠野屋の口調は弾んでいた。明日に楽しい約束をもらった子どものようだ。

そうだ、遠野屋さんは怒ってなどいねえ。それなら、あの眼は何だってんだ。喜んでいる者の眼とは、あまりにかけ離れているじゃねえか。

「……でやすね」

伊佐治は曖昧《あいまい》な笑みを返した。笑みながら、やはりと思う。

やはり、このお方も得体《えたい》が知れねえ。旦那の方がまだ……。いや、同じか。

遠野屋が前に進む。一歩遅れて、伊佐治は従った。

「木暮さま」

信次郎の居室の前で遠野屋は膝をついた。

「中におられましょうか。戸を開けて構いませんか」

障子の向こうが明るくなる。行灯《あんどん》が点《つ》いたのだ。それが返事だった。

「失礼いたします」

遠野屋の指が、腰付《こしつき》障子を横に引いた。

伊佐治は立ったままだ。跪《ひざまず》いたりするものかと、奥歯を噛み締める。

行灯の光が部屋の一隅を明るませていた。その明かりの中に座り、

「遅かったな」

と、信次郎が言った。

「そんなにお待たせいたしましたか」

と、遠野屋が応じる。

「待ちくたびれた。退屈で死にそうだったぜ」

遠野屋を押しのけるようにして、座敷の中に踏み込んでいた。ようにしてではなく、本当に押したかもしれない。遠野屋が小さく「親分さん」と呼んだのが聞こえた。

「そのまま死んじまえばよかったじゃねえですか」

腰を下ろすと伊佐治は、淡い臙脂色に染まった主の顔を睨み付けた。遠野屋が中に入り、音もなく障子を閉める。

「退屈で死ねるなら、結構じゃありやせんか。痛くも痒《かゆ》くもねえでしょうが。へっ、お江戸広しといえど、そんな死に方ができるのは旦那ぐれえのもんですよ。めでてえ話だ。尾頭《おかしら》付きの祝い膳ぐれえ梅屋で調《ととの》えやすぜ」

「そんなに、かっかするなよ、親分」

信次郎が肩を竦めた。伊佐治の怒りなど、そよ風程度にも感じていないのだろう。いつものことだ。どれほど怒ろうと、悔しがろうと、突っかかろうと、信次郎には何程も応えはしない。そう、いつものことで……。

不意に身体から力が抜け、前のめりに倒れそうになった。

いつものように、目の前に信次郎がいて、何を言っても涼しい顔で受け流してしまう。やっと、いつもと同じになった。いつものようにが、戻ってきた。安堵に骨が溶け、肉が溶け、肌が溶け、自分の全てがゆるゆると流れ出しそうな気がする。

「おれにも事情ってものがあってな。事細かく報せるのは、ちょいと無理だったんだ」

「事細かくどころか、ただの一言も報せてもらってねえですよ。ただの一言も、ね。おかげで、酷《ひで》え目に遭いやした。大番屋まで引っ張っていかれて殴られるわ、蹴られるわでやすよ。正直、ここで殺されるかもしれねえと覚悟しやした。その間、旦那は退屈してたんですかい。へえ、いい御身分じゃねえですか。羨《うらや》ましいこった」

かなり大仰に、そして皮肉をまぶして言い募る。実際は平倉に蹴り上げられただけだ。殴られてもいないし、殺されると感じたわけでもない。しかし、これくらいの上乗せは赦《ゆる》されるだろう。屋敷内にいながら行方知れずの振りをする。周りを振り回し、右往左往させる。そんな所業に比べれば、可愛いものだ。

「その事情とやらをお聞かせ願えましょうか」

背後で遠野屋が乞うた。

振り返ると、明かりの外に坐《ざ》して、黒い影になっている。

「ふふん、他人にものを乞う口調じゃねえな、遠野屋」

「畏れながら、木暮さまには手前どもに、少なくとも親分さんには全てを詳《つまび》らかにする責があると思うております。木暮さまが行方を晦ませたことで、親分さんは大番屋で取り調べを受ける羽目に陥りました。その間、おふじさんたちがどれほど辛かったか、どれほど心を痛めたか、お考えになりましたか。木暮さまは、親分さんや梅屋のみなさんにかけた苦労を償わねばなりません」

遠野屋は淡々と語りつつ、激しく責めていた。それでも、やはりそこに憤怒《ふんぬ》は感じられなかった。憤怒とか悲嘆とか揺れ動く情ではなく、冷やかに平静に衝《つ》くべきところを衝き、刺すべきところを刺す。衝いた穴から、刺した傷から何が零れ出るのか見定めようとする、そんな気配を伊佐治は感じた。だから、口をつぐんだ。自分の、まっとうな上にもまっとうな怒りや安堵がちゃちな玩具《おもちゃ》のように思えたのだ。

同時に、危うさも覚えた。

遠野屋さんは旦那を煽っていなさるのか。

腹を立てている振りをして、理屈で詰めて、さあ謝れと迫ってみて、旦那の出方を探るつもりなのか。それが、うちの旦那に通用すると考えているのか。

だとしたら、甘過ぎる。

「そうだな、そこんとこは申し訳なかった。おふじたちには、また改めて詫びを伝えなきゃなんねえな。近いうちに頭を下げに寄らしてもらうぜ」

伊佐治はもう一度、奥歯を噛み締めた。

信次郎の素直な台詞に鳥肌が立つ。座ったまま三寸ほど後退《あとずさ》りしていた。

「おれだって親分の身を案じてはいたんだぜ。親分に累《るい》が及ぶぐれえは、さすがに考え及ぶからよ。けど、さほどのことはなかろうと踏んでもいた。何しろ、親分には遠野屋の旦那が付いてるじゃねえか。遠野屋の旦那なら、まあ、上手いことやってくれるはずだからな」

「上手いこと？」

遠野屋が身動《みじろ》ぎした。

「上手いこととは、どういう意味です。木暮さまは、親分さんを大番屋から放免できる力がわたしにあるとでも思っておられたのですか」

「思うも何も、現にあったじゃねえか。だから、親分はほとんど無傷でここにいるってわけだ。そうだろ、親分。遠野屋のおかげで、あっさり娑婆《しゃば》に戻れたよな」

「確かに遠野屋さんのおかげでやす。けど、あっさり放免されたわけじゃありやせん。わけがわからないまま引っ張られて、痛い目にも遭いやしたしね。ええ、まったく、遠野屋さんのご尽力がなかったら、どうなっていたか。想像しただけで寒気がしまさぁ」

嘘でなく背中が寒い。しかし、それは大番屋での成り行きを思い出したからではない。いつにない遠野屋の冷えた気配と、それを捉《とら》えていないはずもないのに平然と笑っている信次郎の姿に、寒気がするのだ。

「痛い目に遭ったのか？　そりゃあ、おれの見込み違いだったな。南雲の親仁《おやじ》が関わってくるだろうから手荒い真似はしねえと踏んだんだが」

「南雲さまは何もしやしませんでした。旦那の雲隠れの理由がわからないと、心底から心配しておられやしたがね。南雲さまの他にもう一人平倉って餓狼《がろう》みてえに、やたら牙を剝く野郎がいやがったんでやす。そいつに強《したた》かにやられやした」

平倉とは誰だと信次郎は問うてこなかった。

知っているのか？

「木暮さま」

遠野屋が膝を前に進める。明かりの内側に入ってくる。

「なぜです。なぜ、わたしが親分さんの助力になると信じられたのです」

灯心がじじっと音を立てた。上質な油の香りが漂う。

「そりゃあ、遠野屋ほどの大店だ。相当の金子を摑ませてでも親分を取り戻してくれる。たいていの者はそう信じるんじゃないのか。信じて頼りにもしたくなるさ」

「戯言《ざれごと》はお止めください」

「戯言？　ふーん、おれが戯言を言っていると？」

「そうではありませんか。此度《こたび》の件が金で片付くようなものではないと、木暮さまが一番よくわかっておいでてでしょう。お奉行所が動いております。木暮さまは御同心、いわば身内です。その身内の屋敷に捕り方が踏み込む。親分さんまで大番屋に引っ立てる。尋常ではありません。金で片付くほど手軽な一件だとは思えませんが」

信次郎がそれとわかるほど顔を顰めた。わざとらしい渋面だ。

「いつの間にか、ずい分と思い上がったもんだな、遠野屋」

渋面から薄笑いに変わった顔に、行灯の明かりが陰影を刻む。

「金で片付けることを手軽だと言い切っちまう。それは、大店の主人の思い上がりってもんだろう。巷じゃあな、一朱《しゅ》、一分《ぶ》を手に入れるために血を流して争うやつも、蕎麦と同じ値で身体を売る女もいるんだぜ」

遠野屋が顎を引く。口元が引き結ばれた。

「この世のごたごたや憂いは、大半が金で片が付く。それは、金が因《もと》のごたごたや憂いが大半だってことでもある。だろ?」

「それが、此度の件にも当てはまるのですか」

遠野屋がさらに、にじり寄った。

「この一件も金が因だと仰いますか」

「そうだ」

あっさりと告げられる。伊佐治は遠野屋の横顔に目をやったが、遠野屋は端座したまま、ほとんど動かなかった。口から微かな息が漏れただけだ。

「確かに些か言葉が足りませんでした。金の値打ちを軽んじたつもりは毛頭なかったのです。木暮さまの仰る通り、金が引き起こす災厄も金で晴れる憂いも多くあるとわかっているつもりでしたが。ただ、わたしは、もしやと思うたのです」

遠野屋の口調が意外なほど明るい。なのに、伊佐治は少しばかり身構えてしまった。

「もしや、木暮さまはわたしに、金子とは別の何かを望まれたのではないかと」

今度は信次郎が顎を引き、目を細めた。

「手前どもが中村備前守さまの許に出入りしている。そのことをご存じだったのではありませんか。備前守さまは先の北町奉行を務められました。その伝手《つて》を頼れと、木暮さまから暗に命じられた気がしたのですが、違いましょうか」

あははと、信次郎が笑った。これも不気味に明るい。

「違う、違う。おれは遠野屋のご主人にどんなことにしろ、何かを言い付けられるほど偉かぁねえよ。そこまで自惚《うぬぼ》れてねえさ。変な風に勘繰《かんぐ》ってくれるな」

「勘繰り、ですか」

「勘繰り、勘繰り。謂《いわ》れない邪推ってやつだ」

「けれど、遠野屋と中村家との関わり合いはご存じだったのでしょう」

ややあって、信次郎が肩を竦めた。

「まあな。いつだったか、あの信三とかいう番頭をちょいと突《つつ》いたことがある。えらく神妙な面持ちで、蒔絵《まきえ》の箱を運んでたもんだから、中身を尋ねたら、さる旗本の娘の婚礼道具だと言うじゃねえか。その箱に白川鷹《しらかわたか》の羽《は》の紋が入っていた。あれは中村家の紋だろう。それで、なるほど遠野屋ぐれえの格になると、旗本だの大名だのとの取引も数多《あまた》あるのかと感心した。そういう次第さ」

「数多あるわけではございませんが」

「謙遜《けんそん》など無用、無用。信三のやつは、えらく得意げな顔つきになっていたぜ。あちこちの大身《たいしん》と付き合いがあるのだと言わんばかりの、な。鼻に付くっちゃあ鼻に付く面相だったな」

「何言ってやすか」

長いため息を吐く。わざとではない。つい、零していた。

「そのとき、あっしも傍にいやしたがね、番頭さん、鼻に付く顔つきも眼つきもしちゃあいやせんでしたよ。むしろ、旦那が忙しい番頭さんを捕まえて、あれこれ、どうでもいいようなことを尋ねて邪魔をしていたんじゃねえですかい」

遠野屋が伊佐治から信次郎に目を移す。

「木暮さまが信三に？　それは何をお尋ねになったのです」

「何って、別にどうでもいいようなことさ。今になっちゃあ、忘れてしまうぐらいの戯言じゃなかったか。うん、何にも思い出せねえな。どういう経緯か、その折に、おれはずい分と退屈してたんだろうなあ。それで、退屈凌ぎにちょいと遠野屋に寄ってみた。そしたら、番頭がさも忙しげに動き回っているじゃねえか。だもんで、つい、からかってやりたくなったって、それだけのことじゃねえのか」

「退屈して、他意もなく信三をからかった？　木暮さまがですか？」

遠野屋がはっきりと眉を顰《ひそ》めた。忌み物を眺めるような眼になる。

「遠野屋の番頭はやり手のようで抜けてるところもあるからな。すぐに本気になるし、すぐにおたおたする。ふふっ、からかう相手としちゃあなかなかにおもしれえじゃねえか」

「木暮さまが信三をからかうのは今に始まったことではありません。けれど、必ず意図がございました。退屈凌ぎとか暇潰しのためになど、信三を相手にしたことは一度もございませんでしょう。信三は木暮さまを恐れております。お姿を見るだけで、気持ちが縮み上がってしまうのだと本人が言うておりました。そういう者を、萎縮して手向かいできぬ者を木暮さまがおもしろがるとは、とうてい考えられません。からかうならからかうだけの理由があったはずです。少なくとも、これまではそうでした」

ああ、そうだと伊佐治は頷きそうになった。

嫌いなのではなく、怖いのです。

信次郎について信三がそう呟いたことがあるのだ。その呟きを伊佐治も確かに耳にした。

「はい、あの親分さんの前で言うことでもないのですが……」

「構やしませんよ。うちの旦那を怖がってるのは番頭さんだけじゃありやせん」

「あの、わたしが小心なだけかもしれませんが、木暮さまは恐ろしゅうございます。ちらりと見られただけで、何もかも見透かされる気がいたしまして……。いえ、見透かされては拙《まず》いことなど何一つないはずなのに、どうしてだか震えが来ます」

それが何の折なのか忘れたが、その場におみつもいて、身を縮めた信三の背を思いっきり叩いたのは、よく覚えている。決して小柄ではない男がのめるほど強い力だった。

「何言ってんだよ。木暮さまは性根の悪さが眼つきに出ているだけじゃないか。遠野屋の番頭ともあろう者が、眼つきが悪いだけのお役人に尻込みしててどうすんのさ」

おみつの毒舌と威勢の良さに、こらえきれず笑い出してしまった。遠野屋の主人は女中頭の過言《かごん》を窘めようとはしたが、伊佐治が声を上げて笑っていては苦笑を浮かべるしかなく、当のおみつは遠慮もなく、からからと朗笑していた。信三だけが背を叩かれた痛みのせいなのか、怯えのせいなのか硬い表情のままだった。

ああ、そうだ。番頭さんはうちの旦那を怖がっていた。蛇の前に飛び出したちっこい蛙みたいに縮み上がっていた。遠野屋さんの言う通りだ。旦那がそういう者をからかって喜ぶわけがない。だとしたら意図が、理由がある。

伊佐治は身を乗り出し、主を見据えた。

「旦那、あのとき、番頭さんを呼び止めて、どれくれえの値がするんだとか、他にはどんな道具を揃えているんだとか、それから……それから、道具全部でどれくれえの金が動くんだとか、根掘り葉掘り尋ねてやしたね」

「おいおい、親分。どっちの味方だよ。遠野屋と二人して取り調べでもするつもりか」

「調べていいなら調べさせてもらいやすよ。旦那、もう一ぺん、言わせてもらいやすがね、この数日、あっしたちがどれくれえ苦労したと思いやす？　大番屋に引っ張られたとかそんな話じゃねえ、気持ちでやすよ。旦那が雲隠れしちまって生き死にさえわからねえ。死んだなんて髪の毛の先っぽほども思いやせんでしたがね。それでも、先が見えなくて、気持ちがどうにも落ち着かなくて……ええそうでやすよ。身体より気持ちの方がずい分と痛めつけられやした。そこんとこ、少しは考えてくれてもいいんじゃねえですかい」

信次郎を詰《なじ》るつもりはなかったが、しゃべっているうちにとことん詰りたいような心持ちになってきた。言葉に心が煽られるのだ。

「さんざっぱら、いらぬ苦労をかけられて、かけた当人に素知らぬ顔なんざされたままだなんて、どうにも気持ちが収まりやせんや。ですからね、もう隠し事はなしにしてくだせえ。洗いざらい打ち明けろとまでは言いやせん。けど、この上、あっしたちを振り回したり、誤魔化したりはお終《しま》いにして、話せることは話してくだせえよ、旦那」

詰るより組るに近い口調になっていた。そこが情けない。だけど、もういい。情けなかろうがみっともなかろうが、拘《こだわ》っていられない。ともかく、伝えるべきことを伝え、これから為すべきことの指図を受ける。その心構えはできているのだ。

どう動けばいいんでやすか、旦那。

行灯の炎が揺れる。どこからか、風が入っているのか。

「ちょいと気になっただけさ」

信次郎は姿勢も口調も変わらぬまま、言った。

「おれは道具の目利きじゃねえ。けどよ、あの箱が相当な代物《しろもの》だってことぐれえはわかる。裏を返せば、素人《しろうと》目にも値打ちが測れるほどの品だった。あれは、田の子屋って蒔絵師の作か？」

いいえと遠野屋がかぶりを振った。

「違います。婚礼道具は納期がきっちりと決められております。大安吉日に必ず納めねばなりません。田の子屋さんだとそこが危ういのです。なので、他の職人に任せましたが、田の子屋さんに引けは取らない出来となりました。木暮さまのお目は確かでございますよ」

「なるほど。では、遠野屋としては相当な値を付けられる品々ってこったな」

「そうです。さすがに田の子屋さんと同等というわけにはまいりませんが、それなりの値は付けさせていただきました」

「道具全部、ひっくるめてどれくれえの額になった？」

「それは申し上げられません。相手のある話ですので」

「道具の内に、むろん遠野紅は入っているな」

「はい。何より先にそれを求められました」

「おかしいと思わなかったのか」

信次郎が遠野屋の眼差しを受け止め、僅かに膝を崩した。それだけで、どことなく気《け》怠《だる》い気配が漂い始める。

「遠野屋で道具全てを揃えるとなると、まして遠野紅を入れての用意となると七百、八百じゃとてもきくめえ。そこに、やれ打掛《うちかけ》だの小袖だの何だかんだと詰め込めば、どれくれえの支度金になるんだ。中村の家で賄える額じゃねえだろうが。そこのところを遠野屋の旦那は、おかしいと思わなかったのかい」

遠野屋より先に、伊佐治は口を開いた。

「元お奉行さまのお家ですぜ。姫さまの輿入《こしい》れとなると無理をしてでも揃える物は揃えるってのが、お武家さまのやり方じゃねえですかい」

風呂敷包み一つで嫁入りする町方の娘ならいざ知らず、武家の婚姻とはあくまで家と家の結び付きだ。家格《かかく》の釣り合いがとれなければ、成り立たない。そして、花嫁は家を背負い、家を後ろ盾として輿入れしていく。少しでも豪奢《ごうしゃ》な道具を揃えるのは親心というより家格を誇り、示すための手段だった。

「中村の殿さまが、多少の無理をするのは当たり前《めえ》じゃねえですかい。家の面目がかかってやすからね」

「多少の無理ならできるだろうさ。けど、多少の域を超えてたらどうすんだ。中村備前守が奉行職を務めたのは三年足らずだ。その後は無役《むやく》だろう。つまり役料は入ってこねえ。内情はかなり苦しいのじゃねえか。まあ、大半の旗本の懐は逼迫《ひっぱく》して、どうにもならねえ有り様なんだろうがな。だからこそ、豪華な道具が気になった、それだけさ。あー、もしかして、遠野屋の旦那が金を貸してるのか」

遠野屋が背筋を伸ばし、息を整えた。

「おや、的を射たか？　ほんとうに貸してるのか」

「お貸ししております。ご婚礼の話が出てすぐのころですが、御用人の板垣さまより道具の代金も含めて、借り入れの申し込みがございました」

「幾らだ」

「それも申し上げられません」

ふんと信次郎が鼻を鳴らす。唇が僅かにめくれ、薄い笑いが現れる。

ああ、旦那だ。

と、伊佐治は胸を撫で下ろしたい心持ちになる。間違いなく、木暮信次郎だ。これまで、どうにも好きになれなかった冷ややかな笑み顔が、妙に懐かしい。

「ずい分と慎重なこったな。その慎重な遠野屋の旦那が、かなりの金子を用立てた。とすれば、利平《りびょう》も含めきっちり返ってくると見込んでのこったな」

「店の金を動かします。見込みがなければ、とうてい受け入れられません」

「動かしていいと決めたのは、なぜだ」

「板垣さまが返済の目論見《もくろみ》をお示しくださいました。それは念書としていただいております」

信次郎が僅かに顔を上向けた。

「その目論見の中身、おぬしからしても納得できるものだったのか」

「その通りです。非の打ち所がないとまでは申しませんが、よく練られた目論見書でした。これならば、貸し倒れはまずないと判じました。貸し付けをしても遠野屋が損を被る見込みは低い、と読んだのです」

「なるほどな。で、読みは当たったかい」

「今のところは」

「つまり、返済は滞ることなく続けられているわけだ」

「はい。日限《ひぎり》に遅れたことは一度もありません」

ふーんと信次郎が気のない声を出す。そういう声を出しただけで、本当に気がないとは言い切れない。主が、見えているものと目の届かないところ、心の外と内がまるで異なる男であるとは、心得ている。その表情から、物言いから、仕草から、心内《しんない》を窺おうとして何度もしくじっているのだ。

「板垣って用人は、なかなかの能士らしいな。借り入れをしなければ、娘の婚礼支度も難しいほどの中村家の台所を、曲がりなりにも立て直したんだからよ」

「ご聡明《そうめい》な方です。現との付き合い方をよくご存じでいらっしゃる」

「現との付き合い方を、か。つまり武士だ、武家だと、余計な面目に拘って身動き取れなくなる、そんな無様な真似はしない御仁なんだな」

「旦那」

堪らず口を挟む。

「板垣さまがどんな方でもいいじゃねえですか。それとも、板垣さまのお人柄やお頭《つむ》の良さが、旦那の雲隠れと関わりあるってんですか」

板垣という用人は伊佐治の恩人でもある。逢ったことはおろか、遠目に姿を見たことすらない。が、遠野屋を通して、伊佐治を救ってくれたのは事実だ。あのまま、大番屋で殺されていたとは、さすがに考えられないが、平倉の所業を思えば手酷《てひど》い折檻《せっかん》を受けていた見込みは、十分過ぎるほどある。そういう窮地から逃してくれた相手なのだ。

「板垣さまには恩がありやす。遠野屋さんが働きかけてくれたおかげでやすが、力添えをいただいたからこそ無事、放免されやした。あっしの恩なんざお武家さまにとっちゃあ、どれほどのものにもなりやせんが、ありがてえって気持ちは忘れたくねえんで」

ぼそぼそと告げる。

思いがけず、信次郎が深く首肯した。

「うんうん、恩義を感じるのはわかる。親分らしく義理堅《がて》え話だ。ついでと言っちゃあなんだが、続きを聞かせてもらおうか」

「続きって言いやすと？」

「遠野屋のご主人と中村家の用人の尽力で、親分は無事に梅屋に戻ってこられた。その後の話さ。なんせ、このところ屋敷から一歩も出てねえんで、すっかり世間に疎くなっちまってな。何があったか、起こったか詳しく教えてくんな」

伊佐治と遠野屋は顔を見合わせていた。臙脂《えんじ》色の明かりに照らされて、遠野屋も面《おもて》に陰影を深く彫り付けている。影が濃過ぎて表情が読み取れない。

いや、尋ねたいのはこっちだと、怒鳴りそうになった。

何をしていたのだ。何を考えているのだ。この顚末《てんまつ》はどういうことなのだ。平倉とか春次とか、小名木川に浮かんだ男とか、どう絡んでくるのだ。どこまで絡んでいるのだ。

「ちゃんと、あっしたちにわかるように解き明かしてもらいやすぜ。ここまで、他人を振り回しておいて、知らぬ顔なんざできやせんよ、旦那。

啖呵《たんか》を切りたくもある。けれど、伊佐治は唾を呑み込んだだけで黙っていた。代わりのように、遠野屋が口を開く。

「源庵の手の者が参りました」

信次郎の顔の上で影が揺れる。それが、炎の揺らぎなのか、刹那の情動なのか見切れない。

「男か？　女か？」

「男です。まれ吉と名乗りましたが、この者が手妻を使います。そして、木暮さまがお屋敷にいらっしゃると気付く、手掛かりをくれました」

絡繰り箱について遠野屋が話す。いつもより、口調が心持ち柔らかいのではないかと、伊佐治は感じる。信次郎はときに相槌を打ち、ときに耳を澄ますように首を傾け聞き入っている。親しい者同士が世間話を交わしていると、見えなくもない。

「ふーん。それで、おぬしはその男をどうするつもりだ。飼うのか」

「どう使えるのか、使えぬのか、暫く手許で見定めたいとは思っております」

「なるほど、そりゃそうだ。品も人も使い方を試してみねえと、生かし切れねえよな。

「では、おれが一つ、試しの案を出してやろう」

「まれ吉を試すと?」

「そうさ、どれくれえ使えるか。いや、その前に、本心から遠野屋の旦那に仕えるつもりなのかどうか試してみなきゃなるめえよ。その男が命を狙ってくるって見込みもなきにしも非《あら》ずだろうが。まあ、おぬしが誰にせよ易々と殺られるとは思えんが、そういう手合いにうろちょろされると鬱陶しいのは事実だろうよ」

遠野屋が身動ぎした。伊佐治はその横顔と主を交互に見やる。

「どうせよと仰せでしょうか」

「平倉を見張らせな」

声を上げたのは、伊佐治だった。片膝どころか両膝をついて、腰を浮かせていた。

「旦那、平倉をご存じなんで」

やっぱり、知っていたのか。驚きと共にどこか納得してしまう気持ちが、歯痒い。

やっぱり、知っていた。どうやって、知ったのだ。

「直にご尊顔を拝したこたぁねえよ。大番屋で親分をどんな風に痛めつけたかも知らねえ。為人《ひととなり》も身上《しんじょう》も知らねえな」

「では、何を知っておられます」

遠野屋が、こちらは端座を崩さぬまま、眼差しだけを信次郎に向ける。

「知っていることか？　そうさなあ、人を斬るのが好きだってことぐれえか。あー、好きというより、自分が人を斬り殺せることが愉快でたまらねえと、そういう手合いだろうかな」

　信次郎が遠野屋の眼差しを受け止める。

「ちょいと嗤えるだろう、遠野屋」

「嗤えるような話ではありませぬが」

「そうかい。おぬしからすりゃあ、道理のわからねえガキがおもしろがって白刃を振り回しているみてえなもんだろう。嗤いたくならねえかい」

「そんな場合じゃありやせんよ」

　伊佐治は思いっ切りの力で畳を叩いた。そういう仕草で、二人のやりとりに割って入る。苛立ちも腹立ちも同等に覚えていた。

「嗤って済ませられるわけがねえでしょう。春次がどんな死に方をしたか、旦那はそこまで知ってんでやすか。ガキが面白半分に遊んでるなら、殴り付けてでも懲らしめればいい。けど、あいつはそうはいきやせんよ。いいですか、人を斬るのが楽しくてならねえ、そういう輩が、旦那の代わりに本所深川を我が物顔で歩いてんですぜ。それで、いいんでやすか。放っておいて、構わねえんでやすか。え？　旦那、どうなんです。あっしはお武家が偉いとも、勝ってるとも思やしねえが、武家には武家の生き方ってのがあるんじゃねえですかい。旦那も武家の端くれ。それなりの矜持も一分《いちぶん》もあるでしょうが」

「いや、そんなものはねえ」

あまりにあっさりと否まれたものだから、口を閉じることさえ忘れていた。

「矜持とか一分とか、差料《さしりょう》と一緒で、何の役にも立たねえさ」

「はあ……」

口を閉じ、唇を結ぶ。

そうだ、無駄なことをした。己を嘲りたくなる。

へっ、うちの旦那相手に武家の生き方を問うなんざ、大無駄なことだったな。

「春次ってのは誰だ？　五間堀の近くで殺されてた男のことか」

眉が吊り上がる。驚いた顔を主の前に晒すのも癪《しやく》に障るが、無表情を決め込む余裕がなかった。吊り上がった眉を戻し、奥歯を嚙み締めるのが精一杯だった。

「そこまで、知ってるわけでやすか。たいしたもんだ。とうてい、お屋敷内に隠れ潜んでいたお方とは思えやせんねえ。旦那には、いつもいつも驚かされやすよ」

それでも、物言いに皮肉を混ぜ込んでみる。

「まあな、いろいろ手はあるってものさ。ただ、おれの手では、五間堀の近くで男が殺されていた。そこまでしか、わからねえ。その仏さんは春次っていう名なのかい」

「さいでやすよ」

「小名木川に浮かんだ方はどうなんだ。身許がわかったかい」

「わかりやせんよ」

もう、驚かない。驚いてなどやるものか。もう一度、奥歯を嚙み締める。

「調べる間もなく、平倉がかっさらって行きやしたからね」

「だな。親分に調べる間はなかった。しかし、それは五間堀でも同じだろうが。なのに、なぜ、こっちだけ名がわかったんだ」

「知りたいですかね」

「そりゃあ、知りてえよ。それこそ手妻みてえじゃねえか。どういう裏があるんだ」

ここで焦《じ》らせられるのなら、とことん焦らせてやりたいとも思う。けれど、そんな抗いをしていては、刻が惜しい。あの門番とは一刻の取引しかしていないのだ。いや、それが理由ではない。伊佐治はしゃべりたいのだ。自分が知り得たこと、手に入れた報せを包み隠さず、信次郎に告げたい。告げた事実の切れ端を合わせ、何が創《つく》られるのか見たい、聞きたい。

ちくしょうと腹の底で呻いていた。

端から勝負にならねえや。

「裏とかじゃねえですよ。実は……」

小名木川の仏の手の甲に見つけた火傷の痕、そこから鍛冶屋を調べて回り、お房という女に行きついた事実、春次との経緯、お房の嘆き、ついでに八卦見での歪みについても語った。

歪みってのは、つまり旦那との関わりのこってすよ。お房はなかなかの易者じゃねえですか。

これも皮肉で締め括ったけれど、信次郎は一言、呟いただけだった。

「危なかねえか、その女」

「お房でやすか。それは……」

生唾を呑み込む。頭の隅にはあったのだ。しかし、まさかという思いの方が勝った。

「年増が若え男《わけ》に惚《ほ》れ込んだ。けっこう、一途のようじゃねえか。そういう女が容易く、男を諦めるか。とうてい、そうは思えねえ。諦めなければ、また、男を捜して町をうろつくことになるんだろうよ。五間堀の殺しの件も耳に入ろうぜ。そうしたら、女はどうする。殺された男が春次なのかどうか、十中八九、確かめようとするはずだ。女一人、何程のこともできまいが、目障りなのは確かだ。うるさい蠅《はえ》を潰すように始末されなきゃいいがな」

「まさか、そんな……。目障りだってだけで殺すなんて真似、さすがにできやせんよ」

「できちまうのが平倉って男じゃねえのか。殺し癖がついちまったやつは厄介だぜ。なあ、遠野屋、そうは思わないか」

「お房という女人《によにん》も殺されると?」

「その見込みはあるってことさ」

「もう止めとけと、これ以上、春次に深入りするなと釘は刺しておきやしたが……」

語尾が萎《な》える。底光りしていた女の眸《ひとみ》を思い出す。女の情に男の刺した釘が、どれほどの役に立つのか。心許ない限りだ。

「林町一丁目に行ってきやす。お房の様子を見てきやすよ」

「そうだな。では、話をとんとんと進めることにしようかい。さっさと終わらせなきゃあ、刻がもったいねえよな」

信次郎が微笑む。優し気な笑みが、嫌だ。気味悪い。

伊佐治は身を縮め、気息を整える。

「事の起こりは、これなのさ」

信次郎は懐から、黒い小さな布袋を取り出した。巾着だろうか。

布袋をひょいと投げる。伊佐治の前に落ちて、それはカチャリと音を立てた。呼応するように、灯心が微かに鳴り、油と煙の匂いが薄く鼻に届いてきた。

伊佐治は巾着を拾い上げる。

かなりの重さがあった。

「開けやすぜ」

袋の口を開き、慎重に中身を取り出す。一瞬、金色の光が目を射た。

これは……。

眦《まなじり》が吊り上がったのが、自分でもわかる。引きつれたような痛みが走ったのだ。

小判、一分金、一朱金、丁銀《ちょうぎん》、豆板銀《まめいたぎん》。銭貨《せんか》を除いた貨《たから》が一枚ずつ、膝の前に広がった。

「金《かね》、でやすか」

我ながら間の抜けた声を出していたが、羞恥《しゅうち》を覚える余裕はなかった。驚くとか不思議がるとか、そんな気持ちより胸騒ぎの方が強い。ざわざわと心が揺れて、騒いで、落ち着かない。呑み込んだ唾が、やけに熱く感じられた。

遠野屋が膝を進め、信次郎を見やる。

「手に取っても、よろしいですか」

「好きにしな」

遠野屋は丁銀を手のひらに載せ、暫く見詰めていた。続いて、小判、豆板銀を載せる。店で扱う品々を検分する眼つきだった。鋭いわけでも、柔いわけでもない眼差しは物の真贋《しんがん》や良し悪しを照らし出し、格付けし、値打ちを見極める。伊佐治には、そして信次郎にも持ち得ない商人の眼だ。

「どうだ？　遠野屋」

信次郎が問うた。珍しく生真面目に引き締まった口調だ。むろん、その口調が真意を素直に表しているとは言い切れない。

「木暮さま……これは、贋金《にせがね》でございますか」

遠野屋の答えた声はいつもより低く、掠《かす》れていた。

「そう思うか」

「思います。どれも、僅かに重く、色合いがくすんでいるように感じますが」

遠野屋が小判を差し出してくる。目尻がまた吊り上がった。伊佐治は目を見開いたまま、小判を受け取る。それは行灯の明かりを受けて、鈍く発光していた。

「これが贋金、なんでやすか」

「遠野屋の旦那のお見立てでは、そういうことらしいぜ。どうでえ、親分」

「本気であっしに尋ねてるんで？　それとも、からかってんですか」

「おいおい、まだ機嫌が直らないのか。いちいち、突っ掛かってくるなって」

信次郎はいつもの調子に戻り、くすくすと軽やかに笑う。

「突っ掛かるも何も、あっしに小判や丁銀の真贋がわかるわけねえでしょうが。あっしたちが扱うのは、もっぱら銭でやすからね。一文銭《いちもんせん》を数えて暮らしてんですよ。黄金色《こがね》の金なんて、滅多にお目にかかれやせん。ふん、本物を知らないのに、どうやって贋物を見分けろってんです。食わずに、料理の味見しろって言ってるようなもんですぜ」

「なるほど。相変わらず上手い譬《たと》えをするな」

「お褒めにあずかって嬉しい限りでさあ。涙が出やす。けどね、旦那」

主ににじり寄り、はたと見据える。涙どころか乾いて痛いほどだ。

「まさか行方知れずの間、贋金を作ってたって落ちじゃねえでしょう」

「まあな。そんな技がありゃあ、今頃、こんなとこで燻《くすぶ》っちゃあいねえさ」

「そりゃあよござんした。贋金作りは重罪でやす。あっしとしても、旦那の晒し首なんざ、見たくもありやせんからね」

さらに、にじる。信次郎が露骨に顔を顰めた。その鼻先に丁銀を突き出す。

「だったら、これはどこで手に入れたんでやす？　これと旦那の隠れん坊は繋《つな》がってるんでやすか？　いや、繋がってやすね。だったら、その繋がりを今、ここで、残らず聞かせてもらいやしょうか」

信次郎の目の前にどかりと胡坐《あぐら》をかいた。

「だから、そんなに怒るなって。それと、もう少し下がってくんな。親分と鼻突き合わせてちゃ、話し辛くていけねえや」

「親分さん」

遠野屋が横から、巾着袋の口を開け差し出してくる。そこに、丁銀を投げ入れると、遠野屋は丁寧に紐《ひも》を結び口を締めた。

「木暮さま、これはお返しいたします。中身は全て贋物と考えてよろしいのですね」

渡された巾着を軽く振り、信次郎は笑んだ。

「そうだ。さすがの目利きだな。正直、こうもあっさり見破られるとは意外だったぜ。もう少し迷って欲しかったがな。けどよ、ちょっと見だけじゃ本物と区別がつかねえだろう」

玩具を自慢する子どもに似た物言いだ。邪気など微塵《みじん》もなく、無垢《むく》にさえ聞こえる。

とんでもねえこった。

伊佐治は自分の耳朶《じだ》を引っ張り、丹田に力を込めた。

「はい。じっくり見せていただいて、手触りの違いやら色斑《いろむら》やらに気が付きました。もしやという思いもありましたから。もし、端から本物と信じ込んでいれば、一々確かめたりはしないはずです。扱う金子の数が多ければ多いほど、誤魔化される気がします」

信次郎がさらに満足げに笑い、合点する。

「だろ？　例えば、この贋金と本物を半々に混ぜ込んで差し出せば、たいていのやつは騙せるって寸法になる」

「そうですね。騙されるやもしれません。本物と入り交じると、贋金はどうしても見劣りします。形や色合いの違いが一目瞭然《いちもくりようぜん》のものも多くあります。しかし、これはほとんど見分けがつきませんでした。本物と比べても遜色《そんしょく》ないように見受けましたが、含まれた金、銀の量が、さほど変わらないのではありませんか」

そこで、遠野屋は眉を寄せ、首を傾げた。

「しかし、それでは贋金を作る意味が薄れます。親分さんが仰ったように、贋金作りは大罪です。命を懸けてまで、同量に近い金、銀を使って作るとは考え難いのですが」

「半分だ」

「は？」

「金にしろ、銀にしろ、使っている量ってのは本物のほぼ半分だとよ」

「半分？　まさか」

遠野屋が唇を結んだ。その唇が解け、吐息が零れる。

「信じられません」

信次郎が巾着の中から一両小判を取り出し、遠野屋の膝に投げた。

「もう一度、調べてみるかい。半量金の贋物だと頭に入れた上で、じっくり眺めてみな」

遠野屋は重さを量るように小判を手のひらに載せ、上下に動かし、摘まみ上げて明かりにかざした。それから指先でゆっくりと撫でる。終始、無言だった。

「……信じられません」

暫くして、同じ台詞を口にする。

「やはり、本物とは僅かに違います。それでも八割から九割の金の含みがなければ、この色や手触りは出ないでしょう。半分となると、色合いも重さも全く違ってくる」

「半分なんだよ。嘘じゃねえさ」

「だとしたら、どのような技法を使ったのです。まるで神業《かみわざ》だ」

「そこんとこは、おれもわからねえな。門外不出の技なんだろうよ」

「誰の技です？」

「斗滑衆《とぬめしゅう》」

「斗滑衆？　初めて聞く名です。どのような人々なのです」

遠野屋が問いを畳みかける。これまでの信次郎なら、このあたりで「町人のくせに、えらく生意気な口を利くもんだな」と嫌味を投げつけるのが常なのだが、今日は静かだ。むしろ、熱心に耳を傾けている風にさえ、見える。

遠野屋が僅かに顎を引いた。居住まいを正し、口を結ぶ。さすがに、のめり込むことの危うさに気が付いたらしい。

そうなのだ。木暮信次郎という男は、物静かで穏やかなときほど剣呑さが増す。柔らかい口調や深い相槌に晦まされて、つい語り、ついしゃべり、気が付けば身動きのとれないところまで追い込まれてしまう。蟻《あり》地獄に落ちた蟻みたいなものだ。遠野屋は蟻でもなければ、容易く追い込まれるような愚人《ぐじん》でもない。しかし、ここでのめり込まなくては、余計な刻を食うだけだ。ならば、役者を代わろうか。

「旦那」

伊佐治は畳をこぶしで叩いた。

「何なんです。その、何とか衆ってのは。しゃきしゃきと教えてもらいやすぜ」

「親分、近《ちけ》えよ。耳元でがんがん怒鳴るんじゃねえ。耳患《わずら》いすらあ」

「あっしだって、喉を傷《いた》めやす。医者にかかるのが嫌なら、さっさと種明かしをすりゃあいいでしょうが。この贋金を作った何とか衆ってのは、どういう輩なんです」

小指で耳を穿《ほじく》り、信次郎は思いの外、素直に語り始めた。

「おれも、よくは知らねえ。本《もと》を正せば、流れの冶金《やきん》師の一団だったらしい。いつごろ、どこで出来上がったものかはわからねえが、江戸開闢《かいびゃく》の前からいたってこった。博多《はかた》の吹《ふき》大工の集まりだとか、石見《いわみ》の灰吹き衆の傍流だとか言われているが確かなことは一つもない。ただ、優れた冶金の技を持っていて、かつては国中を流れ歩いていたってのは間違いなさそうだ。石見、生野《いくの》、佐渡《さど》、院内《いんない》……。けど、表舞台には現れることなく、いつの間にか消え去っていった。そういう一群だったと考えられるんじゃねえか」

「消えたってのは、絶えたってこってすかい」

「少なくとも斗滑衆って名は消えたってことさ。今じゃ、知る者もほとんどいめえ」

「けど、旦那は知ってた。なぜでやす」

今度は伊佐治が畳みかける。蟻地獄に落ちようが、蜘蛛の巣に引っ掛かろうが構やしねえ。そんな心持ちだ。もっとも、信次郎は伊佐治を獲物とは認めてないだろうが。

「聞いたからだ。ああ、待て待て。これ以上、きゃんきゃん吠えるな。順を追って教えてやるからよ。ったく、親分の怒鳴り声でどこまで話したか、忘れちまったじゃねえか」

「大丈夫でやす。てえしたこたぁ、まだ何にも話しちゃいやせんよ」

伊佐治の渋口など気に留める風もなく、信次郎は語りを続けた。

「斗滑衆は並外れた冶金の技を伝え伝えられ、仲間内で磨いてきたのだろうが流れ者は流れ者。住処の定まらない者たちは、消えるのも定めだったんだろうさ。しかし、全てが死に絶えたってわけじゃなく、今でも、技を受け継いで生きている男たちがいたんだ。斗滑衆の生き残り、末裔《まつえい》ってとこだ。越前《えちぜん》、若狭《わかさ》あたりの領内でひっそり生きていたらしい。そのままにしといてやりゃあいいのによ、その技に目を付けて、江戸に引っ張ってきたやつがいる。むろん、贋金を作らせるためだ。半量の金で本物そっくりの小判ができる。ってこたぁ一両が二両に増えるってこった。十両なら二十両。百なら二百に化ける。ちょっとした打ち出の小槌《こづち》だぜ。そりゃあ、振りまくりたくもなるだろうよ。だろ？　遠野屋」

「商いの世で一番厄介なのは、泡銭《あぶくぜに》だと心得よ」

「うん？」

「先代が亡くなる前に寝所に呼ばれ、商人としての心得を幾つか遺言されました。その内の一つです。厄介なものに近づくな、手を伸ばすなとも戒められました」

「けだし、金言《きんげん》だな。では、遠野屋の旦那としては贋金なんて厄介なものには手を出しっこねえ。そういうことか」

「真《まこと》の中に贋《にせ》が紛れ込み、その贋が暴かれたあかつきには、全てを贋と見られてしまいます。本物の一両が倍になるどころか、贋金が二両あると思われてしまう。つまり、本物の小判が一枚、消えてしまうわけです。そんな危ない橋を渡る商人は、まず、おりますまい」

「商人ならな」

「ええ、お武家なら、また別の話になるやもしれませんが」

「お武家……」

伊佐治は傍らに控える遠野屋を暫く見詰め、前に座る信次郎に目を移した。

「やっぱり、お武家が絡んでるんですかい」

驚きはしない。平倉のような剣呑な男が同心姿でうろついているのだ、武家が関わっているのは容易に察せられる。しかし、どういう形で、どういう経緯でとなると伊佐治の思案は及ばない。信次郎がこれまでに辿った道筋も摑めない。どれほど思案しても及ばないなら、摑めないなら、あっさりと答えを与えてもらいたい。

「旦那、ですから」

伊佐治が言い終わらないうちに、信次郎が口を開いた。

「深川元町の一件、覚えているかい」

「へ？　深川元町？」

何のことだ。深川元町で何があった？　贋金が使われたなんて騒ぎはなかったが。

「親分さん、先日、話してくださった喧嘩の件ではありませんか」

遠野屋に囁かれて、はっと気が付いた。

暑かった。過ぎ去ったはずの夏がぶり返したような日だった。深川元町の通りで数人の男が揉めている。一人が刺されたらしい。刺したやつは、既に取り押さえられているが、刺された方が逃げ出してしまった。

手下から報せを受けたとき、まままあることだと思った。

身体のどこかを刺されたりすれば、慌て、驚き、人は正気を失う。痛みより先に心の乱れに襲われるのだ。挙句、その場から少しでも遠ざかろうとする。

うん、まままあることだ。

だから、刺された男が亡くなったことを悼《いた》みはしたし、咎人が既に捕えられたことに安堵もした。が、それだけで、気持ちは既に折り合いがついていた。もう終わった件として、片付いていたのだ。信次郎もさして熱心に取り調べてはいなかったはずだ。喧嘩が昂じた上での殺しだ。信次郎からすれば退屈なだけの、面白味などどこにもない事件だろう。気の入らない素振りは褒められたものではないが、まあ解せはする。

大番屋から放免された翌朝、遠野屋に話はしたが、それまでは伊佐治自身も忘れていたのだから、主の等閑《とうかん》を責められはしない。

「あの件がどうかしやしたか。とっくに咎人は捕まってやすぜ」

「だなあ。人一人殺っちまったんだ。もう死罪の沙汰が下って、首が落ちてるころじゃねえか。けど、おれが気になったのは、犯科人じゃなく殺されちまった方さ」

「刺されたのに逃げ出した男でやすか。確かに、ちょいと妙じゃありやすが、旦那が不思議を言い立てるほどのことじゃねえでしょう。当人が血が噴き出る自分に狼狽《ろうばい》しちまって、医者に駆け込むつもりだったとか、家に帰るつもりだったとか、何が何だかわからなくなったとか、ともかくどこかに行こうとする。ままあるじゃねえですか。あっしも、二度や三度はそういう御仁と出くわしてやすぜ」

「そう、多くはないが不思議がるほどじゃねえ。その場から逃げ出したってとこまではな。妙なのは、あの男が死んでた場所さ」

死んでいた場所？

「えっと、確か……路地じゃなかったですかい。酒屋と油屋に挟まれた路地でやしたよ」

「酒屋と味噌屋さ。どんな路地だったか覚えているかい、親分」

どんな？　酒屋と味噌屋の間の路地で……。

とっさに浮かばなかった。取り押さえられ、気を昂らせるだけ昂らせて喚く破落戸《ごろつき》に手を取られ、既に息絶えていた男にまで気が回らなかったのだ。

死人は逃げねえ。後でゆっくり調べりゃいい。

そんな緩みがあった。珍しく早く、伊佐治と前後して現れた信次郎が死体をそれなりに検分し始めたから、気持ちはさらに緩んでしまった。

「覚えてやせん」

白状する。ここで見栄を張っても何の得にもならない。

「だろうな。親分は咎人をおとなしくさせるのに、かかずらってたからな。あの路地は行き止まりだったんだよ。どん詰まりに、小さな祠《ほこら》があるっきりで他は何もない。ほとんど日の当たらねえじめじめした路《みち》さ」

「ああ、思い出しやした。そういやあ、古ぼけた祠が拵えてありやしたね」

どん詰まりの路地、奥にある小さな祠。それがどうした？

「男は祠の後ろに身体を押し込むようにして死んでいた。身を縮めてな。おかしかねえか」

「何がです。そこで力尽きたってことでやしょう」

「どうして、そんなところに逃げ込んだんだ。腹を抉《えぐ》られて血塗れになりながら、薄暗い路地の、さらに暗い祠の陰なんかに潜り込もうとした？　何故だ」

「何故って……ただ、死にかけて頭がどうにかなっちまってたんじゃねえですか。正気を保てなかった。それだけのことだと思いやすがね」

死がすぐそこまで来ている。身体からは血が流れ続けている。まともな思案など、できるわけもない。そういう者が最期の場に路地の隅を選んでもおかしくはあるまい。

信次郎が臙脂色の明かりの中で合点した。

「なるほど、それも一理あるな。遠野屋、おまえさんはどう思う？」

遠野屋は眉を寄せ、行灯の明かりを寸の間、見やった。

「隠れようとしたのかもしれません」

灯心がじっじっと地虫の鳴き声を思わせる音を立てた。炎が僅かに大きくなる。油と微かな焦げの匂いが絡まり合って、さっきより濃く漂う。部屋の闇もいっそう濃くなったようだ。

「親分さんの仰る通り、死にかけた男は半分、正気を失っていたのでしょう。その乱れた頭で何としても隠れねばと思い詰め、結句、路地に逃げ込み、祠の陰に我が身を押し込んだ。そうは考えられませんでしょうか」

信次郎が短く、高く、舌打ちをする。

「けっ。今更だが、可愛げのねえやつだぜ。親分ぐれえ愛想のある受け答えをしてくれりゃあ、話も弾もうってものをな」

「では、木暮さまも、そのようにお考えになったわけですね」

「だな。男は腰から上を祠の陰に突っ込み、足を縮めてくたばっていた。身を隠しそこなったガキみてえだったぜ。なぜ、こんな恰好をしてるんだとまずは引っ掛かってな。で、死体をあれこれ調べてはみた。身の証になるようなものは一つもなかったが、この袋だけが懐から出てきたわけよ」

信次郎は巾着の中身を膝の前に並べた。

「この金子を見て、さらに訝《いぶか》しさが増したってわけさ」

「贋金と見破ったってわけですかい」

「申し訳ねえな、親分。おれは遠野屋ほど目利きでもねえし、小判をざくざく扱えるような身分でもねえ。ここまでの代物を贋だと見破るのは、ちっと無理だぜ」

「おや、やけに素直じゃねえですか。気味が悪《わり》ぃや。けど、それなら何が訝しいと」

口をつぐむ。畳の上に並んだ贋金に端から順に目を移していく。

小判、一分金、一朱金、丁銀、豆板銀。

「気が付いたかい」

伊佐治は顔を上げ、主を見やった。

「袋の中身はこれだけなんで？」

「そうだ」

「確かにヘンテコでやすね。金種《きんしゅ》それぞれが一枚ずつ入ってるってのは……」

傍らで遠野屋が身動《みじろ》ぎした。ほとんど同時に、伊佐治の口から小さな叫びが漏れた。

「こりゃあ、もしかして……もしかしてでやすが、贋金の見本ってこってすか」

「おそらく、そうだろう。というか、おれとしちゃあ金種の見本のようだと思い付いたから、仔細《しさい》に眺めて、やっと贋金だって気が付いた。そんな寸法さ」

「中身もですが、この袋もおかしかねえですか。懐に入ってたなら、もうちょい血で汚れてるはずですがね」

「油紙で包《くる》んであったんだよ。えらく丁寧にな。汚れをつけねえための工夫だろうさ。それほど大事な物だったと考えられなくもねえだろ」

伊佐治は我知らず低く唸っていた。

「あのとき、旦那は巾着の〝き〟の字もあっしに言いやせんでした。黙って、自分の袂に落とし込んで、そ知らぬ顔をしていたってわけでやすね」

「袂じゃなく懐に仕舞い込んだんだがな。いやいや、そんなに睨むなって。あのときはよ、何かおかしいと感じるだけで、確かなものなんて何にも摑めていなかったんだ。親分に報せるようなことが何一つ、なかった。言いたくても言えなかったんじゃねえか。そこんとこは汲んでもらいたいがなあ」

伊佐治は鼻を鳴らし、横を向いた。

どの口が言うのやら、だぜ。何を知ってても、摑んでも、自分なりの潮時がこねえと一語だって漏らさねえくせに。今まで、ずっとそうだったじゃねえか。

胸裡で悪態を吐く。吐いてすぐに、けどまあなと思い直す。

けどまあな、そんなのはとっくに慣れっこになってらぁな。潮時を焦れながら待つのも、そう悪くはないしな。

手軽に納得してしまう己が情けなくもあったし、癪でもあったが、そういう情の揺れ具合にも慣れてしまった。

焦れながら、心を弾ませながら潮時を待つ。

「木暮さま、お尋ねしてもよろしいですか」

遠野屋が伊佐治の傍らから心持ち、前に出た。信次郎が眼つきだけで諾《うべな》う。

「その男の手に、火傷の痕はございましたか」

「あったな、小さな痕が。古いものも、わりに新しいものも、手の甲に散っていた」

ゆるりと迷う風もなく、答えが返ってきた。

伊佐治は遠野屋と顔を見合わせる。

小名木川に浮かんだ仏も春次も、路地の奥で息絶えた男も火傷の痕を残していた。

「三人ともが、木暮さまの仰った斗滑衆だったと？」

「おそらくな。しかも、新しい傷痕があるってことは、仕事をしていたってことさ」

「その仕事が贋金作りだったわけですか」

「だな」

「どうやって、そこまでのことをお調べになったのです」

遠野屋の口調も急いてはいなかった。ただ、いつもより険しい。のらりくらりと躱《かわ》す隙を与えない険しさだ。ただ、白刃ならともかく、言葉のやりとりで遠野屋が信次郎に太刀打ちできるかどうか心許ない。伊佐治にすれば、遠野屋に助力したい気持ちは存分にあるが。

「木暮さまは贋金を疑い、この巾着を持ちかえった。そこから先はどういうやり方で斗滑衆とやらに辿り着いたのです。しかも、親分さんの手助けもなく。木暮さま、これは一大事に繋がりかねない出来事ではありませんか。これほどの出来栄えの贋金です。市中に出回れば、どうなるのか」

「どうなると思う」

信次郎は遠野屋を遮《さえぎ》り、新たに問いかける。

「なあ、遠野屋。この贋金が世の中に広く出回っちまえば、どうなると推察する？」

「量にもよりましょう。それ相応の量となると商況に大きく関わってきます。そこが乱れれば、国の基《もとい》を揺るがすことに繋がりかねません。いや、必ず繋がります」

「ふふ、世の中を回すのは刀でなく金だってのは、おぬしの自説よな」

「真実です。槍刀《やりかたな》の力で治める世など、とっくに終わっておりますよ」

「なるほどねえ。千代田城の主じゃなく、大枚の金を動かす商人こそがこの世を動かしていると、言いたいわけだ。まっ、おれとしても頷かざるを得ない気もするがな」

「職人も農民も漁師も樵《きこり》も、全ての仕事が商いの支えとなります。そこも含めてのことなら、確かに、世を動かしているのは商いかと存じます」

「ふーん、そうかい。じゃあ、踏ん張って商人の範疇《はんちゆう》に留《とど》まっていればいいさ。いつまで踏ん張れるかは定かじゃねえがな」

「旦那」

辛抱できなくて、伊佐治は腰を浮かせた。

「踏ん張らなきゃならねえのは、あっしたちじゃねえんですか。どう踏ん張ったらいいのか、さっさと教えてもらいてえもんだ。それに、さっきの遠野屋さんのお尋ねの返答、あっしも聞かせてもらいやすぜ。あっしは旦那から何の指図も受けちゃいやせんでした。だから、あの件はもうきれいに片付いたとばかり思ってやしたよ。じゃあ、何でやすか。あれは喧嘩絡みじゃなく、正真正銘の殺しだったわけですか。喧嘩と見せかけて殺ったってこってすか」

「喧嘩絡みの揉め事さ。そこんとこは、親分が調べたじゃねえか」

そうだ。咎人になった男は前々から破落戸紛いの悪行を繰り返していた。いや、破落戸そのものだった。仲間とつるんで昼間から酒に酔い、通行人に言いがかりをつけて小銭を巻き上げたり、飲み屋で暴れたり、若い女をかどわかそうとしたこともある。いずれ、縄を掛けられる類の男だった。あの日も悪仲間たちとしこたま酒を飲み、通りに出たところで一人の男とぶつかった。細かい経緯はわからないが、すぐに激しい口論になり、匕首《あいくち》を抜いて、相手の脾腹《ひばら》にずぶりと刺し込んだ。

酒屋の主人や隣の店の奉公人、通りかかった野次馬たちなど、騒ぎを眺めていた数人の話がぴたりと一致したから、事実に間違いないはずだ。

「あっしが調べやしたよ。何とも運のねえやつだと、仏さんが気の毒で仕方なかったのを覚えてやす。懐に油紙に包んだ贋金を呑んでたなんて、夢にも思いやせんでしたがね。けど、あの仏さん、引取人がいやしたよね。えっと、確か……浅草、浅草寺近くの裏店《うらだな》住まいだったとかで、大家が慌ててすっ飛んできやしたよね」

深川元町の自身番に現れた老人の記憶がよみがえる。鬢には白髪が目立っていたが、品のいい出立《いでたち》をしていた。半泣きになりながら数人の店子と、大八車《だいはちぐるま》に遺体を載せて帰っていった。諸々の書付にも、丁寧に名を記して印を押していた。手続きに落ち度はなかったはずだ。

「そうだな。うちの店子に間違いねえってことで早々に、遺体を引き取って帰ったな」

「それで一件落着じゃなかったわけでやすね」

「ああ。少なくとも、あの男が浅草の裏店に住んでたってのは嘘だった」

「え？」

「大家と名乗った爺さんも遺体も大川橋を渡らなかったんだよ」

大川橋を渡らなかった？　え、では、どこに？　いや、その前に……。

「旦那、後をつけたんでやすか」

本来、それは伊佐治や手下の仕事だ。

「おれじゃねえよ。同心の形じゃ目立ち過ぎるからな。もうちょっと、目につかねえやつらに任せたさ」

「目につかねえって、誰でやす」

信次郎は肩を竦め、笑みを浮かべたまま返答した。

「御菰《おこも》たちだ」

「御菰？　え、物乞いでやすか」

御菰、物乞いたちは江戸のいたるところにいる。『梅屋』にも時折やってくるので、おふじが握り飯やら漬物やら、ときには小銭を渡していた。

「御菰さんに施《ほどこ》しをするとね、厄落としになるんだってさ。だから、邪険に追い払ったりしたら駄目なんだよ。きちんと施しをしておやりな」

おふじがおけいに伝えていた。「おめえ、そんなに厄を背負い込んでんのか」と茶々を入れると、すぐさま、「あんたが持ち帰ってくるんじゃないか」と返されて、身を縮めた覚えがある。

「へえ、そうでやすか。旦那、御菰たちまで手の内で使ってるんでやすか。てえしたもんでやすね。感心しまさあ。けどね、何であっしに言い付けなかったんです。人の後をつけるのなら、あっしでも手下でもそれなりに上手くやりやすぜ」

これまでも、上手くやってきたではないか。

「そう、すねるなって。よくわかってるさ。親分たちに任せれば、外れはなかろうぜ。けど、嫌な方に勘が働いてな。何しろ、本物そっくりの贋金が絡んでんだ。相当の大事《おおごと》になる。大家だの店子だのって名乗った連中も、そういう目で見ると本物とは思えなくてな。ちょいと試してみたのよ」

不意に信次郎が立ち上がった。鯉口《こいぐち》を切り、音を立てて鞘に納める。

刀架《とうか》の一振りを掴む。

「これだけのことに、大家も店子も気配を強張らせたぜ。身構えたんだ。むろん、すぐに気を緩めはしたが。一瞬の刀を抜く音を捉え、構える。素人にできる芸当じゃねえ。

なあ、そう思うだろう、遠野屋」

刀を投げるように置くと、信次郎は先刻の伊佐治のように足を組んで座った。

「はい。お武家だとは言い切れませんが、刀の扱いには慣れた者たちでしょう」

さらりと答え、遠野屋は刀を刀架に戻した。

「まあ、どちらにしても、少し剣呑な臭いがしたわけよ。そういうときは、御菰たちに頼る方が妙手《みょうしゅ》なのさ。あいつらは気配を消せるからな。川辺の柳や野の花みてえに風景に溶け込んじまう。しかも、どこにでも仲間がいて途中で役目を代われもするんだ。一人で後をつけるより、余程、安心できるのさ」

「じゃあ、旦那はあっしたちの身を心配して、御菰を使ったってわけですかい」

口にして、すぐに、かぶりを振っていた。

そんなわけがねえか。

信次郎が心を配ったのは伊佐治たちではなく、どちらがより確かに役目を果たせるか、そこにだけだろう。探索が入り用なら、迷わず伊佐治や手下を動かしたはずだ。人をどの場面でどう使うか。どう働かせるか。どんな役目を担わせるか。情ではなく頭で決める。そういう男だと、誰よりも解している。

「なるほど、謎が一つ解けました」

遠野屋が妙に明るい声を上げた。

「木暮さまが、お屋敷に居ながらにして外の様子を知り得たのは、御菰たちから報知《ほうち》があったから、なのですね。平倉という狂妄《きょうぼう》な男のことも、その伝手で知ったわけですか」

「そういうこった。御菰の一人が、板塀の陰から平倉が春次をばっさり殺るところを見てたのさ。すぐに報せにきたぜ。ふふ、御菰なら、そうそう咎められず裏口から入ってこられるからな。まあ、門番たちのやる気のなさにも助けられたんだが。あいつら御菰なんか眼中に入れようとはしねえ。たまに、臭いの汚いのと小突くぐれえで、おしばとこそこそ話をしていても気にもしねえって塩梅さ」

「なるほど。おしばさんも一役、買ってたわけでやすか。思ってもおりやせんでした」

滅多にしゃべらず、ほとんど表情を変えず、くすんだ顔色をした老女は今頃一人で茶を飲み、栗饅頭を頬張っているだろうか。

「おしばさんだから、やり通せたのでしょうね。行方知れずとなっている主が実は屋敷内にいて、ときおり、御菰たちが報せを持ってやってくる。それを聞き、主からの言伝《ことづて》を伝え、表裏二人の門番に何一つ気取《けど》られないように振る舞う。しかも、そういう日々がいつまで続くか、どうしてこうなったのか主は何一つ、教えてくれない。不安も心細さも苛立ちもありましょう。そういう諸々に耐えて、日を過ごす。そう容易くできることではありますまい。さっき、お逢いしたとき、心持ち窶《やつ》れて見えましたが」

「おしばは厄介事が嫌でしょうがないのさ。十年一日、昨日と変わらぬ今日、明日が過ぎていく。そういう暮らしが性《しよう》に合っていると自分で思い込んでんだよ。けど、いざとなりゃあ、なかなか役に立つ、したたかな婆さんじゃあるんだ」

「なるほど。木暮さまの隠れ芝居に、おしばさんは、なくてはならない役者だったのですね」

「そういうこった。使える役者は多いに越したことはねえ。もちろん、遠野屋、おぬしもその内の一人だぜ」

遠野屋が端座の姿勢を崩さぬまま、眼差しだけを信次郎に向けた。

「木暮さま、遺体が運ばれた先は浅草ではなく向島、だったのでしょうか」

向島？　向島だって？

伊佐治はまた、腰を浮かせていた。

え、まさか、そういうことなのか。いや、そんな馬鹿な。

頭の中で旋毛風《つむじかぜ》が舞う。鼓動が速くなり、息が詰まる。

「さすがだな。わかったかい」

「木暮さまのお話を聞いておりますと、それしかないような気がいたします。木暮さまは、遠野屋の店で信三の運ぶ婚礼の品々に違和を覚えられた」

「品々の値に、だ。奉行職を致仕《ちし》した家の婚礼調度にしちゃあ豪華過ぎねえかとな。まあ備前守は見栄っ張りの性質で、しかも蒔絵だか何だかえらく金のかかる道楽に嵌《は》まっているると耳にしていたから、ずい分と無理をするものだと呆れた。あのときは、そこまでに過ぎなかったんだがな」

壁にもたれかかり、足を投げ出し、信次郎の姿勢の方はさらにだらしなく崩れていく。

「ところが、その後、深川元町の事件が起こり、殺された男の遺体が運び込まれた先が備前守さまのお屋敷だった。備前守さまは先の奉行職を務めたお旗本です。迂闊《うかつ》に手が出せる相手ではありません。そこで、木暮さまは揺さぶることをお考えになった」

「揺さぶる？　何のこってす」

伊佐治は遠野屋から信次郎に目を移し、すぐに遠野屋に戻した。

「飛魚の加吉、八名川町の路上で捕えながら、見逃したという巾着切りです」

「その加吉がどうかしやしたか」

と、問うてから、息を詰める。鼓動がさらに速くなる。

「あれ、旦那が仕組んだことなんでやすか」

無理をして絞りだした声は、語尾が震えていた。

「そうさ。あの、財布を掏《す》られた間抜けな武家はな、八名川町を通ってさるところに出向くのが日課になっている。そう、毎日、同じ刻限にな。加吉の腕からすりゃあ、待ち伏せして財布を抜き取るなんざ、そう難しい芸当じゃなかった」

「さるところってのは、どこなんで？」

「そこは、まあ……おいおい、話してやるさ」

信次郎の物言いが急に、歯切れが悪くなる。刹那だが、口元が歪んだようにも思えた。わざとではなく、つい、歪めてしまった。そんな風だ。

珍しい。

遠野屋と視線を絡ませ、伊佐治は眉を寄せた。

「わかりやした。じゃあ、そこは置いときやしょう。旦那は加吉を使って、中村さまご家中の者の財布を掏らせた。で、いかにも、たまたま居合わせて巾着切りを捕えた風を装った。加吉は旦那を恐れてやしたからね、財布を狙えと命じられたら逆らえなかったでやしょうね」

悪道から足を洗い、まっとうに生きて、所帯まで持とうとしていた。そういう男からすれば信次郎の指図は災厄でしかなかっただろう。それでも従うしかなかった。初めて、加吉を哀れに感じた。

「加吉も行方知れずになってやすぜ。よもや、死んじゃあいねえでしょうね」

「死んじゃいねえよ。多少、窮屈かもしれねえが、飯も食えて酒も飲める。土器《かわらけ》売りの暮らしより、よほど贅沢に暮らしてんじゃねえか」

「どこで、贅沢な暮らしをしてるんでやす」

けでもない。とすれば、躊躇《ためら》っているのか。

「さるところだよ」

埒《らち》が明かない。信次郎は伊佐治と遠野屋をからかっているわけでも、焦らしているわけでもない。とすれば、躊躇《ためら》っているのか。

躊躇う？　旦那が？

ふつふつ湧いてくる疑念を一先《ひとま》ず呑み込んで、伊佐治は問いを続けた。

「加吉が掏った財布の中身は、やはり贋金だったんで」

「それは、わからねえな。相手が調べさせちゃくれなかった。町方が武士の懐に入っていた物に手を出せねえとわかった上での拒みさ。しかも、掏られたことそのものを無しにしてくれときた。武士の沽券《こけん》に関わるとさ」

「それは口実で、厄介事に巻き込まれたくなかったってのが本音でやすかね」

「そうだろうな。自分の身許を明かしたくなかったのさ。『ここは内密に』と囁いて、袂の中に三両、滑り込ませやがった」

「本物でやすか」

「さすがにな。役人に贋金を摑ませる度胸はねえだろうよ。まあ、だからこっちも袖の下を受け取って、事を揉み消した役人を演じてやったのさ」

「そりゃあ演じなくても、素でいけるじゃねえですか」

「危なくはありませんか」

遠野屋が唐突に割り込んできた。これも珍しい。御菰たちとは全く別の意味で、この男も風景の中に溶け込んでしまう。御菰たちは目立たぬことで、町の人々から排される危うさを免れている。遠野屋の場合、己の気配を己で操れるのだ。大店の主人として人目を引くときも、集いの中心となるときもありながら、薄闇の中に誰にも気取られぬまま立ち続けることもできる。静かなのだ。乱れるということが、ほとんどない。初めて出逢ったのは、遠野屋が自分にとって弥勒《みろく》のような女だったと告げたおりんの、女房の遺体が横たわる自身番だった。そのときでさえ、乱れはなかった。乱れることを抑え込み、平静を保つ。そうやって生き延びてきた者の凄みに気圧《けお》されたのを忘れてはいない。今でもたまに、怯《ひる》むような心持ちになることもあるが、遠野屋本来の静かさを好ましく感じるときの方がずっと多くなった。

闇に潜むためじゃねえ。遠野屋さん、あんたはきっと生来、静かなお人なんでやすよ。機会があれば、いつか、どこかで伝えたい。

その遠野屋が他人の話に割って入ってきた。しかも、どこか尖った口調だった。信次郎と対面してから、遠野屋の口調も気配も尖っている。

「男の死体を調べれば、贋金がないことはすぐにわかります。とすれば、一番に疑われるのは木暮さまでしょう。そこに、掏摸《すり》騒ぎがあり、巾着切りを捕えたのも木暮さまとなると、疑いはますます濃くなります」

「うむ。備前守が斗滑衆を集めて贋金を作っている。それが事実だとしたら、いや、十中八九、事実だろうが、そうなるとおれはとんだ邪魔者ってことになるな」

「とんでもない邪魔者です。贋金作りが公になれば、ご当主はむろん家中の者の大半が極刑に処せられます。何があっても守り通さねばならない秘密ではありませんか。木暮さまがその秘密に感づいたとすれば、どんな手を打っても取り除こうとするのは必定《ひつじょう》。中村家御用人の板垣さまは、切れ者と評判のお方です。見逃すはずがない。木暮さまは、ご自分を餌に贋金作りの一党を釣り上げるおつもりなのですか」

「そんなわけはありやせんよ」

とっさに首を横に振っていた。

「旦那が我が身を犠牲にしてまで咎人たちを捕えようとするなんて、そりゃああり得ませんぜ」

考えられない。信次郎が好むのは、もっと入り組んだ、ややこしく捩《ねじ》れた事件だ。旗本の関わる贋金の一件は世間を騒がすかもしれないが、解き明かしていく面白味も、追い詰めていく醍醐味《だいごみ》も薄いではないか。町方の役人一人の手に負えるものでもない。そこに命を危うくしてまで突っ込んでいく。他の者ならいざ知らず、信次郎が選ぶはずのない道だ。

「ああ、わかりやした。だから雲隠れを装ったわけでやすね。どこかに逃げちまったと思わせれば、まずは安泰でやすから」

「それなら、なぜお奉行所が動いたのです。備前守さまは致仕された方。一己《いっこ》のために捕り方を好きに使うことはできますまい。むしろ、それは中村家にとって剣呑過ぎます。派手に動けば動くほど、全てが明るみに出る見込みも高くなりますから。とすれば、捕り方がこのお屋敷に踏み込んできたのは、お奉行所の意を受けてのこととしか考えられません。中村家ではなく木暮さまのお屋敷に捕り方を向けた。その理由は何なのです」

言われてみればその通りだ。納得はするが、ますます先が読めなくもなる。

「どうなんです、旦那」

信次郎は無言だった。

「木暮さまは、親分さんが捕えられるとわかっておられたのでしょう。そうなれば、わたしが板垣さまを頼りにするのもわかっていた。それも揺さぶりの一つですか。しかし、そうまでして中村家を揺さぶる意味があるとは、わたしにはどうしても考えられないのです。贋金作りの疑いがあるのなら、目付《めつけ》が動き、調べ上げ、相応の罰に処する。それが筋というもの。中村家は旗本の御家です。お奉行所の支配下にはありません」

これもその通りだ。よくよく考えれば、この一件、あちこちがちぐはぐではないか。

伊佐治は低く唸った。唸るぐらいしか、できない気がする。

じじっ、じじっ。灯心が燃える。炎が立ち、周りが明るさを増す。信次郎が口を開いた。

「そう、相手は旗本だ。臭いはしたが、それ以上嗅ぎ回るのは無理だった。そうなると、この巾着の中身が仇《あだ》になる。これを取り返すために備前守がどんな手を打ってくるかわからねえしな。さてどうするか思案していたとき、客が来た」

「客って、誰でやす」

信次郎がひょいと肩を竦める。

「正体は明かさなかったな。田代《たしろ》ナントカと名乗ったが本名じゃねえのは見え見えさ」

「お武家なんで？」

「かなり高位の武家のようだった。羽織は着ていたが紋はなかったな。そいつが、いきなり『そなたは斗滑衆の作った贋金を持っておるか』ときた。持っているが、ここにはないと答えた。むろん、真っ赤な嘘さ。そのとき、おれの懐に入っていたんだからな。斗滑衆って名を聞いたのはそのときが初めてだった。田代がざっと教えてくれた。田代曰《いわ》く『並外れた冶金の技を持つがゆえに国を危うくする者たち』なのだそうだ。まあ、これほど腕のある贋金作りの集まりとなると確かに、公儀《こうぎ》にとっては剣呑この上ないかもしれないな」

「公儀！」

伊佐治はまた腰を浮かせていた。

「え、え、ちょっと待ってくだせえ。この件、旗本どころじゃなくて、こ、公儀が関わり合ってんですかい」

「そうだと思うぜ。でないと目付が動かない理由がわからねえ。遠野屋の言う通り、旗本を監察する任は目付にあるんだからな。田代は贋金のことを知っていた。おそらく、備前守が斗滑衆を囲い込み、贋金作りに手を染めていることも知っているんだろう。あぁ、ついでに言っとくが、贋金の仕事場は中村家の屋敷内にはねえぜ。そんな危ねえ真似はしないとこが、板垣とやらの利口なとこなんだろうな。どこでやってるのか、おれも知らねえけどよ」

「おそらく、小名木川の河畔にありやすよ」

お房が耳にしたという春次の言葉を伝える。なるほどなと信次郎が呟く。

「川を使えば、陸《おか》を行くより早く、危なげなく荷物を運べるな。荷が贋金の千両箱なんて代物なら、陸路をもたもた運ぶわけにもいかねえだろうしな。そのあたりも含めて、田代は事実を掴んでいた節がある。なのに、目付が動く様子がいっかなないってのは、それを止めている者がいるってことだろうよ。目付は若年寄《わかどしより》の配下にある。止められるとしたらそのあたりか、そこから上の老中か……」

伊佐治はゆっくりと腰を下ろし、長い息を吐いた。

駄目だ。話が大き過ぎる。巷で起こる事件ならどのようにも関わっていけるが、遥か千代田城の内側となると指先も届かない。届きたいと望んだ覚えは一度もないが。

「その思案を田代にぶつけてみた。やっこさん、少し驚いていたぜ。ふふん、ただの同心風情、ちょっと脅せば唯々諾々《いいだくだく》と服《まつろ》うと思ってたんだろうな。しかし、正体を明かせねえだけ分《ぶ》が悪いじゃねえか。おれとしちゃあ、正体もわからねえ相手に平身低頭する義理はねえ」

「旦那が平身低頭する姿を見られるなら、あっしは千代田城の石垣でも上りやすがね」

今度は、遠野屋が息を吐き出した。

「それにしても危う過ぎます。公儀絡みだとすれば、知り過ぎた者として、いつ何時《なんどき》、命を狙われるかわからないではありませんか。実際、中村家を探っていた木暮さまの動きは、田代というお武家には筒抜けになっていたわけですから。かといって、いつまでも隠れ住むわけにもいかないでしょうし……」

「そこのところは大丈夫だろう。どうやら公儀の内もかなり揉めているようだからな。まあ、揉めてないときの方が珍しいぐれえなんだろうが、この贋金の件についちゃあ、政《まつりごと》の裏でお偉方が綱引きをしてんじゃねえのか。綱引きをしている間は、どちらも動けないもんだ。つまり、田代のように斗滑衆の技を国の基を揺るがしかねない剣呑なものとみなす一派と、その技を上手く用いるべきだと言い張る一派がいる。そいつらが睨み合って、互いを掣肘《せいちゅう》してんだろうさ。さしずめ、遠野屋の旦那は前者の派だな」

「わたしは技そのものを剣呑だとは思いません。贋金が広まれば商いの根幹を揺るがす。それが恐ろしいと申し上げたのです」

「だいたい、技を上手く用いるってのはどういう意味でやす」

信次郎が伊佐治を見やり、巾着袋をゆらりと振った。

「考えてみなよ、親分。金でも銀でも半分の量で見た目は変わらねえ小判だの、丁銀だのが作れるんだぜ。持ち金が倍になる。金繰りに頭を悩ませている公儀としちゃあ、喉から手が出るほど欲しい技かもしれねえぜ」

ひっくり返りそうになる。眩暈《めまい》さえ感じた。

「それじゃ、公儀が贋金作りの親玉になるようなものじゃねえですかい」

「けどよ、公儀が親玉になれば、それはもう贋金じゃなく本物になるんじゃないのか」

わけがわからない。そんな馬鹿な話があるものかと頭の隅で伊佐治自身が吼えている。

懸命に働いて手にした金で『梅屋』の飯を食い、僅かばかりの酒を飲む。それを楽しみに十日に一度か二度、訪れる客がいる。膳に酒を付けて五十文だ。十日に一度か二度の五十文の憩《いこ》い。それを励みに仕事に精を出し、一日一日《ひとひ》を生きている。

なのに、贋を真にしてしまうだと。持ち金を倍にするだと。ふざけるんじゃねえ。

こぶしを握る。

「怒るなよ」

信次郎が壁にもたれ、暗い天井を見上げた。

「怒ったって何にも変わりゃしねえよ」

「変わるかもしれません」

遠野屋も天井を仰いでいる。

「親分さんのように、まっとうに慣《いか》れる者が増えれば世の中は変わるかもしれません」

「けっ。また、知ったような口を利きやがる。変わりゃしねえよ、何にもな。人は金儲けが好きで、泡銭を夢見ている。政はいつだって力と力の綱引き加減で決まっていく。それだけのこった」

遠野屋の眼差しが天井から信次郎に降りてきた。

「木暮さま、公儀まで巻き込む大きな話となると、中村家の一存で、贋金作りに手を染めているとは考え難い。そうは思われませんか」

「十分に思うさ。一介の旗本では荷が重過ぎる。中村家の娘が嫁いだ先ってのが、若狭の城主に繋がる家系だそうじゃねえか。そのあたりから斗滑衆との結び付きができたとも考えられる。だとしたら、若狭の城主も含めて、後ろにはもうちょい大物が控えているんだろうな。斗滑衆の技を上手く用いたい一派のお頭とかが、な。考えてみれば、殺された男はこの贋金見本をどこに持っていくつもりだったのか。中村家の家臣は、毎日、誰に逢うために出かけていたのか。気にならねえか。家臣は八名川町の外れにある『菊《きく》花《はな》』って料亭に足を運んでいるのはわかってんだ。そこで誰かと待ち合わせをしていた」

「何のためにです」

「わからねえ。おそらく、その日、拵えた贋金の出来を見せに行っているんだろう。おれはそう踏んでるが、全く証が立たねえからな。殺された男だって大名屋敷にでも見本を届ける途中だったかもしれねえが、これも証はねえ」

「田代というお武家は、贋金の広がりを何としても止めたいと、思うておられるのですね」

「ああ。しかし、中村家の後ろに大物が控えているだけに、迂闊に動けねえんだろう。むろん、田代の後ろにもお偉いさんが付いているんだろうが、な。中村家に間者《かんじゃ》の一人や二人、潜り込ませているはずだぜ。でなきゃ、おれが巾着をくすねたなんて話は耳に入らねえだろうからな。けどよ、田代が来たってことは、中村家からも誰かが遣わされる見込みがあるってこった。その誰かが田代のようにおとなしく話をしてくれる御仁だといいが、刺客紛いの野郎たちを差し向けられたら、ちと困る。公儀の方はそう心配してねえが、一介の旗本だと怖えのさ。だから、田代と手を組むことにした」

「手を組む？」

伊佐治と遠野屋の声が重なった。

「中村家をさらに揺さぶる。そのために、おれがちょいと消えることにしたわけよ」

「へ？　意味がわかりやせんが」

信次郎の言葉が解せない。伊佐治は水にぬれた犬のように身体を震わせた。

「意味などないさ」

「意味がない？　旦那、何を言ってるんでやす」

「奉行所の捕り方が踏み込んでくる。しかし、捕える相手は消えて、屋敷は蛻の殻」

遠野屋が呟いた。

「なるほど、見えてきました。田代さまの主はお奉行所を動かすだけの力をお持ちの方なのですね。だから、あんな捕り物の芝居もできた。もっとも、捕り方役人は芝居に駆り出されたとは微塵《みじん》も知らなかったでしょうが。わたしたちは何が起こったのか皆目《かいもく》、見当がつかず、ずい分と戸惑いました。しかし、見当がつかなくて当たり前だったのです。実は何も起こってなかったわけですから。意味がないということは、どんな解釈もできるということ。板垣さまは慌てられたでしょう。贋金作りの事実に感づいているかもしれない役人が消えてしまった。しかも、お奉行所の手によって捕えられようとしたのです。何が起こったか見極めねばと焦ったでしょう。その焦りに乗じて、斗滑衆を仕事場から逃がしたのも木暮さまの企《くわだ》てでしょうか」

伊佐治はぽかりと開いた口を何とか閉じて、唇を噛んだ。

「親分さんの話だと、春次さんは壺の後ろに隠れていたとか。それは逃げてきた者の恰好ではないですか。小名木川でも斗滑衆と思《おぼ》しき男が殺されている。とすれば、少なくともこの二人は川沿いにある仕事場から逃げ出したと考えたのですが、違いますか」

「いや、だいたいが合ってるんじゃねえか。ただ、おれが逃がしたわけじゃねえ。仕事場の敷地に閉じ込められて、ひたすら贋金を作る暮らしに斗滑衆も我慢できなくなっていたのさ。故郷に帰りたがっていた者も、手間賃の安さに不満を漏らす者もいたってこった。深川元町で殺された男ってのが、長《おさ》のような立場で何とか一団を纏《まと》めていたらしいんだが、そいつが亡くなって、完全に箍《たが》が外れたらしい。板垣が気を散らしている隙に、ほぼ全員が仕事を放り出して逃げ出したんだとよ。これは、田代の送り込んだ間者からの報せだ」

「間者を使って、そうなるように仕向けたのではありませんか。裏門の閂《かんぬき》を外しておくとか、逃げるように促すとか。不平、不満が募っていれば些細なきっかけで事は起こります。木暮さまならその程度の企《たくら》みはなさる気がしますが」

「さあ、どうだかな。こういう手もあるのではと田代に告げはしたが、それだけのこった。おれは与《あずか》り知らねえよ。ともかく職人が逃げてしまえば贋金は作れなくなる。当たり前のこった。田代は喜んでいたが、まあ、中村家の後ろ盾の連中が職人たちをもうちょい大切に扱っていたら、働かせるだけ働かせて、ろくに手間金も払わねえなんて仕打ちをしなかったら、ああも上手く事は進まなかったろうぜ。ああ、ちなみに加吉は田代の知合いの屋敷で下働きをしている。あのまま、女と一緒に住み込みで雇ってもらえたら、御《おん》の字だがな」

「中村家はどうなります。お取り潰しですか」

「それはどうだかな。それこそ綱引きの勝敗次第だが、まだ決着はついてねえみたいだし、一度でも奉行職を務めた者が贋金を作っていたとあっちゃあ、公儀の威信にも傷がつく。このまま表沙汰にされぬまま、始末されるんじゃねえのか」

「始末」

遠野屋の顔が僅かだが歪んだ。

「それは、板垣さま一人が責めを負うて、ご切腹なさるということですか。それで、ひとまず中村家の延命を図るという……」

ああ、そうかと伊佐治は思い至った。

遠野屋さんがあんなに尖っていたのは、このことを察していたからか。家とか国とか大きなもののために、人が踏みしだかれていくと察していたからか。

中村家の御用人は重い罪を犯した。裁かれて当然だ。しかし、裁かれるべき者は他にもいる。備前守も、その後ろにいるはずの公儀の重臣も。身分が高いというだけで、その罪が不問に付されるのだとしたら、理不尽だ。

「まあ、それも武士の定めだろうさ。ともかく、終わりは間近さ。久々にお天道《てんとう》さまの下を歩けるな。ああ、しかし、南雲の親仁のところに弁明に出向かなきゃなるめえな。怒鳴りまくる顔が目に浮かんでくるぜ」

「いやいや、ちょっと待ってくだせえ」

伊佐治は月代を掻き、首を振った。

「そう容易《たやす》く終わりにしちゃあ困りやすよ。え、じゃあ、旦那は御用人さまを揺さぶって隙を作らせるために、行方知れずの振りをしたんでやすね。あっしはそのために大番屋にしょっ引かれて、何が起こったかわけもわからずおろおろして、手下は平倉みてえなやつに、顔が腫れるほどぶん殴られて……」

信次郎がふっと真顔になった。

「身の安全を図るって気もあった。この件がおれにとって危害にはならないと見定められるまで、おとなしくしとかねえとな。まあ、子どものころより隠れるのが上手くなったかどうか試したかったたってのもあったかな。誰にも気付かれず、いつまで隠れていられるかどうかってな。結局、見つかっちまったがよ」

そこで仄かに笑み、しかし、笑みも緩みもしていない眼で遠野屋を一瞥《いちべつ》する。

「やはり、鬼はおぬしだったたな」

信次郎の笑みと一瞥を受け止め、遠野屋も微かに笑んだ。

「わたしは隠れ鬼は嫌いです。鬼になるのも隠れるのも好きではありません」

「あっしも嫌いですよ。ずっと見つけてもらえなかったらって怖くなりまさぁ。そんなにお好きなら、一人でずっと隠れていりゃあよかったじゃねえですか。待ちくたびれただの、何だのとさんざん文句を並べてたのは、どなたさんですかね」

「怒るなって。埋め合わせは必ず……うん？」

廊下に密《ひそ》やかな足音がした。信次郎が立ち上がり、障子を開ける。おしばが闇の中にぼんやりと立っていた。ぼそぼそと主の耳元に囁くと、身を翻《ひるがえ》して去っていった。伊佐治も遠野屋も腰を上げる。

信次郎が振り向き、「女が殺された」と告げた。

指の先まで痺れが走る。伊佐治はよろめかないように、両足を踏ん張った。

「さっき、御菰が報せに来た。海辺大工町の路地で女が斬り殺されたそうだ。路地から武士が一人出てくるのを御菰が見ている。路地を覗き見したら女が血だらけで倒れて、既に息をしていなかったとよ。で、袖の端だけを千切って持ってきたとさ。これだ」

信次郎が手を広げる。

松葉色の地に井桁と十字の絣《かすり》模様。見覚えがある。お房の小袖だ。

腰から下の力が抜ける。

駄目だったか。おれの忠言など何の役にも立たなかった。春次を捜して、うろついて、目障りだと除かれてしまった。哀れな、そして、惨い顚末じゃねえか。

自分のことだけは占えないとお房は言った。その声を、一言を思い出してしまう。

「さて、どうするか」

信次郎が呟いた。

「まっ、罪は償わなきゃいけねえな。だろ、遠野屋」

「はい」

隙間から風が吹き込んで、行灯の明かりが揺らめいた。


「おい、待て」

背後から呼び止められる。

尊大な声だ。やや昂《たかぶ》ってもいる。

信次郎はゆっくりと身体を回した。

「木暮信次郎か」

「そうだが、そっちは平倉ナントカって御仁だったかな」

「悪いが、お命を頂戴したい」

「馬鹿言うな。一つしかないのに他人に渡せるかよ。だいたい、今更、おれの命を狙ってどうするんだ。何の得にもならんだろう」

「損得ではない。何かと邪魔をしてくれたその報いだ」

「よく言うぜ。適当な理由を付けて、刀を抜きたいだけじゃねえか」

「そこまでわかっているなら、話は早いな」

平倉が唇を広げた。笑ったつもりなのだろうが、様になっていない。

南雲の許に出向いた帰りの道だった。夕暮れ間近の光が地を薄紅色に照らしている。

密命を受けての失踪だったと我ながら苦しい言い訳をし、覚悟していた通り半刻《はんとき》にわたり、怒鳴られ、諭され、また怒鳴られた。それが一段落したとき、南雲がすっと声を潜め、囁いた。

「で、本当のところはどうなのだ。何があった？」

「は、ですから先刻、申し上げた通り」

「黙らっしゃい。そんな言い逃れが通用すると思うておるのか。この馬鹿者めが」

「思うてはおりませぬ。しかし、どうあっても通用したことにしていただかなければ、ならぬのです。何卒《なにとぞ》ご寛恕《かんじょ》ください」

「ふん。まあよい。そなたが言わぬ気ならどんな拷問を受けても口を割るまい。ただ、いずれ聞き出してやるから、そのつもりでおれ」

「ははっ。南雲さまの呑み込みの速さには、感服奉ります」

「つまらぬ世辞などいらぬわい。が、木暮」

「はっ」

「あまり無茶はするな。そなたは頭は切れるし、人を動かす術にも長《た》けておる。しかし、己《おの》が才に溺れると、いずれ深みに沈み込んでしまうぞ。どんな優れた者であっても一人でやれることには限りがある。そのことを忘れるな」

「はっ、肝に銘じましてございます」

そんなやりとりの後、南雲は独り言のように「まあ、無事で何よりだった」と呟いた。


平倉が待ち伏せしていたのは、わかっていた。まれ吉がぴたりと張り付いて、逐一、動きを報せてきたのだ。間抜け面をしているわりに、使える男のようだ。

「おぬし、中村の屋敷で飼われていたんだろう。どんな手を使っても、奉行所に押し込んでおけば何かと役に立つ。と、板垣あたりは考えたのだろうが、人選を誤ったようだな。人斬りに快を覚える異様な気質持ちだったとは、見抜けなかったわけだ、おっと」

信次郎は一歩、退いた。平倉が柄に手を掛けたのだ。

「まったくな。まだ日のあるうちから、めったやたらに人を斬りやがって。江戸中を追い回して、逃げ出した斗滑衆を見つけ次第、殺すつもりなのか。いや、理由なんかいらねえんだな。短刀一つ持っていない女だって殺れるんだから、殺したいから殺すってそれだけでいいわけだ」

平倉は柄を握ったまま、瞬きもしない。

「だけど、いいかげんに目を覚ましたらどうだ。おまえはもう用済みだ。知ってるぜ。暇を出されたんだろう。僅かばかりの手当てを貰ってな。まあ、おまえのやったことを考えりゃ、とても手許に置いとく気にはならねえだろうよ。戦国の世なら、それなりに使い道もあっただろうがな。あ、その手当てとやら、本物かどうか確かめた方がいいぜ。おれからの餞《はなむけ》の忠言さ」

平倉がどの程度の金で役目を解かれ、暇を出されたか。そのあたりも、まれ吉は漏らさず調べてきた。

うむ、確かに顔に似合わぬ働きをする。

「てーいっ」

平倉が踏み込んでくる。白刃が一閃した。

なるほど速い。

「ふーん、避けたか」

平倉がまた口だけで笑った。

「なかなか、すばしこいな。これまでの獲物より狩り甲斐《がい》がありそうだ」

ひひっと妙な笑い声を漏らし、平倉は下段に剣を構えた。

「いや、待て待て。おぬしの相手はおれじゃない。極上の獲物を用意してやったからよ。ありがたく思いな。もっとも、狩られるのはおぬしの方だがな」

顎をしゃくる。同時に、平倉の身体が強張った。

やっと気配を捉えたらしい。

信次郎に背を向け、薄紅に染まった遠野屋清之介と対峙する。

「誰だ……町人か？」

平倉が息を呑んだ。それから、さっきよりも高い笑い声を立てる。

「ひひっ、こりゃあいい。こりゃあいい」

楽しげにさえ聞こえる声を上げ、平倉が腰を落とし、つっと前に出る。そのまま、地を擦って進んだと思うと、刃先を地面すれすれから撥《は》ね上げてきた。

速い。さっきの比ではなかった。

薄明かりのせいではなく、人の目が追い付かないほどに速い。しかし、

「ぎゃっ」

平倉の剣先が届くより先に、遠野屋の木刀が肩にめり込んでいた。人の骨の砕ける音が鈍く響く。木刀は空を翻り、平倉の脇腹を襲う。

それで終わりだった。

平倉は身体を丸め、地に転がり、呻き声さえあげない。

一人でやれることには限りがある。

南雲の一言に、ここで深く同意する。

その通りだ。こんな芸当はおれには、どう転んでもできねえな。

「気を失ってんのか」

「おそらく」

と答えた遠野屋の横に、伊佐治が並ぶ。

「じゃあ、縄を掛けるまでもねえですね」

「縄は掛けなくていい。このまま、放っておきな」

「へ？　下手人ですぜ。少なくとも三人は殺ってんだ。このままってこたぁねえでしょ」

「三人殺ったって証が立たねえよ。それに、この男はいろいろ知り過ぎているからな。お白州《しらす》に引っ張り出すのは拙いだろうさ」

「けど……」

「放っておきゃあいい。肩の骨が砕けたんだ、二度と剣は持てまいよ。中村家からは見捨てられ、田代たちからは敵とみなされる。江戸で生きるのは難しかろう。いや、どこだってこれから先、生きていくのは地獄さ。あっさり死罪になったほうが楽かもしれねえほどのな。それで殺された者の恨みが晴らせるわけもねえんだが、おれたちにできるのは、ここまでだ」

さあ、行くぜと促すと、遠野屋も伊佐治も黙って後についてきた。平倉は黒い岩塊のように静かに横たわっている。

暫く迷った後、清之介は黒羽織の背を呼び止めた。

「木暮さま」

「何だ」

背中を見せたまま、信次郎が答える。

「お屋敷から逃げ出した斗滑衆はどうなりました」

「そんなこと、おれが知るわけねえだろう。ばらばらに逃げたんだ。そのまま江戸から離れるやつも、居つくやつもいて、それぞれじゃねえのかい」

「しかし、あれだけの技を持つ一団です。このままにしておいて、よろしいのですか」

信次郎が足を止める。身体を回し、清之介を舐めるように見る。

「どうした、遠野屋。斗滑衆の技が欲しいのか。紅の代わりに贋金でも作る気になったか」

「『遠野屋』は商家です。売れる物しか扱いません」

「へっ、お得意の正論だな。まっとうな商いこそが儲けの早道ってか。ああ、そういえば、中村家から借金の全額が返済されたってな。むろん、本物の金だろう。よかったじゃねえか。ふふ、板垣って用人はなるほど義理堅い男じゃあるんだな。自害の前に全て片付けるってわけだ。それとも、自分がいなくなっても中村家を見捨ててくれるなという遺言のつもりなのか」

清之介は答えない。答えるより、問いたいのだ。

「木暮さま、この先、また斗滑衆を囲い込んで贋金を作ろうとする者が現れはしませんか」

「知らねえよ、そんなこと。今回はひょんな成り行きで鼻を突っ込んじまったが、さしておもしろくもなかった。もう、関わり合う気はしねえな」

「国の基が揺らぎます」

「何度も聞いた。それがどうしたってんだ」

ふわりと欠伸《あくび》を漏らし、信次郎は前を向いた。

「揺らぐなら揺らげばいい。金が国の基だというのなら、そこをきっちり治め切れない国が既に脆《もろ》いのさ。揺れて、崩れて、新しいものに変わりゃいいじゃねえか。贋金なんて間違っても流布《るふ》しねえ、しっかりした枠組みを作れる国にな」

清之介は息を吸い込んだ。背中に汗が滲んでいる。

「もしや、木暮さまは端からそのおつもりだったのですか。斗滑衆を野に放つことで、この国の基を揺るがすための種を蒔《ま》く。そんな意図がおありになりましたか」

「遠野屋、斗滑衆なんてのが何人いると思ってんだ。いいとこ、二、三十人だぜ。それだけのやつらに壊されるなら、そりゃあもう根太《ねだ》が腐っちまってるってことさ。遅かれ早かれ、崩れてしまう。ふふ、まあ、せいぜい長生きしようぜ。そしたら、この目で国が崩れていく、まさにその様を見られるかもしれねえからな」

信次郎が歩き出す。もう、後を歩く気になれなかった。

別の道を行く。

「遠野屋さん」

伊佐治が横手から、背中を軽く叩いてきた。

「夕焼けでやすよ。明日も晴れやすね」

「あ……そうですね」

沈もうとする真日《まひ》の光が茜雲《あかねぐも》を、金糸の縫い取りのように縁取っている。東の空は既に紫の勝った紅色に染まり、雲は下半分を黒く塗り潰されていた。

鴉の群れが激しく鳴き交わしながら、西へと飛び去って行く。紅い空に幾つもの黒い影が飛び、乱れ、蠢き、次第に遠く消えていった。鳴き声だけが尾を引いて、残る。

「明日も晴れやす」

伊佐治がきっぱりと言い切った。

解説

理流《りりゅう》
（「時代小説SHOW」管理者）

『弥勒《みろく》の月』は、『バッテリー』や『The MANZAI』といった十代の少年少女の悩みと成長を描いた青春小説で活躍してきた著者が初めて取り組んだ時代小説として、二〇〇六年に刊行された。第一作のタイトルから「弥勒」シリーズと呼ばれるこのシリーズは、あさのあつこファンばかりか、時代小説好き、ミステリー愛好者など幅広い層の読者に読まれ、これまでの十七年間で十一タイトルが刊行され、圧倒的に支持されている（二〇二三年九月時点）。「小説宝石」誌の連載から始まり、単行本、そして文庫という出版スタイルで、さほど間をおかずに良質の新作が読めるが、文庫書き下ろしに比べて執筆期間が長いために、シリーズのはじめの方の記憶は薄れがちになるので、シリーズ十作を簡単に振り返ってみたい。

第一作『弥勒の月』。真夜中の竪川《たてかわ》に若い女が飛び込んで死んだ。女は本所深川森下町《ほんじょふかがわもりしたちょう》の小間物問屋遠野屋《とおのや》の若女将、おりんだった。夫の清之介《せいのすけ》は、おりんが自ら命を絶つわけがないと、事件を担当した定町廻《じょうまちまわ》り同心木暮信次郎《こぐれしんじろう》、岡っ引の伊佐治《いさじ》に調べ直しを懇願する。事件を探索する側の木暮信次郎と伊佐治と、遺族側の清之介が初めて出会う。読書の達人、児玉清《こだまきよし》の解説も、作品の魅力を余すところなく伝えていて、読了時の感動がよみがえってくる名文で、一読の価値がある。

第二作『夜叉桜』。色を売る私娼《ししょう》の女が連続して殺された。そのうちの一人が遠野屋で売られていた簪《かんざし》を挿していた。手掛かりを求めて、信次郎と伊佐治は因縁の遠野屋へと向かう。その女おいとは遠野屋の手代、信三《しんぞう》の幼馴染みだった……。商いの方では、新しい商いのやり方を模索する清之介は、帯屋三郷《みさと》屋吉治《きちじ》、履物問屋吹野《ふきの》屋謙蔵《けんぞう》らと、客を招いて小物から反物、履物、帯などの品々を並べて組み合わせを楽しむ催しを始める。また、孤児《みなしご》となった乳飲み子おこまを遠野屋で引き取って養女として育てることに。最愛の妻を亡くした清之介、娘を喪った大女将おしの、遠野屋の人々にとって、おこまは希望の光となっていく。

第三作『木練柿《こねりがき》』。長編が多いシリーズでは珍しく、連作形式の短編四話を収載した短編集。「楓葉《ふうよう》の客」では遠野屋の女中頭のおみつが、「海石榴《つばき》の道」では商い仲間の帯屋の三郷屋吉治が、「宵に咲く花」では伊佐治の息子の嫁おけいが、そして「木練柿」では娘のおこまが、といった具合に清之介の周囲の人たちが事件に巻き込まれていく。限られた紙幅の短編に、本シリーズのエッセンスが凝縮されている。

第四作『東雲《しののめ》の途《みち》』。橋の下で見つかった男の腹の中から瑠璃《るり》の原石が見つかった。

死体は清之介の兄・宮原主馬《みやはらしゅめ》の側近、伊豆小平太《いずこへいた》の弟だった。嵯波《さなみ》藩の重職だった主馬は、藩の筆頭家老今井《いまい》に藩を追われ江戸で逼塞《ひっそく》する身。藩政をめぐる権力抗争に巻き込まれた清之介は、江戸に出奔《しゅっぽん》して以来、初めて生国《しょうごく》嵯波に戻る。七宝の一つ、瑠璃の出所を明かし、過去のしがらみを断ち切れるのか。また兄主馬に囲われていた、おうのが遠野屋で暮らし始める。後におうのは色合わせと化粧の才を見出される。

第五作『冬天《とうてん》の昴《すばる》』。信次郎の同僚で本勤並《ほんづとめなみ》になったばかりの同心赤田哉次郎《あかだやじろう》が出合茶屋の酌婦と心中した。その死に不審を抱いた信次郎は独自に調べを始めるが、行方知れずに。赤田の上役で支配役与力の南雲新左衛門《なぐもしんざえもん》は、不祥事の責を厳しく問われ切腹の沙汰が下りる危機に。ミステリータッチで描かれていく時代サスペンスに震える。また、品川宿の飯盛り旅籠《はたご》の女将で信次郎の情婦、お仙《せん》の過去が明らかになる。

第六作『地に巣くう』。信次郎が見ず知らずの男に腹を刺された。伊佐治と遠野屋清之介に衝撃が走る。信次郎を襲った男は、島送りから二十年ぶりに赦免《しゃめん》で江戸に戻ってきた徳助《とくすけ》だった。ところが、その徳助は大川《おおかわ》で死体となって見つかる。調べを進めるうちに、十年前に亡くなり、伊佐治が今も敬愛してやまない信次郎の父・右衛門《うえもん》の秘められた過去に繋がっていく。

第七作『花を呑む』。海辺大工町《うみべだいくちょう》の大店の東海《とうかい》屋の主人五平《ごへい》が口から牡丹の花弁《はなびら》を溢《あふ》れさせて死んでいた。別の部屋で寝ていた内儀お栄《えい》は、夫の変わり果てた姿と、部屋の隅に立っていた女の幽霊を見て失神する。その翌朝、佐賀町《さがちょう》の仕舞屋《しもたや》では五平の囲い者、お宮《みや》が血塗《まみ》れで死んでいるのが見つかった。不可思議な事件を信次郎と伊佐治が調べ始めると、またも遠野屋に繋がっていく。伏線の回収が見事な捕物ミステリーの傑作。

第八作『雲の果《はたて》』。仕舞屋の火事の焼け跡で、一人で住んでいた若い女が殺されているのが見つかった。現場を検分した信次郎は、小袖を着ていた女が帯をしていなかったことに着目する。遠野屋では番頭が亡くなった。清之介に「あんたは遠野屋に災いを運んできた」という言葉を遺して。亡くなった女のもとにあった帯と同じつくりの鶯《うぐいす》色の帯が番頭の遺品から見つかり、事件は思いもよらない展開に。誰も気に留めていなかった番頭の来し方に迫る哀感あふれる作品。

第九作『鬼を待つ』。飲み屋で大工と版木彫《はんぎぼり》の職人が喧嘩《けんか》。職人が大工の頭を丸太で殴り大怪我を負わせて遁走《とんそう》の末に、寺の境内で首を吊った。加害者の自死で解決のはずが、怪我を負った大工が惨殺されたことから事件が動く。一方、清之介は、江戸を代表する豪商八代屋《やしろや》太《た》右《え》衛門《もん》に招かれ、〝遠野紅〟を含む三百両の商談をまとめるが……。八代屋の縁者の娘おちやが遠野屋へ押しかけ奉公にあがり、遠野屋ファミリーに加わる。

第十作『花下に舞う』。相生町《あいおいちょう》一丁目にある口入屋《くちいれや》の主人夫婦が惨殺された。死体は驚きの表情を示していた。二人は死の寸前に驚くべき何を見たのか？　口入屋はその強欲ぶりから、死の二日前、森下町の油屋の葬儀で騒動を起こしていた。信次郎は、二十年前に没した母瑞穂《みずほ》の墓参りに行った菩提寺《ぼだいじ》の住持《じゅうじ》から、母にまつわるある話を聞く。信次郎の鬼神のような才知は母譲りのものなのか。

本来は殺人事件に縁遠いはずの小間物問屋、遠野屋の主人清之介は、何ゆえに死を引き寄せてしまうのか、毎回、信次郎と伊佐治の探索に巻き込まれていくところが物語の肝となっている。はじめは不倶戴天《ふぐたいてん》の敵同士の、ちりちりと焼けるような清之介と信次郎の緊張感みなぎる関係が、巻数が進むにつれて、互いに信頼感が醸成され、際どい会話を楽しむ戦友のような間柄に変容していくところが読者を虜《とりこ》にする本シリーズの魅力の一つだ。緩衝材《かんしょうざい》のように両者の間に入って、思わずクスリとさせる言動で、二人の対峙に時には水を差したり、また時にはあおったりする役割が伊佐治で、三人のバランスが絶妙だ。

「わたしにとって、おりんは、弥勒でございました。／弥勒……。／そういう女でございましたよ」（『夜叉桜』本文より）と作中で清之介が告げたように、『弥勒の月』で命を落としたおりんは、その後も清之介の心に残り、折々に思い出され、いつまでも愛され続けている。おりんは、その死によって文字通り〝弥勒〟となっている。

本シリーズでは、「〇〇事件帖」のような副題が冠されず、毎回シンプルながらも凝った題名が付けられている。「乱鴉」とは、辞書によれば、鴉《からす》が乱れ飛ぶことを表す言葉だという。本書の冒頭で、清之介と番頭の信三が商談帰りに、鳶《とび》を追っている鴉を見上げている場面が描かれ、ラストシーンでも再び鴉の群れが登場する。作者が鴉に託した意味を考えてみるのも読書の楽しみだ。

ある朝、八丁堀にある木暮信次郎の屋敷に捕物出役《とりものでやく》の形《なり》をした同心たちがやって来て、信次郎を探すところから物語が始まる。しかしどこにも信次郎の姿はなく、屋敷には女中のおしばと年老いた小者《こもの》の喜助《きすけ》しかいない。喜助は踏み込んできた男の一人に背中を押されて転んで腰を痛めてしまい、無口なおしばが役人たちの応対をする。昨晩遅く家に帰ってきたはずの信次郎はどこに消えたのか？

一方、深川森下町の小間物問屋『遠野屋』の主人、清之介は、得意先との大きな商談の帰り、昼飯を食べに小料理屋『梅屋』に寄る。ところが、『梅屋』の主人で、〝尾上《おのえ》町《ちょう》の親分〟と呼ばれる岡っ引伊佐治が大番屋に連れて行かれ、店は閉じていた。暗い店内には、女将で伊佐治の女房おふじと嫁で若女将のおけいが、不安に襲われ寄り添うように立っていた。

信次郎のもとで十手を預かり、本所深川の半分を縄張りとする伊佐治は、大番屋で与力の南雲新左衛門に信次郎の行方について尋問されるが、何も知らず答えることができず、逆に信次郎が逐電《ちくでん》したことを初めて教えられ、伊佐治は、取り調べに同席していた臨時廻り同心の平倉才之助に暴行を受けてしまう。平倉は、信次郎を捕まえろという命で取り調べに立ち会い、信次郎の上役だった南雲をも見張っていたのだ。清之介は、伊佐治を何としても早く取り返す策を考え、ある手を打つことに。

小名木川《おなぎがわ》に男の死体が上がったという知らせが……。手の甲に火傷の痕《あと》がある死体の正体は？　人斬りを躊躇《ちゅうちょ》なく行い、水死事件をもみ消そうとする剣呑《けんのん》な平倉を使嗾《しそう》し、信次郎の行方を追う命を下す黒幕とはだれなのか？

理詰めで謎を解き、真相に迫っていく名探偵である信次郎の存在抜きで、清之介と伊佐治は殺された男の正体を突き止め、なぜ殺されたのかを解き明かすことができるのか？　また、敵よりも早く信次郎を見つけ出し、彼が巻き込まれた事件に迫れるのか？

そんなとき、『遠野屋』に、清之介の生国嵯波より、まれ吉という手妻が得意な男が会いにやってくる。まれ吉は敵なのか、それとも味方なのか？

さまざまな謎が幾重にも絡み合う展開にワクワクが止まらない。人斬りに愉楽《ゆらく》を覚える、最凶の追手、平倉の存在が物語のサスペンスを高めていく。幕閣《ばっかく》を巻き込むスケールの大きな不正の影、まさかの事態の連続に、息も吐けないほど。行方不明となっていて探索に加わらなかった信次郎が安楽椅子探偵役のように事件を解説するラストに感嘆する。

清之介と遠野屋の家族、使用人たちと、嵯波の者たち、伊佐治と小料理屋「梅屋」一家に加えて、本書では女中おしばと下男喜助が主人の不在を守る木暮家も描かれている。三組のファミリーが織りなす家族や主従の在り方は、読者を引き付けて離さない「弥勤」シリーズの大きな魅力となっている。ニヒルな同心と元刺客の商人が奏でる、この痛快なエンタメ時代小説シリーズは、優れた人間ドラマであり、その面白さには中毒性がある。次の作品も待ち遠しくてならない。

二〇二三年八月　光文社刊

光文社文庫

長編時代小説
乱《らん》鴉《あ》の空《そら》
著　者　あさのあつこ

2023年9月20日　初版1刷発行

発行者　三　宅　貴　久
印　刷　萩　原　印　刷
製　本　ナショナル製本

発行所　株式会社　光　文　社
〒112-8011　東京都文京区音羽1-16-6
電話（03）5395-8147　編　集　部
8116　書籍販売部
8125　業　務　部

ISBN978-4-334-10042-1　Printed in Japan

組版　萩原印刷